JN012595

規則より思いやりが大事な場所で——物理学者はいかに世界を見ているか

装幀
松田行正＋倉橋弘

規則より思いやりが大事な場所で——物理学者はいかに世界を見ているか　目次

第一部　二〇一〇年〜二〇一三年

第二部 二〇一四年〜二〇一五年

第三部　二〇一六年

第四部 二〇一七年

第五部　二〇一八年〜二〇二〇年

本文中の（　）は原著者による補足、〔　〕は訳注を示す。＊は原書の脚注を示し、翻訳では傍注とした。

本文中の書名で邦訳版がないものは、初出に原題とその逐語訳を併記した。

はじめに

新聞の記事には、禅の公案やヨーロッパの十四行詩(ソネット)と似たところがある。長さや形に制限があって、情報にしろ、主張にしろ、内省にしろ、感情にしろ、一つ伝えるのが精一杯。それでいて、何から何まで語り得る。

ここに収められているのは、過去十年ほどの間にさまざまな新聞に載ったコラムで、詩人のことや、何らかの形でわたしに影響を及ぼした科学者や哲学者、旅のことや自分自身が属する世代の話、無神論やブラックホールや望遠鏡や幻覚体験、そして知的な驚きなど……たくさんの事柄について語っている。いうなれば、一人の物理学者――さまざまなことに関心があって、新しい着想を探し求め、幅広く一貫した展望を得たいと思っている物理学者――の知的な冒険を記録した日記の短い書き込みのようなものなのだ。

この本の題名〔原著題名の直訳は、『この世界には規則より配慮が重んじられる場所がある』〕は、これらのコラムの一つに登場するある言い回しからとられていて、おそらくこの本全体に通底する心構えのようなものを表している。でもそれをいえば、ひょっとするとわたし自身が、そういう心構えを旨とする世界で生きてゆきたいと思っているだけなのかもしれない……。

二〇二〇年　マルセイユにて

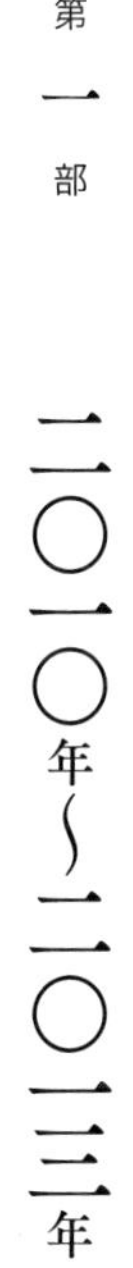
第一部
二〇一〇年〜二〇一三年

ダンテとアインシュタインと三次元球面

ダンテはアリストテレスの宇宙のいちばん外側の球まで上りつめると、ベアトリーチェに促されて下を見た。そこには天空全体が広がっており、その底には地球があった。足下で、ゆっくりと回転しているようだ。ところがそれからベアトリーチェは、上を——すなわちアリストテレスの宇宙の外を——見るようにいった。アリストテレスによると、そこには何もないはずだった。宇宙には明確な境界があって、そこですべてが終わっているのだから。ダンテが見上げると、そこにはとほうもない光景が広がっていた。光の点が一つ、巨大な九つの天使の球に囲まれている。あの光の点は、あの天使の球は、一体どこにあるのだろう。アリストテレスの宇宙のもっとも大きな球の、さらに外側にあるはずなのだが……。ダンテの言い回しはじつに魅力的だ。曰く、この宇宙のほかの部分は、「最初の部分をぐるりと囲んでいる。最初の部分がほかの部分をぐるりと囲んでいるように」。光の点と天使の球は宇宙を囲みながら、同時に宇宙によって囲まれているのだ。

一体これは何を意味しているのか。ほとんどの読者にとって、二組の同心球があってそれらが互いを「囲みあっている」なんて、馬鹿げた詩的なイメージでしかない。イタリアの高校の教科書を見ると、これらの光の点と球は単にアリストテレスの宇宙の外側に描かれているだけだ。ところが現代の数学者や宇宙論者にすれば、ダンテが述べる宇宙の形はきわめて明快で、誤解のしようがない。ダンテが述べているのは「三次元球面」――アルベルト・アインシュタインがわたしたちの宇宙のあり得る形として示した図形――なのだ。しかも未だに、アインシュタインの説と最新の天文学の測量結果の間に矛盾はいっさい見つかっていない。ダンテはその奔放な詩的想像力と並外れた知性で、わたしたちの宇宙の形かもしれないものに関するアインシュタインの見事な直観を、何百年も先取りしていたのである。

「三次元球面」とは何か。それは数学的な構造で、想像するのがそう簡単でない――が、そう難しくもない――幾何学図形だ。この図形を理解するために、次のような問題を考えてみよう。わたしが地球上をずっと同じ方向に歩いていったら、最終的にどこに行き着くか。地球の縁に至るのか？　いいや、違う。だったら、どこまでいっても次々新しい国に出くわし続けるのか。いやいや、そんなことはない。誰もが知っているように、ぐるりと地球を回った末に、元いた場所に戻ってくる。わたしたちの祖先には飲み込みにくい考えだったし、今でも小学生は笑い出す。でもわたしたちは結局この考えに馴染み、今ではじつに理に適った話だと考えている。元に戻ってこられるのは、地球が「球」だからだ。数学者たちはより厳密に、地球の表面の「トポロジー」――つまりその「本質的な形」――が「二次元球面」だからだという（二次元になるのは、地球上で進むことのできる主な方向が、南北と東西の二つであるからだ）。では、自分たちを取り囲んでいるこの宇宙全

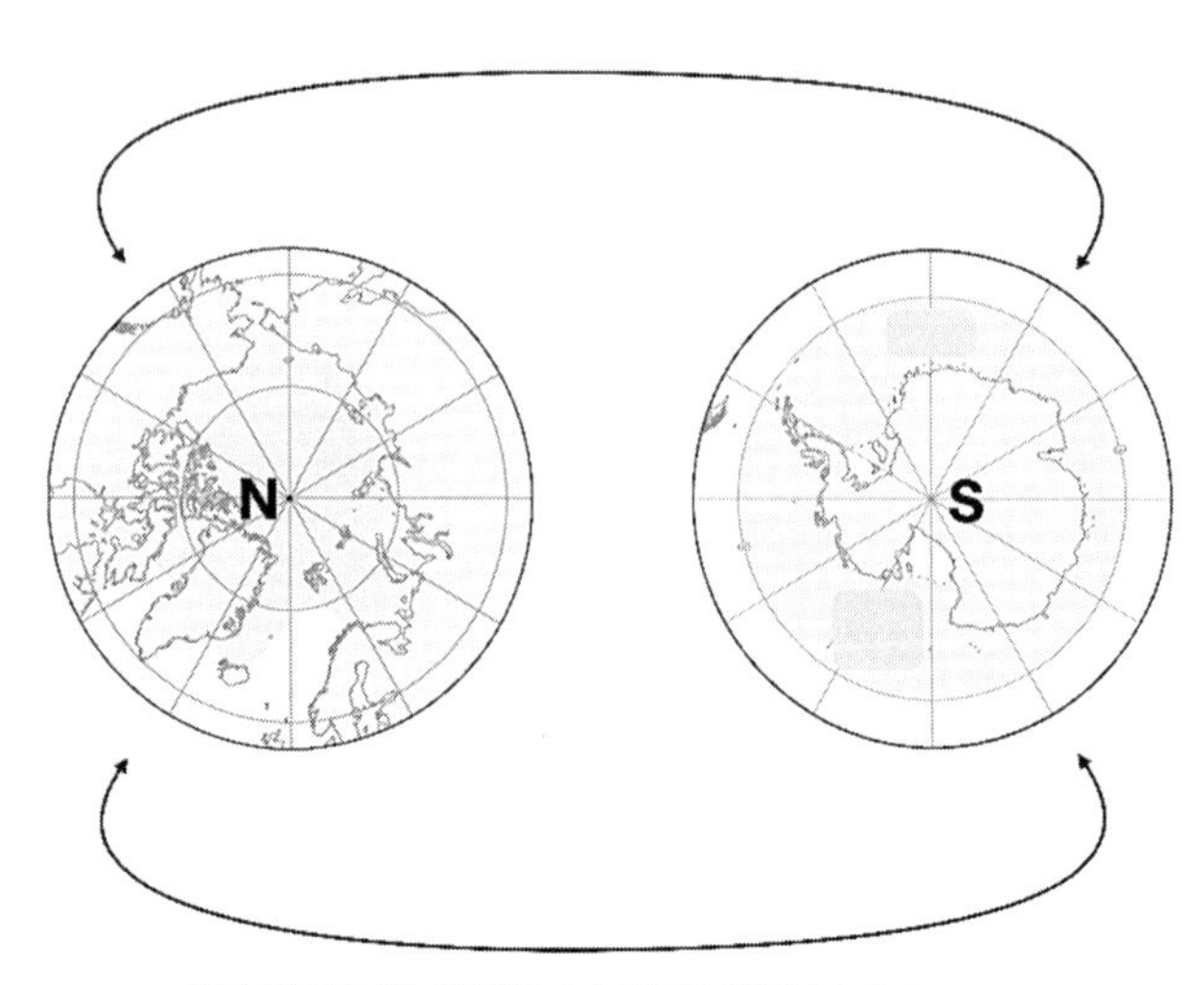

地球の表面を2枚の円盤からなる地図で再現したもの

体について、同じ問いを投げかけてみよう。とんでもなく速い宇宙船に乗って、ずっと同じ方向に進んでいけるとすると、最後はどこに行き着くのか。宇宙の端にたどり着くのか。そんなことはありそうにない。だったら、どこまで行っても新しい空間に遭遇し続けるのか。この考えもあまり魅力的でないし、ちょっと信じがたい。ではどうなるのか。じつはここに、第三の可能性がある。宇宙全体を「ぐるっと旅した」あげく、最後は地球上の出発した地点に戻ってくるかもしれないのだ。宇宙が三次元球面だとすれば、出発点に戻ってくる。

なぜ三次元球面を目に見えるように表すのが難しいかというと、わたしたちに馴染みのある空間には埋め込めないからだ。ちょうど、真っ平らな地図では地球の表面をうまく表せないのと同じだ。ただし、ここに三次元球面

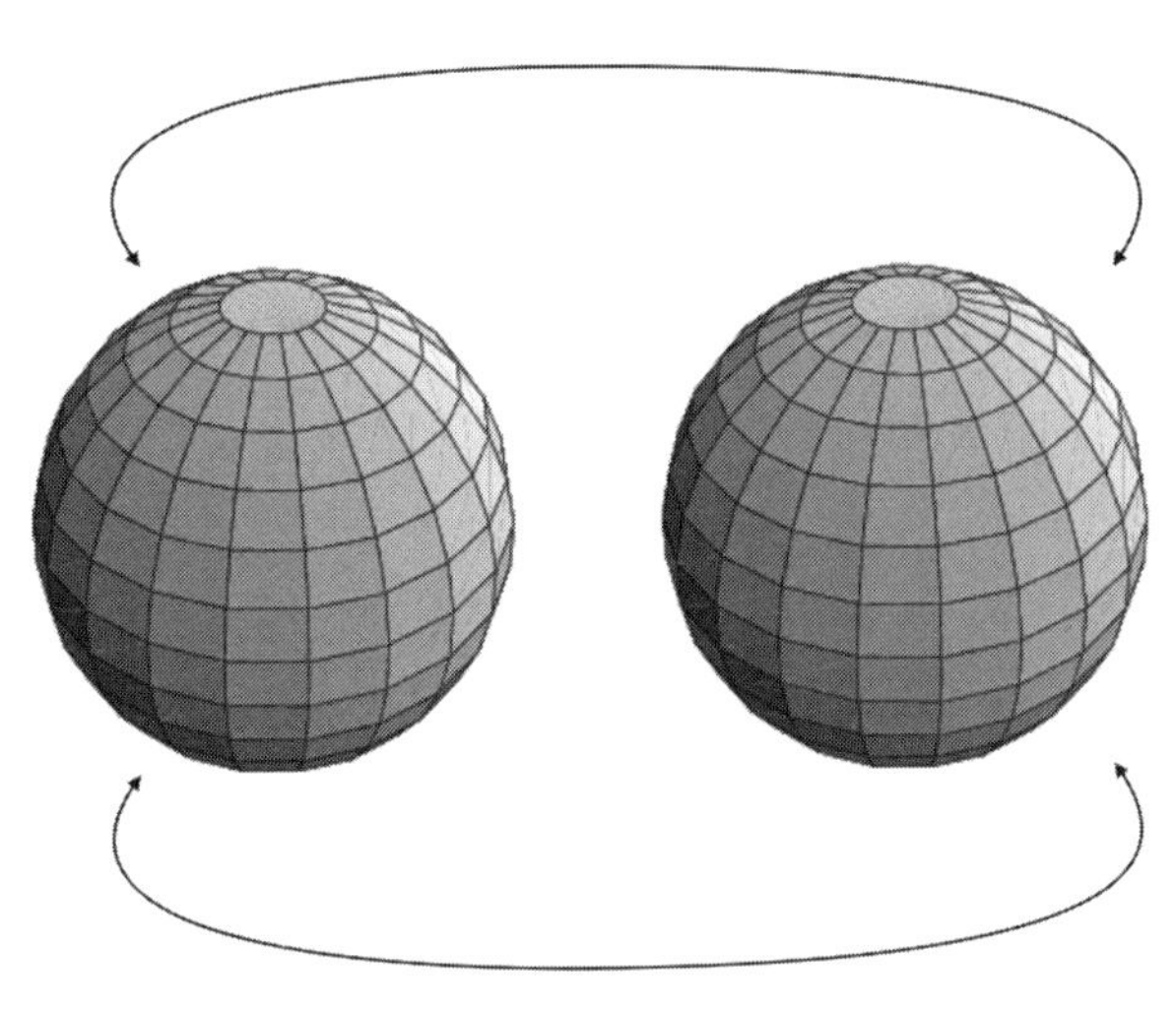

三次元球面を2つの球で表現したもの

を描く簡単な方法が一つある。再び地球の表面について考えてみよう。このとき、地球の表面を二枚の円盤からなる地図で再現する、という方法がある。片方の円盤には北半球の大陸が描かれ、真ん中には北極がある。そしてもう片方には同じように、地球の南半分が描かれる。この場合、赤道は二度描くことになって、いずれも円盤の縁になる。今かりに南極から出発して北に向かうと、どこかで赤道を横切ることになる。二枚の円盤で表された地球の表面では、その瞬間に片方の円盤から次の円盤に「飛び移る」が、このような「跳躍」がじつは存在しないことは明らかだ。なぜなら南極から進んできた人の目には、北半球が南半球を「囲んでいる」ように映るからで、同じように、北から来た人の目には、南半球が北半球を囲んでいるように見える。

というわけで、三次元球面も同様に、二つ

の球を使って表すことができる。一方の球が三次元球面の「南半球」で、もう片方が「北半球」になる。この二つの「半球」を隔てると同時に繋ぐ「赤道」球面は二度描かれて、二つの球の境になる。

ダンテのように、第一の球の中央から出発して「その球から次の球に向かって」登っていった旅人は、この赤道（は、二つの球の表面である）にたどり着いたところで入れ子になった同心球を足下に見ることになり、頭上にも一点を囲んで同じように入れ子になった同心球が見えるはずだ。そして宇宙のこの残りの半分は、第一の球を「囲む」と同時に、第一の球に「囲まれている」。言い換えると、このように表現した三次元球面は、ダンテの描写とぴったり一致する。

アメリカの数学者マーク・パターソンは、一九七九年に発表した論文ではじめて、ダンテがこの三次元球面をいかに明確に描写しているかを論じた。だが今や物理学者や数学者なら誰であろうと、ダンテの宇宙の描写から容易に三次元球面を読み取ることができる。

ダンテはなぜ、アインシュタインに六百年も先んずることができたのか。一つには、空間についてのダンテの想像力がいわば中世のものだったからだろう。つまり、物理的な空間は無限に広がっておりユークリッド幾何学に従っている、とする厳格なニュートン物理学に縛られていなかったのだ。アリストテレスと同様ダンテにとっても、空間は物体の関係が作っている構造でしかなく、さらにその構造は独特な形をしている可能性があった。しかも、神が宇宙の縁を「超えたところ」にいる、という考えは、ダンテの師ブルネット・ラティーニによる中世の知の素晴らしい概論、『宝の書（Tresor）』にも載っていた。天使に囲まれた光の点こそが神である、という考え方はすでに中世に存在しており、さまざまな絵に描かれていた。ダンテは独創的かつ知的なやり方で、すでに存在していたパズルのピースを組み立てたのだ。

おそらくダンテは、ある具体的なイメージに触発されたのだろう。ダンテはフィレンツェを一三〇一年に離れているが、ちょうどその頃、サン・ジョヴァンニ洗礼堂のドーム型の天井ができあがろうとしていた。もしもみなさんがこの洗礼堂を訪れて天井を見上げたら、光の点（ドーム型の天井のてっぺんにある明かり取りの窓から差し込む自然光）が九つの階級の天使に囲まれているのが目に入るはずだ。そこには、天使、大天使、権天使、能天使、力天使、主天使、座天使、智天使、熾天使と、それぞれの階級も明記されている。まさに『神曲』の『天国篇』にある通りで、みなさんが洗礼堂の床（つまり南極）にいる蟻だったとして、どの方向に歩き出してどこから壁に取り付いたとしても、必ず天使に囲まれた光の点（つまり北極）にたどり着く。光の点とそのまわりの天使たちは、洗礼堂内部の飾り立てられた残りの部分を「囲む」と同時に、残りの部分に「囲まれている」のだ。この洗礼堂の内部は明らかに二次元球面だ。十三世紀末のフィレンツェ市民がみなそうであったように、ダンテもまた間違いなく、我が町で成し遂げられようとしていた一大建築計画に心を動かされていた。そこにある恐ろしくも見事な「地獄」と題するモザイク画は、チマブエの師匠であるコッポ・ディ・マルコヴァルドによるもので、ダンテ自身が『地獄篇』を書こうと思い立つきっかけになったとされている。だとすれば、洗礼堂の内部構造から宇宙そのものの形がひらめいたとしても、決しておかしくない。ダンテの『天国篇』には、天使の輪と光の点を含む洗礼堂の構造が丸ごと再現されている。そして二次元を三次元に置き換えた結果、アインシュタインの三次元球面になったのだ。

その着想のきっかけが何であったにせよ、ダンテが並外れた想像力によって、有限でありながら「縁」がない世界があり得るのか、という古くからの問題の答えを見つけていたことは確かだ。しかも驚いたことにその解は、六百年後にアインシュタインがたどり着いた解と数学的にも厳密に一致していた。おまけにそれは、おそらく正しい。

わたしたちはなぜこんなにダンテに夢中になるのか。その理由はたくさんあるのだろうが、一つ、わたし自身が科学者だからこそとくに評価したい点がある。ダンテには高い教養があっただけでなく、並外れた知性があって科学を理解することができたのだ。今日、教養ある人物が、科学のことはまったくわからないんでねえ、と冗談めかして自慢げにいうのに出くわすと、詩なんか一つも読んだことがないんでねえ、と誇らしげにいう科学者に出くわしたときと同じくらい気が滅入る。

詩と科学はいずれも、世界について考える新しい方法を作り出し、世界をよりよく理解しようとする精神の発露なのだ。偉大な科学と偉大な詩はどちらも独創的で、時には同じ見識に到達する。今日の文化によって科学と詩が遠く隔てられているのは、わたしにいわせれば、じつに愚かなことだ。なぜならそのせいで、この二つが見せてくれる世界の複雑さや美しさがわかりにくくなっているのだから。

[二〇一〇年一〇月一七日]

わたしたちは自由なのか

みなさんの人差し指を立ててみてください。右手にするか左手にするかは、自由に決めてかまいません。みなさんが決断する一秒前には誰も、何者も、どちらの指が立つのか予測できません、よね？　では、じつはみなさんが左右どちらかを選ぶ前に結論を予測できると知ったら、自分の自由が損なわれたと思いますか？

自然を研究した結果、わたしたちの目に見えるマクロな規模では、広くすべての出来事に原因があって、この世界は決定論的だということがわかった。ようするに、それに先立つ状況によって事物の未来が決まるのだ。ということは、この世界の状態を十分厳密に観察しさえすれば、自分たちが自由な決断だと思っていることの結果も予測できるはずだ。いったいどうすれば、このような決定論と自分には選択の自由があるという感覚の折り合いをつけることができるのか。自然界を支配しているように見える必然と、自分たちに自由があるという感覚との対立は、自由意志を巡る基本的な問題となっている。

この問題の答え——わたしが正しいと考える答え——は、これまでに書かれたもっとも美しい文章でまとめられた哲学書、バールーフ・デ・スピノザの『エチカ』に載っている。その第三部の定理二とそれに関するスコリア——すなわち古註（日本語訳では「備考」などとなっている）——に。

スピノザによると、身体と精神は異なる二つの実体ではない。これらは、同一の実体を記述し考えるための二つの方法であって、どちらも必然によって導かれる。自分が「自由な」決断を下すというとき、それは何を意味しているのか。スピノザの答えは単純で衝撃的だ。「自由な」という言葉が意味しているのは、決断の結果がじつは自身の精神や身体の内部における複雑な作用で決まっているにもかかわらず、自身はその内側の作用がきわめて複雑であることに気づかず、そのためその決断に至る複雑な原因を無視している、ということなのだ。「自由意思」とは、確かに自身の内側で起きていることが原因であるにもかかわらず、自分ではそのことに気づいていない行為にわたしたちがつけた名前である。スピノザは、わたしたちの身体（今なら脳と呼ばれる部位）がきわめて複雑であることに気付いていた。脳がどのように機能するのかが十分細かく理解できれば、「自由な」決定の前にすでに一連の身体的な出来事の連鎖が準備されていて、その結果は一つしかあり得ないことがわかるはずなのだ。

三五〇年後の今日、スピノザのこの考えが神経科学の分野における最近の実験によって意外な形で確認されたことから、哲学者と神経科学者の心躍（おど）る濃密な対話が始まった。

ベルリンにあるベルンシュタイン計算論的神経科学センターのジョン＝ディラン・ヘインズは、この分野に関するある実験を行って、その結果を「ネイチャー・ニューロサイエンス」誌に発表した。それは、ｆＭＲＩ（機能的磁気共鳴画像法）——脳の電気的な活動を「写し取る」スキャナーのようなもの――を用いて、さまざまな人が意思決定を行っている最中の脳の活性を観察するという実験だった。被験者たちは自由に、左右どちらのボタンを押すのかを決めることになっていた。すると驚いたことに、意思決定がなされる前の脳の活性を観察することで、意思決定の内容を事前に予見できたのだ。しかも、実際に決定が為される何秒か前に！　言い換えると、みなさんが左右どちらの指を立てるかを「自由に」決めようとしているとき、すでにその決定は――皆さんが知らないうちに――脳の生化学によって下されているのだ。自分が決断しようとしていると感じる瞬間の、少なくとも何秒か前に。ここではまさに、スピノザが示した通りのことが起きている。意識的に決定を下しているという感覚は、どうやら生化学的な出来事によってすでに結果が決まった後で生じる心理的な印象でしかないらしい。ロンドン大学ユニバーシティ・カレッジの神経科学者パトリック・ハガードはこの点について「ネイチャー」誌の最新号で、「わたしたちは自分が選んでいると思っているが、じつは何も選んでいない」と述べているが、わたしなら、別の言い方をするだろう。むしろ、自分たちが「選択の自由」と呼ぶものは厳密には脳内で行われている複雑な計算なのだ、といいたい。決定の結果は、自分の脳の中身――つまりわたしたち――次第なのだから。

これらの実験が提起した問いは、神経科学だけではなく哲学や倫理学とも関係がある。現代哲学の趨勢（すうせい）として、自由意志の問題がデカルト的な心身二元論――精神が脳の特別な腺を通して身体の物理的現実に働きかけるとする説――の観点から語られることはまずないといってよい。今では多くの哲学者が、自由意志を巡るスピノザの主張を易々と受け入れる。だが、もしも自由意志がこの意味で幻にすぎないとしたら、個人の責任はどうなるのだろう。誰かが選択の自由のない状況で罪を犯したとき、わたしたちはその罪を罰するべきなのか。

明らかに罰すべきだ、とわたしは思う。犯罪者を牢獄に入れたり、罰金を科したりすることは、その人物のさらなる行動から社会を守るうえでも、他の人間に犯罪を思いとどまらせるうえでも有効だ。たとえそれが決定論的な世界であったとしても、というよりもじつは、決定論的な世界だからこそ！

思うにここで重要なのは、自分たちの行動を引き起こしているミクロなレベルでの複雑な過程を自身が知らないからこそ、自由意志という概念が役立つものであり続ける、という点だ。わたしたちの振る舞いは、その生化学的な組成の——カオス的側面や量子的な性質はもちろんのこと——複雑さからいって、じつは予測できない。そのため自由意志という概念は、たとえそれが原因らしきものが不明であるがゆえの近似的な概念だったとしても、結果として、自分たちのことを考える際にもっとも有効な概念であり続ける。まさに、スピノザが示した通りなのだ。

それにしてもわたしたちは、たとえ自分がどちらの指を立てることにするのかを機械で予見できるという証拠を突きつけられたとしても、自分の尊い自由意志が、結局は文字通りある種の幻であるということを受け入れられるのか。それとも意思決定者としての誇りや精神の自由というレトリックにがんじがらめに縛られていて、そのような考えを受け入れることはできないのか。スピノザ自身は『エチカ』のなかで、一つの答えを示している。

これらすべてについて落ち着いて熟考するよう人々を説得できるとは、わたし自身は考えにくい。彼らは、自分たちの体が動くかじっとしているかは自分の精神の命令によってのみ決まる、と頑として信じ込んでいるのだから……。

［二〇一一年九月一八日］

ロジャー・ペンローズ

数日前、光栄なことに偉大な数学者ロジャー・ペンローズに会うことができた。ジェノヴァで開かれた科学フェスティバルに出席するために、オクスフォードからイタリアに来ていたのだ。ペンローズは、じつに多面的な知性の持ち主だ。読者のみなさんも、何冊かの著書をご存じだろう。なかでも難解で素晴らしいのが『現実への道（*The Road to Reality*）』という著書で、現代物理学と現代数学を一望できるこの壮大な著作は、啓蒙書としては決して平易でないが、どのページも深い思索と知性で光り輝いている。

ペンローズは、宇宙に関するわたしたちの知識に大きな貢献をしてきた。そのなかのいくつかの定理によると、アインシュタインの理論はわたしたちが目にしている宇宙がビッグバンで始まったことを指し示しているという。一方、純粋数学の分野では、「擬周期的」な構造の研究で知られている。擬周期的な構造とは、少数の要素からなる敷き詰めで、どこまでも無限に繰り返されるが周期的ではない――つまり、まったく同じパターンは繰り返さない――もののことだ。これらは「擬結晶」とも呼ばれていて、自然界にも存在するが、その一方で、床のタイルのデザインからペンローズ自身が作った子ども向けのおもちゃまで、じつにさまざまな領域で使われている。そして今では、現代美術の展覧会でペンローズの式を眺めて感心することもできる。ペンローズは長いデッサンの列に基づく計算方法を開発しており、科学にも明るい才気溢れるイタリアの芸術家ルカ・ポッツィがその式を、グルノーブルで開かれた芸術と科学のための小さな展覧会に展示したことがあるのだ。

八十歳のペンローズは若々しい雰囲気を保っていて、その目は今もこの世界に魅了されている。物忘れを冗談のネタにして、その朝早くイタリアに向けて出発するために家の扉を閉めたときに、家の中に鍵を置き忘れてしまってね、といって笑う。だがその頭脳は明晰そのもので、ごく最近考えついたこと——最新の著書『宇宙の始まりと終わりはなぜ同じなのか』（新潮社、二〇一四）で一般の人々に紹介した着想——の話になると、すっかり熱くなる。

その着想によると、空を見上げれば、おそらくビッグバンの前に起きた出来事の痕跡が見える。というよりも、すでにわたしたちはその痕跡を目にしているはずなのだ。それらの痕跡は空に広がる巨大な同心円であるかもしれず、ひょっとすると、宇宙全体を満たすビッグバンの名残である「宇宙背景放射」というごく弱い放射のなかにかすかに見えているのかもしれない。池に小石を落とした後にできる波を思い浮かべると、次第に大きくなっていく同心円ができるのがわかるが、この場合は池に相当するのが宇宙全体で、落ちた石に相当するのがビッグバンの前に起きた巨大ブラックホール同士の衝突なのだ……。

最近になって、宇宙の膨張する速度がどんどん大きくなっていることがわかった。では、このままでいくと遠い将来にはどうなるのか。銀河団どうしは互いに遠ざかりながら加速して、恒星は消滅し、果てしない極寒の空間に、その中を彷徨う光の波といくつかのブラックホールだけが残る。さらにとほうもなく長い時間が流れると、ブラックホールも蒸発して、後には無の中を永遠に走り続ける光の波の宇宙だけが残される。ペンローズは「じつに荒涼とした、とほうもなく退屈な展望だが」と冗談を飛ばすと、さらに「でも幸いなことに、光の波は退屈しないからね！」と付け加えた。これまた冗談のように聞こえるが、じつは鋭い洞察だ。アインシュタインが最初に気づいたことだが、実際に、わたしたちが速く動けば動くほど、わたしたちにとっての時間の流れは遅くなる。極端な高速で旅をすると、戻ってきたときには、同級生が自分よりずっと年を取っているのに気づくことになる。さらにその効果は、光速に近ければ近いほど大きくなる。もしも光速そのもので旅することができたなら、その人にとっては時が止まる。もはや流れなくなるのだ。ところが明らかに、光は光の速度で動けるから、光にすれば、時間はいっさい流れない。その意味で、光は「退屈することがない」。

　光以外何もない宇宙では、何者も時の流れを「感知」できない。文字通り、時間が存在しなくなるのだ。しかも光しか存在しないとなると、空間における距離も測れなくなる。ペンローズの所見によると、遠い未来のわたしたちの宇宙は、とんでもなく大きく、とほうもなく長く続くものとして記述できるのに、じつは、どれくらいの大きさでどれくらい続くのかがわからない。

　ところがビッグバンの始まりの――つまり宇宙が膨張し始める寸前の――宇宙は、まさにこのような状態だった。継続もなければ、大きさもなかったのだ。ここでペンローズは、あっと驚く

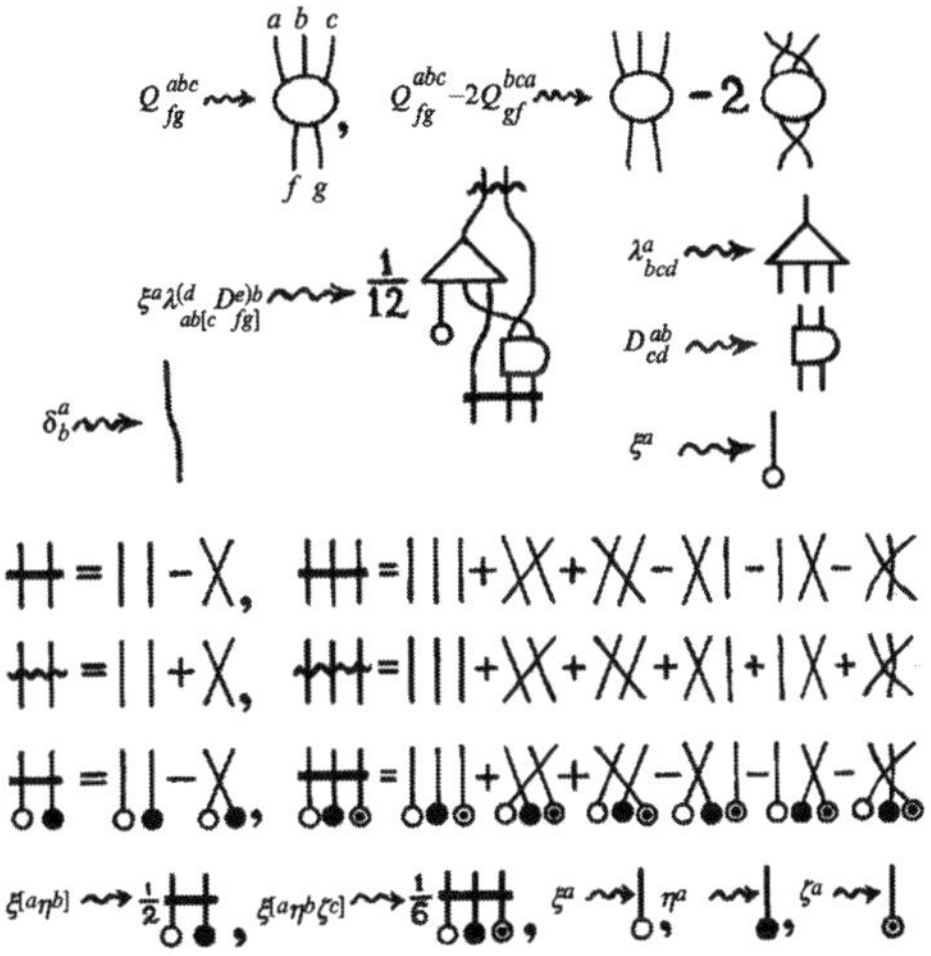

ペンローズの計算

提案をする。もしも宇宙のもっとも遠い将来が、じつは宇宙の新たなサイクルのビッグバンだったとしたらどうか？　二つの宇宙のどちらにも、継続や大きさは存在しない。とほうもなく膨張した宇宙は、じつは無限に小さい宇宙と同じなのだ。ここから、距離の尺度が消えて再定義される、宇宙の「リサイクル」を考えることができる。たぶん未来の巨大な宇宙は、「異なる尺度で見た」今まさに誕生せんとする極小の宇宙なのだ。そしてわたしたちのこの宇宙のビッグバンは、その前にあった宇宙にとっての無限の未来に他ならない。

　これらの仮説を、実際に確認することができるのか。ペンローズによると、時間が崩壊する寸前に、最終的には蒸発することになるブラックホール同士が最後の大衝突を起こすはずだという。だとするとその衝突の痕跡が残っている可能性がある。ひょっとするとその痕跡は、最後の光の海に立つわずかなさざ波のようなものなのかもしれない。宇宙の最後の出来事を中心とする、宇宙全体に広がっていく巨大な円、それらは、宇宙が自分自身を循環利用して、改めて新たなビッグバンから出発する局面を経てきたのかもしれない。もしもわたしたちの宇宙が実際にそのような進化を経て生まれたのなら、ビッグバンの前にできたこれらの巨大な円が今も天空に見えるはずだ。これが、ペンローズの大胆な仮説なのだ。

　なんだかひどく思弁的な感じがするが……。ところが去年、アルメニアのエレバン物理学研究所に所属する天体物理学者ヴェヒ・グリザディアンが、そのような円を見つけたと発表した。ウィルキンソン・マイクロ波異方性探査機（WMAP）とBOOMERanG（ブーメラン）〔Balloon Observations Of Millimetric Extragalactic Radiation and Geophysics＝ミリメートル規模の銀河系外放射および地球物理学のバルーン観測の略。宇宙マイクロ波背景放射の異方性を計ることができる〕が長年にわたって集めてきた、宇宙背景放射の蓄積データを分析した結果だという。観測データはあまり明確ではなく、その解釈は、大いに議論を呼んだ。ひょっとするとランダムな揺らぎを円と見てしまっているのではないか、という声が上がったのだ。結局のところ、雲のなかにいろいろな形を「見」るのはいとも容易（たやす）いわけで……。この問題には、今も決着が付いていていない。

　この論争がどう決着するのか、わたしにはわからない。ひょっとすると、それらの円がただの幻だったことが確認されるのかもしれない。それでも、ビッグバン以前の出来事の痕跡を探すという着想が消えてなくなるとは思えない。いずれにしても、この着想から二つの重要な教訓を引き出すことができる。第一に、ペンローズがどこまでも信を置いている観察には厳密な根拠がある、ということだ。その着想がどんなに突飛に見えようと、そんなことはどうでもよい。重要なのは、それが正しいと検証される可能性がちゃんとある、ということだ。天空の円を探そう。これは、まともな科学なのだ。さらにいえば、正確な予測をいっさい出すこともなく何十年も続いている多くの研究計画――理論を裏付けることもできず、かといって誤りを証明することもできない宙ぶらりんの状態に閉じ込められているプログラム――に対抗しうる、健全なプログラムなのである。

第二の教訓は、第一の教訓と食い違っているように見えるが、ペンローズ自身が人なつこい笑みを浮かべて強調している点だ。曰く、「宇宙が死んだように凍り付いた無限の未来に落ち込んでいくという考えには、わたしは耐えられない」。ここに表れているのは、ある感情、曖昧な直観、情緒的な欲求だ。しかし科学は、たとえそれが最良の科学であったとしても、こんなふうに――あまりに退屈な未来などという着想はとうてい許すことができず、なんとしても退けたい、という想いから――生まれる場合がある。その着想の是非を具体的に検証できる見込みがありさえすれば、最良の着想はまったく非合理的な直観の結実――物事の本質への漠然とした共感の結実――であってもかまわず、実際にそのような事例はたくさんある。齢八〇のペンローズは、今でも真の科学の達人なのだ。

［二〇一一年一二月一八日］

文学と科学　継続する対話

文学の偉大な点は、人間の経験や感情をその多様な形のまま伝えられるところにある。果てしなく広大な人間らしさを垣間見せてくれるのだ。文学はわたしたちに、戦争、冒険、愛、日々の生活の単調さ、政治的な陰謀、さまざまな社会階層での暮らし、殺人者、凡庸な人々、芸術家、忘我の境地、この世界の不可思議な魅力……などを語ってきた。では同様に、偉大な科学につきものの、真の深い感情についても何かを語り得るのか。

もちろん、語り得る。文学は科学に満ちている。サイエンス・フィクションは、分野全体が科学を糧としている。さまざまな戯曲家も科学を取り上げており、なかでも重要なのがブレヒトの『ガリレオ』で、この戯曲は科学的な思考の基盤である批判的な姿勢の核心に迫っている。

わたしたちはすべてを、あらゆることを疑ってみる〔……〕今日わたしたちが発見するものを、明日わたしたちは黒板から消して、二度と書くことはない。少なくとも、その次の日に再びそれを発見しない限り。わたしたちの予想通りの発見があったなら、特段の疑念とともにそれを眺める。〔……〕そしてわたしたちは失敗したとき——打ち負かされて望みを失ったときにだけ、自らの傷をなめて、重い心で、結局のところ自分は正しくなかったのだろうか、と自問し始める。

戯曲の後半の、若き助手アンドレアが素晴らしい着想を裏付ける証拠を一刻も早く見つけ出そうと前のめりになる場面で、ブレヒトはガリレオにこういわせている。多くの偉大な科学者たちが——そしてガリレオ自身も『二大世界体系についての対話〔『天文対話』とも〕』という題名の——科学だけでなく文学でも間違いなく古典とされる著作をまとめてきた。

だが、科学の目から見たこの世界と直に折り合いをつけようと試みたのは、ある至高の文学作品だった。二十世紀初頭に書かれたもっとも知的な小説のひとつであるローベルト・ムージルの『特性のない男』は、じつに衝撃的な描写で始まる。まず、無味乾燥な気象データがずらずらと列挙され、その段落の締めくくりとして、それらがまとめて日常の言葉に翻訳される。「……言葉を換えれば、それは美しい八月の日だった」。ここには——そしてこの小説全体のあちこちに——十九世紀の科学の偉大な成功によって明らかになったこの世界のビジョン、すなわちデータと数字の世界をうまく作品に編み込もうとするムージルの試みが透けて見える。

これと同じ難問にまったく別の角度から向き合ったのが、ミルトンの『失楽園』だった。この詩には、当時まだ仮説でしかなかったコペルニクスの宇宙モデルに思いを巡らす見事な一節がある。

もしも太陽が
宇宙の中心で、ほかの星は
その引きつける力と、星そのものの
刺激によって、さまざまな円を描いてそのまわりを踊っているのだとしたら?
その彷徨(ほうこう)の経路は、あるいは高く、あるいは低く、あるいは隠れ、
前に進んだり、後退したり、あるいはじっと留まったり
あなたには六つ見えているが、もしも七つ目の
この地球という星が、かくも不動に見えるのに、
気づかぬ間に異なる三つの動きをしていたら?

この一節には、科学のきわめて大きな一歩がもたらした興奮――宇宙の地図を根底から作り直して完成させたことへの感動――が溢れている。ミルトンは、密かに全身で新たな科学を呼吸していたのだ。宇宙の壮大さ、宇宙とその動きの調和していながら複雑な性質、星の間の空間およびその空間を旅する可能性、太陽の主要な役割、そして地球外生物が存在する可能性などを……。ミルトンの作品全体を通して、十七世紀に科学がもたらそうとしていた偉大な概念革命の勢いを感じ取ることができる。

だが、純粋に科学を歌い上げた人物に出会うには、さらに時代を遡(さかのぼ)る必要がある。そしてわた

したちは、科学と詩を完全に統合する技を編み出した偉大な詩人にたどり着く。この二つがじつは密接に繋がっていて、ほとんど一心同体であることを実際に示してみせた詩人、ルクレティウスその人に。彼の作品では、もっとも理に適った推論に、詩の力が宿っている。

そしてもし、原子の数がかくも果てしないということを、
人間の時代をまるまる費やしても数え切れないくらい多いということを、わたしたちが受け入れるのなら、
そしてもし、これらの原子を、ここに集まっているのと同じ方法でまとめる力や性質そのものがどこかに存在するということを受け入れるのであれば、
虚空のどこかにこの地球のような星がいくつもあるはずで、
そこには別の種類の人間と別の種類の獣がいることを、認めなければならない。

科学に命を吹き込む自然主義は、レオパルディ〔ジャコモ・——　十九世紀イタリアの詩人で随筆家〕に苦悶をもたらしただけでなく〔二二二ページ「レオパルディと天文学」参照〕、ルクレティウスの心をある種の静謐さで満たした。「わたしたちはさながら暗闇を恐れる子どものように、明るい昼の日中（ひなか）だというのに、夜子どもが恐れるのと同じくらいつじつまの合わないものを恐れることがある」。そしてルクレティウスはこの透徹した自然主義をもって卓越した反宗教的古典をまとめ〔「宗教によって、どれほど多くの災いがもたらされたことか……」〕、じつに明るい気持ちで女神である金星（ヴェヌス）と向き合うことになる。

アイネアス〔トロイ戦争の英雄〕とその種族すべての母にして、人間と神の喜びである魂の金星（アルマ・ヴェヌス）は、天空を往（ゆ）く星の下、船の行き交う海や、実り多い大地に、生き物たちを住まわせる。生きとし生けるものはすべてあなたを通して形作られ、花開いた命は姿を現し、光を見ることができる。

おお女神よ、あなたを前にして、風は逃げる、あなたがはじめて登場したとき、雲は空から去る――勤勉な大地はあなたのために甘く香る花を産み、広大な海はあなたのために笑い、穏やかな空は光で輝く〔ルクレティウス『事物の本性について』冒頭より〕。

ルクレティウスの時代から二千年が経つうちに、わたしたちの目の前にじょじょに新たな知識の深淵が――そして新たな底知れぬ謎が――姿を現してきた。わたしたちは今、新たな歌い手を見つけられるのか。科学の光が露わにした自然の複雑さやその謎を、それでも自然を理解できるということの不思議やその深遠な美を、ルクレティウスと同じくらい明晰に歌うことができる人物を。

［二〇一二年三月三〇日］

ヒエロン二世よ、世の中には、砂粒の数は数えられない、と考える人がいるのです

わたしたちが暮らすこの世界は、たくさんの文化に根ざしている。なかでももっとも大きな影響を及ぼしているのが、ギリシャの合理的な思考であり、聖書である。古代の後期以降、キリスト教を信ずる知識人たちはこの二つの流れを融和させようと力を尽くし、さまざまな結果がもたらされてきた。キリスト教やイスラム教では、今でも自分たちの宗教と合理的な思考との関係が問題になっている。このような合理的思考と宗教の対話の基本要素が、キリストが生まれる二百年前にすでに示されていたということがあり得るのか。これは、最近ジュゼッペ・ボスカリーノが発表したアルキメデスの著作『砂粒を数えるもの（ψαμμίτης）』の校訂翻訳版に埋め込まれた、小さな宝石ともいうべき仮説である。

ローマ人に占領される直前のシチリアに暮らしていたアルキメデスは、古代のもっとも偉大な科学者の一人で、わたしたちが彼から受け継いだとほうもなく豊かな数学の著書群は、近代の科学的思考の復活（ルネサンス）に重要な役割を果たし、十九世紀が終わる直前まで、数学の発展に刺激を与え続

けてきた。
この小さく奇妙な著作『砂粒を数えるもの』——そこでは文字通り砂粒が数えられる——もまた、今に伝わるアルキメデスの著作の一つである。砂粒を数えるなんて、科学者にふさわしい仕事とは思えないのだが、いったいどういうことなのか。

この著作は、じつは科学の専門書ではない。むしろ「ポピュラーな」著作で、そのことは、この著作のなかでアルキメデスが自身のまとめたより専門的な——今は失われた——著作に触れていることからも、察しがつく。

『砂粒を数えるもの』で扱われているのは、数を数えること、つまり勘定の体系の構築である。紀元前三世紀当時に使われていた数では、きわめて多くの物を数え上げることはできなかった。ギリシャの記数法はローマ数字——一〇をXで、五をVで、一五をXVで表すやり方——とよく似ていた。いちばん大きな数は一万で、特に〝ミリアード〔元々は一万の、今日では「無数の」の意味〕〟と呼ばれ、ギリシャではMという文字で表されていた。これより大きな数は直接書き表すことができず、そのため、使うこともできなかった。アルキメデスはこの問題に取り組み、どんなに大きな数でも表せる記数の体系を作った。それは、一万を一万個集めたものを「第二階の数」と名付ける、という方法だった。このやり方では、第二階の数が二つあれば、一万が二万個で二億を表すことになる。さらに、第二階の数が一万×一万個あれば第三階の数になって、一京を表すといった具合だ。これは近代科学で用いられている方法と似ていて、実際にわたしたちは、〔一万ではなく〕十の累乗を使っている。

アルキメデスは『砂粒を数えるもの』で、この記数法がいかに便利なのかを示すために、世界中の砂粒の総数を見積もっている。もっといえば、さらに進んで宇宙全体を満たすのに必要な砂粒の数まで見積もっている。

まず、砂が何粒あれば辛子の種一粒分に相当するのかを見積もり、次にその辛子が何粒あれば自身の人差し指大の箱を一杯にできるのかを考える。さらに、その箱がいくつあれば地球を一杯にできるかを考え、地球がいくつあれば太陽系を一杯にできるかを考えて、最後にその太陽系がいくつあれば宇宙が一杯になるのかを——当時の天文学に基づいて——割り出したのだ。

アルキメデスはこの計算を行うなかで、太陽や月の半径および地球からの距離をどれくらい正確に測定できるかといったことをはじめとする、自身に馴染みのあるさまざまな天文学の成果を紹介している。

なかでも興味深いのが、アリスタルコスの地動説——一五〇〇年ほどコペルニクスに先んじた説——に言及していることだ。そしてこれらの計算から、一千万第八階粒の砂があれば宇宙を一杯にできる、という最終結果を得ている。これは、現代の表記でいうと一〇の六三乗（10^{63}）というきわめて大きな数だが、想像可能な数であって、有限だ。

じつに洗練されたやり方で、アルキメデスはこの計算を微笑みを浮かべながら完璧に実行してみせる。だがこちらとしては、その笑みの裏で、何かもっと本質的なものが賭けられているような気がしてくる。この文書は書簡の形を取っていて、その冒頭では自分が論駁すべき相手がはっきりと示されている。「おお、ヒエロン一世よ、世の中には、砂粒は数えられない、と考える人がいるのです」。この言葉は、次のような聖書の一節を思わせる。

浜辺の砂を、雨の粒を、永遠に続く日々を、誰が勘定できるのか。天の高さを、地の広さを、深海の深さを、誰が知ることができるのか。〔……〕そのような知恵を持つのはただ一人、玉座におわす神だけである。

これは、『シラ書〔『集会の書』、『ベン・シラの知恵』とも。カトリック教会と正教会では旧約聖書に含まれる〕』の冒頭の力強い言葉である。ただしここで砂粒の数え上げに触れているのは、そのような勘定が不可能で、そんなことは知り得ないという点を強調するためだ。この二つの文書には、何か繋がりがあるのだろうか。

『シラ書』はおそらくパレスチナでヘレニズム時代〔アレクサンドロス三世（大王）の治世から約三〇〇年の期間〕――つまり、政治的にも文化的にもギリシャの支配下にあった頃――に書かれ、すぐにエジプトでギリシャ語に翻訳された。文書自体にはっきり記されているように、翻訳は、たぶんアレキサンドリアで行われた。その頃彼の地では、プトレマイオス朝のギリシャ系の王たちが、あらゆる古代の知識を集めて翻訳し、研究し、保存すべく、懸命に力を尽くしていた。ざっくりいえばこのような努力があったればこそ、聖書をユダヤ教やキリスト教やイスラム教の伝統に組み込むことができたのだ。いいかえれば、わたしたちが親しんでいる聖書は、賢明なギリシャ人君主の唱導によってアレキサンドリアで編集され、まとめられた。聖書が古代ユダヤ世界の特殊な文化に留まらずわたしたちにまで伝わったのは、ギリシャの普遍主義と多文化主義のおかげだったのだ。同じくアレキサンドリアにある有名な図書館や博物館——どちらも近代の大学の原型である——などの公的な研究機関では、おそらく聡明な若きシチリア人、アルキメデスが学んでいて、その後も終生アレキサンドリアの知識人と書簡を交わし続けたのだろう。

さらに細かく見ていくと、『シラ書』のギリシャ語訳を作った人物は、自分はエウエルゲテス〔「恩人」を意味する称号、この場合はプトレマイオス八世を指す〕の治世の三八年にこの文書に出会った、と述べている。これは紀元前一四〇年頃のことで、アルキメデスはこのときすでにローマ人に殺されていた。だが、今に伝わるこれらの日付を鵜呑みにすべきではない。なぜならアルキメデスは、ヘブライ語の『シラ書』かそれに類するヘブライ語の文書を、直接アレキサンドリアで見ていた可能性があるからだ。当時のアレキサンドリアでは、自身が学んだヘブライ語の著作をギリシャ語に翻訳することが、一〇〇年以上前からの習慣になっていた。さらに、数え切れない砂粒を人間の究極の限界を象徴する修辞的表現に使う例は、『シラ書』の前にも存在していた。たとえばピンダロスはその数百年前に、「砂は勘定を逃れる」と述べている。

これらすべてを考え合わせると、アルキメデスが論駁しようとしている相手がはっきりしてくるのではなかろうか。彼は〔そういう言葉が生まれる前から〕啓蒙の精神を持っていて、どう頑張っても人間の理解を超える謎がある、と主張するタイプの知に反旗を翻しているのだ。別に、宇宙の大きさを正確に知っているとか、砂粒の正確な数を知っているというふりをしているわけではない。自身の知識が完全だ、と言い張るでもなく、むしろ逆に、自分の見積もりが間に合わせの近似的なものであることを明確にしている。一例を挙げると、宇宙の大きさに関するさまざまな主張に触れながらも、この問題に関する自分の立場は明確にしていない。それに、昨日知らなかったことが今日わかるかもしれず、さらには今日知っていることが明日には修正されるかもしれないということにも気づいていた。

それでも彼は、知の探求を放棄することには抗った。世界を知ることは可能である、という信念を表明し、無知な自分に満足して誰かに知識をゆだねればよい、と考える人々に対して誇り高い譴責（けんせき）を加えているのだ。

あれから何千年も経った今、聖書の一部である『シラ書』は地球上の無数の家に置かれているが、アルキメデスの著書を読む人はほんの一握りしかいない。アルキメデスは、シラクサが陥落したときにローマ人に殺害され、大ギリシャ（マグナ・グラエキア）の誇り高き最後の一角はローマ人の軛（くびき）に屈した。一方『シラ書』は、未来の帝国が拡大を続けるなかで、じきにその帝国の公的な宗教の基本文書の一つとして受容されることになる。爾来（じらい）一千年以上、『シラ書』の地位はまったく揺らぐことなく、一方で、アルキメデスの行った計算は不可解なものになり果てた。シラクサにほど近く、イタリアのなかでももっとも美しい場所の一つであるタオルミーナのギリシャ劇場からは、はるかに地中海やエトナ山を望むことができる。アルキメデスの時代には、この劇場でソフォクレスやエウリピデスの戯曲が上演された。ローマの人々は、この劇場を剣闘士の闘技場に変えた。ようするに、『シラ書』の世界とアルキメデスの世界の文化的な戦いは、前者の完全な勝利に終わったのだ。

だがここで、『シラ書』のあの一節に書かれていることを改めて一つずつ見てみよう。浜辺の砂粒の数は、アルキメデスが計算した。雨粒の数は、気候学者の計算の範疇(はんちゅう)に含まれる。ビッグバンから今このときまでの日数は、宇宙論によって突き止められた。空の高さを測ろうとする試みは、すでにアリスタルコスによって始められていた。地球の広がりは、アルキメデスの数十年前にエラトステネスが見積もっていて、今では海溝の深さと同じようにミリ単位で正確にわかっている。『シラ書』が答えられない問いとして挙げた問題の答えすべてを、わたしたちは見つけたのだ。

その一方で、新たな未解決の問いが生まれている。

アルキメデスが提示した問題は、今もその重要さを失っていない。わたしたちは、自分たちがまだ知らないことを探求したいと思うのか、それとも、自分たちの知識の限界はあらかじめ決まっている、という考えを受け入れるのか。

『砂粒を数えるもの』に見られる知的で精妙な試みは、数学的な体系を大胆に作り上げてみせるただの実演でもなければ、古代のもっとも突出した知識人による名人芸を紹介するだけのものでもない。そこには、挑戦的な理性の叫び——自分が無知だということを知りながら、それでも他者に知をゆだねることを拒む理性の叫び——がある。それは、反啓蒙主義に対する地味で小さいが、きわめて知的な宣言であって、かつてないほど今日性を帯びている。

［二〇一二年四月一日］

自身も科学に関心がある優秀な哲学者が科学における大きな問題に新たな光を当てたことによって、その問いが概念的にも歴史的にもいっそう深みを増すことになったなあ……。『ツェノンのパラドックス』を読み終えたわたしは、まずそう思った。短くも洗練されたこの著作は、ウルビーノで教鞭を執るイタリア人哲学者、ヴィンチェンツォ・ファーノがまとめたもので、ファーノには科学を扱う力がある。

ツェノンもまた科学に関心を持つイタリアの哲学者で、二千四百年前のエレア──現在のサレルノ県の片田舎、チレント地方──で教鞭を執っていた。ファーノの著作によって現代の光を当てられて息を吹き返したその業績は、じつはわたし自身の研究の核となる理論物理学の一連の問題とも密接に関わっている。

空間の無限分割性

ツェノンは、今日「ツェノンの逆理」と呼ばれているいくつかの主張で歴史に名を残している。バートランド・ラッセルが「計り知れないほど微妙で深い」と評したそれらの主張は、偉大なるギリシャ思想の時代の幕開けとともに登場した。それまでの数十年間に、現在のトルコにあるミレトスの自然主義学派の哲学者たちは、事物は必ずしも見かけ通りでないが、理を使えばその性質を調べて理解できる、ということに気づき始めていた。イタリアでは、エレア派の哲学者たちがパルメニデスの足跡を辿って、この直観を極端なまでに徹底していった。すなわち、道理に従って再構成できるものだけが真の現実で、単に見えているだけの現実は否定される、と主張したのだ。ツェノンがその「パラドックス」を示したのも、「人は理では動きを再構成できない」ことを示すためだった。したがって、動きは偽りの「見かけ」にすぎず、真の現実ではない、というのである。じつに大胆な着想だ。

これらのパラドックスのなかでもっとも有名なのが、アキレスと亀の逆説だ。アキレスと亀が競走をすることにした。アキレスは亀の十倍の速さで走れるので、亀の百メートル後ろからスタートすることにした。このとき、アキレスはどのくらいで亀に追いつけるのか。

アキレスは、亀に追いつく前にハンデとなっている百メートルを走り切る必要があって、それにはある程度の時間がかかる。その間に亀は、さらにある程度前に進む。たとえば十メートル進むとすると、アキレスが亀の出発点にたどり着いた時点で、亀は十メートル先にいることになる。アキレスは、亀に追いつく前にさらにこの十メートルを走り切らなければならないから、そのぶん余計に時間がかかる。ところがその間に亀はさらにもう少しだけ進んで……この状況が無限に続くことになる。よってアキレスは亀に追いつく前に無限個の空間の断片を走り抜ける必要があり、そのそれぞれに時間がかかる。したがってツェノンによれば、アキレスには無限個の時間、つまり無限の時間が必要になる。

言い換えれば、アキレスは決して亀に追いつくことができない。追いつけないということを立証しておいて、アキレスが亀に追いついて追い抜くのが実際に見えたとすると、これはつまり、自分たちが見ているのは幻だということになる。これがツェノンの主張だった。

だが、この推論は誤りだ。問題は、無限個の時間幅の和が無限の時間になる、としたところにある。これは正しくない。それを理解するために、一メートルの長さの糸を持ってきて、それを五十センチの箇所で切るところを想像してみる。できた切れ端をさらに二五センチのところで切り、さらにその切れ端を十二・五センチのところで切って、というふうに、その前の長さの半分のところで切っていく。この手順を無限に続けたとして、切れ端を全部足したら糸の長さは無限になるのか。ならないことは明らかだ。なぜなら切れ端を全部集めたとしても、もともとの長さである一メートルを超えることはないから。したがって、長さを無限個足したとしても、加える長さがどんどん短くなっていけば、確実に有限の長さになり得る。同様に、時間幅を無限個足したとても、確実に有限の時間になり得る。ツェノンの推論の間違いは、アキレスがカバーしなければならない無限個の時間を足したときにその時間の長さが無限になる、としたところにあった。

こう考えてみると、ツェノンの逆説も一件落着したように見える。たぶん二千四百年前には、いちばん頭の良い人にもこの解は思いつけなかったはずだ。なぜなら人々が無限和に馴染むようになったのは、ずっと後のことだから。ツェノンから二百年ほど経った頃にはイタリアのアルキメデスが、無限個の何かを足したからといって必ずしも無限にはならない、という事実に気づきはじめていたが、明確に理解されたのは、近代に入ってからのことだった。数学者たちは今日このような和を「収束級数」と呼んでいる。これらの概念が完璧に解明されるまでにはそれなりの時間が必要だったが、いずれにしても、アキレスと亀に関するツェノンの主張が誤解されていたことは間違いない。だからわたしもファーノの本を読むまでは、ツェノンのパラドックスなんてつまらないものだ、と思っていたのだ。

でも、それならなぜバートランド・ラッセルが――彼は確かに数学のことをよく知っていたし、決してだまされやすい人物でもなかった――これらのパラドックスを「計り知れないほど微妙で深い」といったのか。なぜヴィンチェンツォ・ファーノのような鋭い哲学者が、今頃になってツェノンだけをテーマとする著作をまとめたのか。その鍵となるのが、次の問いだ。「わたしたちは、先ほど紹介した答えがツェノンの問いに対する「物理的に」正しい解になっている、とほんとうに確信できるのか」。アキレスが亀を追いかけたときに起きているのは、ほんとうにそういうことなのか。実際に、どんどん長さが短くなっていく無限個の線分のうえを駆け抜けているのだろうか。

ツェノンのやり方を踏襲しながら、この問いの形を変えてみよう。学校では、空間は点の集合だ、と教わる。だが、点には広がりがない。点が二個あっても広がりはない。三つでも同じことだ。実のところ、点をいくつ集めたところで広がりは生じない。それならなぜ、点を集めることで広がりのある空間ができるのか。教育的で知的で博学で網羅的なファーノの著作は、「連続的な空間」という概念に伴う幾多の困難、それらの困難を避けるための曲芸じみた理論、さらにはこれらの困難が何百年もの間に生み出してきた考察や異議申し立てをわたしたちの目の前に並べてみせ、さらにわたしたちを、この問題の現代版の出発点へと導いていく。

この問題がいかに深いものなのかを理解するために、もう一つ、これとは別の歴史の糸を辿ることにしよう。ツェノンにはレウキッポスという友人がいた。レウキッポスは、ある着想――やがて明るい未来が開けることになる、かの原子仮説――を最初に提案した哲学者である。ツェノンは無限分割が可能であるという着想にとことんこだわったが、レウキッポスは、それには多大な困難が伴うということで、物質は分割可能な単位からなっているという考えを提唱した。この着想はやがてその弟子のデモクリトス――史上もっとも偉大な哲学者の一人――によってきわめて壮大な形で展開されることになる。

デモクリトスを研究する人々は、彼の著作が――おそらく「敬虔な数百年」の間に検閲されて――失われたことは世界の知にとって最大の悲劇の一つだったと考えている。わたしたちの祖先がデモクリトスの著作を捨ててアリストテレスの著作を保存するのではなく、たとえアリストテレスの著作のすべての写本を失ってでも「笑う哲学者」ことデモクリトスの著作を守り続けていたら、世界はよりよい場所になっていたはずだというのである。

いずれにしても、レウキッポスとデモクリトスは、物質を無限に分割することはできないという着想をさらに探っていった。一粒の水滴をどんどん分割して、好きなだけ多くの、好きなだけ小さな滴の集まりにすることはできない。水には、水の分子という最小単位がある。デモクリトスによれば、宇宙がかくも多様で複雑なのは、それ以上分割できない物質の単位――デモクリトスはこれを「原子」と呼んだ――が空間内を動き回ることによって宇宙が作られているからなのだ。デモクリトスが示したこの宇宙像は――わたしたちはそれを、特にルクレティウスの残した長編詩を通して知るわけだが――近代科学が誕生するきっかけとなり、最近になって見事なまでに裏付けられた。そして今では、小学校の子どもが全員習う事柄になっている（日本では「原子」は中学理科の範囲）。物質は原子でできていて、無限に分割することはできない。

では、空間はどうなのか。物質と違って、ツェノンが提示した元々の問題、つまり空間を無限に分割できるのかという問題は今も解決されていない。それどころか、基礎物理学の理論研究の中心になっている。ニュートン物理学では、空間は実在しており、無限に分割できるとされていた。十九世紀の数学者たちは、連続性を巡る奇妙な事柄を説明するために、洗練された理論を展開していった。すでに説明したように、それらの理論はツェノンのパラドックスの解になり得るのだろうが、それにしても難解だ。この古代エレア派の哲学者の深遠な主張にはまだ不穏な何かが残されていて、ファーノはまさにそこに光を当てた。残っているのは、ファーノが提示するところの物理学上の問題だ。空間と時間はほんとうに、無限に分割できるのか。さらに、もし無限に分割できないことが証明されたとすると、どうなるのか。

物理的な空間が、どこまでも果てしなく連続的な構造を保っていると考えるのは、理に適ったことなのか。どんどん小さくなるものの深い淵に身を投じて、果てしない無限に向かうなんて、とほうもなく長い道のりになりそうだが……。

じつは今、ツェノンのパラドックスの正しい解は連続性のなかには見いだせないのかもしれない、という兆候が見えはじめている。物質だけでなく空間そのものについても、レウキッポスやデモクリトスの洞察が正しいことが証明されるかもしれないのだ。

二〇世紀の物理学は、宇宙の構造に三つの物理定数――光の速度、万有引力定数、いわゆる量子現象の尺度を定めるプランク定数――が関係していることを明らかにした。これらの定数を組み合わせると、「プランクスケール」という長さが得られる。これはきわめて小さな尺度（原子核の約一垓（10^{20}）分の一）だが、それでも有限の長さをもっている。この規模になると「量子」現象が生じるはずだが、もっとも典型的な「量子」現象に「粒状」という性質がある。たとえば電磁波は、粒子――かの有名な光子、すなわち「光の量子」――の群れのように振る舞う。だとすれば同じように、プランクスケールでは空間も粒子性を示すと考えるのは理に適っている。空間も基本的な「空間の原子」からなっていて、分割に限りがあるとしてもおかしくない。

この空間の粒状性は、現在展開しつつあるさまざまな理論の重要な要素になっている。粒状性をもっとも明確に打ち出して研究を進めているのが「ループ量子重力論」で、わたし自身の研究もその流れで展開している。ループ理論では、一センチ四方の空間は連続しておらず、膨大ではあっても限りある個数の「空間の原子」の集まりなのだ。したがってツェノンに関するファーノの論説は、歴史哲学的な議論に踏み込むだけでなく、理論物理学が熟考すべき着想や主張を示していることになる。連続空間という概念につきまとう複雑さ――ファーノはこれを見事に記述している――を考えると、ひょっとすると連続空間という概念は、現実世界を捉える最良の方法ではないのかもしれない。

もしもループ理論が正しければ、アキレスは無限歩進まなくても亀に追いつくことができる。

わたしたちの英雄がたとえ膨大な歩数を要するにしても、その数には限りがあるのだ。

［二〇一二年六月一七日］

ヒッグス粒子

齢八〇を超えたピーター・ヒッグスは、明らかに感動していた。自身が四〇年以上前にその存在を直感し、今ではヒッグス粒子と呼ばれている素粒子がついに検出された、とのジュネーブの欧州原子核研究機構（CERN）における発表に立ち会うその姿は、科学の目眩（めくるめ）く一ページともいうべき写真に収められている。予告され、待たされ、さんざんじらされて何度も延期されたあげく、ついにこの水曜日に実現した発表を受けて、世界中の物理学者が喜び、あらゆる新聞の一面に「神の粒子〔マスメディアでのヒッグス粒子の呼称〕」という言葉が踊った。ここではいくつかの考察を提供して、事態を明確にしておきたい。

何よりもまず、「神の粒子」という表現は、唾棄すべきジャーナリズムのでっちあげである。およそ物理学者と呼ばれる人なら誰でも背筋が寒くなるはずで、宗教的な感性を持つ人も、全員ぞっとするにちがいない。元来この言い回しは、物理学者のレオン・レーダーマンが、現在ヒッグス粒子と呼ばれている粒子に関する著作の題名を、なんとも捉えにくい粒子であることから『忌々しい（ゴッダム）粒子』――大まかに、呪われた素粒子という意味〔ゴッダムはののしりの言葉だが、God-damnedで神が引き合いに出されている〕――にしようとしたことから始まった。これに対して商業的な感覚は鋭いが趣味は最悪な編集者が、「ゴッダム〔God-damned、神に呪われた、の意〕」から「呪い」を表す「ダム（damned）」を落として「ゴッド（God）」だけを残したので、『神の素粒子』という題名になったのだ。実にナンセンスな題名だが、大衆は惹(ひ)きつけられた。あの粒子の名前は「ヒッグス粒子」であって、この世界を構成する他のあらゆる粒子の「神の娘」ではない。お願いだから、神の名前を持ち出すのはやめにしよう。

ヒッグス粒子の検出は、なぜ大きな意味を持つのか。それは、円環がぴたりと閉じるからだ。五〇年近く続いてきた知的冒険のなかで、科学者たちは大挙して、この世界を形作る素材すべての性質を支えている深遠な構造に光を当ててきた。そして四〇年ほど前に、観察された素粒子を整理するために、今では「標準モデル〔標準模型、標準理論とも〕」（どちらも大文字で始まる固有名詞のStandard Model）という面白みのない名前で知られている理論の基礎が作られた。この理論にはかなりの数のイタリア人科学者が貢献していて、著名な人物だけでも、ニコラ・カビッボ、ルチアーノ・マジャーニ、ジャンニ・ジョナ＝ラシニオ、カルロ・ルッビア、グイド・アルタレッリ、ジョルジョ・パリージなどがいる。今回素粒子の検出を発表することになった二人の実験広報官、ファビオラ・ジャノッティとグイド・トネッリもイタリア人だ。そうはいっても、「標準モデル」やそれを確認するための何十年にもわたる努力は壮大な科学事業の主要部分であって、きわめて国際的な協力の賜物(たまもの)だ。この理論の確認がうまくいったのはさまざまな国の協力があったからで、その意味で、巨大科学(ビッグサイエンス)は倣うべきモデルなのだ。

標準モデルは、現代物理学の枠組みに収まっている。二十世紀の初頭に何十年もかけて作られたこの理論は、量子力学と特殊相対性理論から成っていて、この世界の重力を除くすべての素材とあらゆる相互作用を記述する。マクスウェルの電磁気学は含まれ（そして拡張され）るが、過去にはニュートンの万有引力によって、そして今日ではアインシュタインの一般相対性理論によって記述されている重力は、含まれていない。

それにしても、これは奇妙な理論だ。偉大な理論につきものの、輝くような単純さがない。ニュートンの万有引力や、マクスウェルの電磁気学や、アインシュタインの一般相対性理論といった果てしなく豊かな理論はすべて、短くて単純な一本の方程式にまとめることができる。ところが標準モデルは入り組んでいて、いくつもの欠片を少しずつ繋げていかなければならない。この理論は、さまざまな指標や見事なアイデアや奇抜な考えの断片や、延々と続く辛く細かい計算や複雑で奇妙な推論を、巧みに組み合わせた結果なのだ。そのようにして、明確な数学的構造が得られたものの、未だに多くの人々が、こんなに複雑で人工的なものは信じがたいと考えている。ようするに、あれこれ手を加えた欠片のつぎはぎ細工なのだ。

少し前にボローニャ大学のある教授が標準モデルをテーマとする講義で、学生に次のようにいった。「このなかの特に理論が得意な諸君であっても、この理論は理解し難いと感じるだろう」。標準理論が発表された当初は、誰も真剣に受け止めようとしなかった。こんなに複雑なジグソーパズルが現実だとは思えなかったのだ。従来観察されてきた素粒子の多様性とそれらの間の関係すべてがいくつかの力に帰せられ、それらの力が十五個ほどの「基本的な（素）」粒子の族に作用して、それらすべてを複雑な数学的構造が組織している、というのだが……。早い話が、この世界の構造が見つかったのではなく、難しい文体練習を行ったという感じだった。

ところが、標準モデルの予測はすべて、次々に確認されていった——しかも、じつに高い精度で。何かが確認されるたびに、物理学者たちは、「まあ、もうちょっと様子を見よう」といって首を横に振った。内心、次こそ破綻するだろうと思っていたのだが、なんとまあ驚いたことに、承認を得られずにいたこのモデルの予測に反することは、いっさい起きなかった。この複雑な理論を作るために必要とされた作業のはなれわざが大胆であればあるほど、高いスコアがたたき出される。素粒子はまさに予想された通りの場所で見つかり、きわめて厳密な観測を行ってみても、すでに理論家が行った計算の結果が裏付けられるだけだった。

ところがそこに、究極の穴が残っていた。ヒッグス粒子だ。それは、とても大きな穴だった。なぜならこの粒子は観測されたほかの粒子とは異なるタイプの仮想の粒子で、その存在はごく間接的な形でしか裏付けられていなかったからだ。

ピーター・ヒッグスとその同僚たちの主張をざっくりまとめると、実験の結果から見て、粒子間ではごく近くのものにだけ作用する半径の短い力〔到達距離が短い力〕が働いているはずだ、ということになる。だが、半径が短い力に関する適切な理論は知られていなかった。そこでヒッグスは考えた。その力の半径はじつは長いのだが、何か外から作用する粒子があって、それが半径の長い動きを消耗させているのだろう、と。

素粒子の質量に関しても、これと同じようなやっかいな仕組みになっているはずだった。観測によると粒子には質量があるはずなのに、どう頑張って理論を作ってみても、質量がない粒子を導くような力しか説明できない。だったらこう考えたらどうか。（光子のように）粒子にはそもそも質量はないのだが、ヒッグス粒子なるものがあって、それがほかのすべての粒子と相互に作用していわば粒子を押さえ込み、結果としてそれらの粒子があたかも質量を持っているような振る舞いを見せるのだ、と。

これはひどくひねくれた推論で、とうてい明快とはいえず、この論の信憑（しんぴょう）性という危険な炎に進んで手をかざそうという人は、そう多くなかった。ほんの数日前までは……〔ヒッグス粒子の発見が発表されたのは七月四日で、この記事は七月八日に発表されている〕。

だがこのややこしい仕組みは、人間がこれまでに発見し得た、物質の性質と矛盾しない唯一の理論なのだ。昨年わたしは、同業のたくさんの物理学者に、ヒッグス粒子がほんとうに存在すると思うかどうか尋ねてみた。断定的な答えは一つも返ってこなかったが、さらに問い詰めると、かなりの割合で、存在しないだろうという答えが返ってきた。

ところが、じつは存在した。少なくとも今のところは、輝かしくも、標準モデルが予測した粒子が存在するらしい。

結局のところ、標準モデルの成功はわたしたちに苦い思いを残した。歓迎しかねる成功、とでもいおうか……。ほとんどの物理学者がはっきりと、標準モデルは破綻した方がよかったと述べている。破綻していれば、その理論を修正してもっとすっきりした理論を見つけるために向かうべき方向が、より明確になったはずだから。

わたしたちの意に添わないこの成功は、いったい何を意味しているのか。おそらく、物理理論を巡るわたしたちの審美的な判断を見直すべきなのだ。おそらく、標準モデルが完全に成功した今、ようやく全貌を冷静に評価することができるのだろう。おそらく、自分たちの審美的な判断を自然に合わせるべきなのであって、その逆ではない。

じつはマクスウェルの方程式――今日の理論物理学者にとってはきわめて単純で簡潔そのもののあの式――も、初期の論文では複雑で奇妙なものにしか見えなかった。はじめは、バラバラの断片を寄せ集めたパッチワークだったのだ。わたしたちは少しずつ、幾何学的な単純さを高く評価することを学んできた。自然はわたしたちより賢い。こちらが自然をどう考えるかを学ぶべきなのであって、自分たちがあらかじめ頭の中で作り上げた単純さの概念に自然を押し込めようとしてはならない。確かに、標準モデルは洗練された言葉で語られているとはいえない。少なくとも、まだ重力に関する完全な理論が欠けている。だが今やわたしたちは、標準モデルが自然をほんとうに理解するための重要な一歩であることを悟ったのであって、その事実を真剣に受け止める必要がある。

科学社会学の分野から生まれたいくつかの極端な論文――真理は一つの共同体の内側にしか存在しない、と主張する論文――を思い浮かべると、つい笑みがこぼれる。トーマス・ヘンリー・ハックスリーは、「醜い事実によって美しい仮説が葬り去られるほど悲しいことはない」と記しているが、欧州原子核研究機構における発表があった今、次のように付け加えることができよう。「醜い事実によって裏付けられた理論的な冒険ほど、心躍るものはない」。思考には、必要な観測技術が登場する何十年も前に一連の自然現象を丸ごと予測する力がある。この事実は、理性の有効性を——なかでも現実世界と理性の間の、困難で間接的ではあるが決して不可能ではない関係を——見事に裏付けている。

科学は、悪しき科学哲学が望むような、現実を自前のカテゴリーに当てはめる操作ではない。現実に合った新たなカテゴリーを発見してはそれに馴染んでいく、絶え間ない努力なのだ。

［イタリア語版のみ、二〇一二年七月八日］

不平等はなぜ存在するのか

「原始的」な人々にはじめて遭遇した西欧の人々は、この人々の暮らしは有史以前から何千年もの間、まったく変わっていないにちがいないと考えた。後に、このような考え方は単純素朴に過ぎると批判されることになったが、今頃になって、この説を裏付ける新たな証拠が見つかり始めている。人類学と考古学の広範な学際的協力が実ったのだ。

ここ数十年の間、人類学者たちは各大陸で土着の人々と寝起きをともにし、彼らの暮らしや文化を細かく調べ、たくさんの報告をまとめてきた。同じ頃、考古学者たちが何世代にもわたって発掘を続けた結果、有史以前の人々の暮らしの様子がさらに正確にわかるようになってきた。人類学と考古学の成果を比べると、さまざまなことがわかる。両方に、よく似た物、よく似た魔除け、よく似た構造の家や村、よく似た彫像、たとえば巨石墳（ドルメン）のようなよく似た遺跡、よく似た活計（たつき）、交易、儀式などが見られるのだ。ということは、人類学者たちの研究対象である「原始的」な人々を通して、石器時代の各時代区分におけるヒトという種の暮らしをのぞき見ることができる、と考えてよいのだろう。ひょっとすると「原始的」な人々の瞳をのぞき込めば、何千世代も前の自分たちの祖先たちの瞳に映っていたものを見ることができるのかもしれない。

これが、『不平等が生まれるとき——有史以前の我らが祖先はいかにして君主政治、奴隷、帝国のお膳立てをしたのか（*The Creation of Inequality: How Our Prehistoric Ancestors Set the Stage for Monarchy, Slavery, and Empire*）』という著作の出発点になっている着想だ。この本は考古学者のケント・フラナリーと人類学者のジョイス・マーカスによるもので、二人は中央アメリカの先コロンブス期（プレ・コロンビアン）の文化〔アメリカ大陸の先住民文化〕研究への重要な貢献で知られている。

この著作のクライマックスとなっているのは、人間社会の不平等の起源に関するかなり政治的で、社会的な響きを持つ驚くべき主張である。多くの社会が——わたしたち自身の民主主義社会も含めて——大金持ちと貧しい人々、貴族と庶民、将校と兵卒、自由人と奴隷というふうに、厳格に階層化されている。この広く、行き渡った不平等の源は、いったいどこにあるのだろう。ヒトという種には、常にこのような階層がつきものだったのか。この問いに対する代表的な政治思想の見解はさまざまで、幅広く、まったく異なる理論が展開されている。一方には不平等は天から与えられたものだとする説があって、貴族もカルヴァン派の中産階級市民も王も教皇も、神の恩寵によって他の人々の上に立っているとされる。かと思えば『人間不平等起源論』のなかの、しばしば嘲笑（ちょうしょう）される有名な主張がある。若きジャン・ジャック・ルソーは一七五五年に発表されたこの著作で、原始時代の社会では平等が尊ばれ、男女は同じように重んじられ、資源は均等に分けられていた、と主張する。ルソーによると、この理想的で「高貴な原始状態」は社会が構造化されるにつれて失われ、社会階層や権力や不平等が生じた。「人は自由に生まれるが、いたるところで鎖に繋がれている」というルソーの力強い言葉が公になったのは、フランス革命の少し前のことだった。

そして今、近年の調査ではルソーの説を裏付ける証拠が見つかっている。わたしたちの先祖は、農業が始まる——部族や氏族といった複雑な社会が形作られる——までは小さな集団を作って狩猟採集生活をしており、そこでは社会的な平等が積極的に維持されていた、というのだ。

古代の遊動型狩猟採集社会は拡大版の家族を基盤としており、十から十二人の血縁の濃い人々で構成されていた。そして、同じ地域で暮らすほかの拡大版の家族との間には、濃密な贈り物のやりとりの網が張り巡らされていた。そこには富の集積もなく、「階級」の差もなかった。誰かが、たとえば狩りで並外れた技量を持っていることが認められたとしても、文化によってしっかり抑え込まれる。ナミビアとボツワナの間に広がるカラハリ砂漠のクン人〔英語表記は!Kung。カラハリ砂漠に住むサン人のうちでも北部に暮らす人々で、人類の祖先と目されている。英語表記冒頭の!は歯茎吸着音と呼ばれる子音〕の場合は、ずば抜けた狩人が狩りで特に大きな成功を収めると、大喜びで歓迎されると同時に、ある種の当てこすりを言われる。肉がたっぷり手に入ると、すぐにあちこちから「でもまあ、この骨と皮の山はまったく役立たずなんだけど!」といったあざけりの言葉が飛んでくる。どんな場面でも、誰一人として特権的な地位に就いていると感じることがないように、集団全体が気をつけているのだ。

狩りの獲物は即座に切り分けられ、配られる。より知的で能力のある男がこんなふうにすればいいといって、それでほかの人々を納得させることができれば、その決定に従うこともある。だが固定的なリーダーは存在せず、無理強いしようとする者は誰でもすぐに共同体から追放される。

家族が貯められる富はただ一つ、近隣の人々との信頼関係だけで、その信頼はたくさんの贈り物によって培われる。何かまずいことが起きたら、隣人は喜んで助けてくれる。どうやらヒトは何十万年ものあいだ、基本的にこのような生活をしてきたらしい。

ところが一万五千年ほど前に、大地を耕してその実りを得ることができるようになると、結果として人口が増え、もっと大きな集団を作って働く必要が出てきた。こうして新たな社会構造が展開し、地位の上下が生まれて、平等の価値は下がった。そんななかで増えたのが、たくさんの拡大版家族から成る氏族だった。この氏族が新たなアイデンティティー――厳密には血族でなく、贈り物の交換にも依存しないアイデンティティー――を生み出す。氏族全体が神話上の一人の祖先から始まっているとされる場合もあるのだろうが、いずれにしても具体的で明確な制度を基盤としており、若者たちはそれらに従って根気よく努力を重ねた末に集団への帰属を許され、その秘密を少しずつ手ほどきされる。「男たちの家」は村の中心的な建物で、若い男たちはここで儀式を授かり、集団の価値を学ぶ。このような「家」は、今でもほぼ同じ形のものを各大陸の土着の村で見ることができ、狩猟採集時代の初期段階末期のものとされる考古学の発掘現場でも見つかっている。「男たちの家」は、教会から学校まで、兵舎から大学まで、今日のさまざまな施設の起源になっている。氏族の暮らしはこの場所を中心に回っており、その根っこには、創造神話を子孫に伝えるための複雑な儀式がある。

この段階で初めて、社会はある種の人々の顕著な成功を認知するようになる。そして同時に男たちは、自身のジェンダーをより高く評価するようになる。男たちこそがこの氏族の背骨だと考えるようになり、結果として女を軽んじるようになるのだ。すでに社会に加わっている年長者は若者の上に立ち、若者は通過儀礼のはしごを上がり切らねばならない。氏族を取り仕切っているのは少数の成功者で、彼らが儀式や一族への加入の儀式を差配し、一族の秘密の知識を守る。こうして貴族制や聖職者が生まれ、大きな富が集中するようになる。そして、人間社会の不平等が生まれる。

次なる段階は、中近東では七千五百年前、ペルーでは四千年前、メキシコでは三千年前に始まった。特権あるエリートが積極的に組織を作り、自分たちの権力を安定させて世襲制を敷いたのだ。この段階に入ると、村同士のいざこざは征服のための戦争になり、宗教は整理し直され、二人の著者によれば「男たちの家」は神殿――エリートの特権を保障してくれる偉大な神への礼拝を専らとする場所――になった。今でもさまざまな社会が、少数のエリートが優位に立って権力が集中する局面と、たくさんの人々が再び平等の価値を確立する局面との間で揺れている。たとえばインドのミャンマー国境に位置するナガランドに暮らすコニャック・ナガ族は、個々人の長所を認めることを基本とする平等なゼンコー（Thenkoh）という構造と、世襲のリーダーがいる階層的なゼンデュー（Thendu）という構造の間を周期的に揺れ動いていることが知られている。

このような短いまとめではとうてい伝えきれないが、この著書は、地球上のありとあらゆる地方における人々の暮らしをじつに生き生きと豊かに語っている。幸運を呼ぶために欠かせない祭りや、頭をいくつか狩るための近隣の村への襲撃（どうやらかなり広く見られる習慣であるらしい……）。信望を得るための贈り物戦争がどんどんエスカレートして（わたしはあなたに豚を一頭あげます。あなたはわたしに二頭くれます。だからわたしはあなたに三頭あげます……）、ついには差し出す物がなくなり、自身が隷属するしかなくなる例。ここには、わくわくする物語がぎっしり詰まっている。太古から今日のわたしたちに至る道のりに関心がある人は皆、この本を読むべきだ。

　むろん、現在進行中の研究の成果からあまり多くを読み取るべきではないのだろう。わたしたちの過去に関しては、まだわかっていないことがたくさんある。それでも、人類史上きわめて長い期間にわたってある種の平等主義が規範だった、という見方の持つ魅力に抗うことは難しい。

　不平等が絶えず抑制される社会を目指す力は、叙事詩に詠（うた）われた初期ローマ時代の「王の追放〔紀元前五〇九年の王の追放と共和制への移行〕」以来ずっと、わたしたちの文明に深く根を張っている。紀元前三六七年に第一次共和制下のローマで制定されたリキニウス・セクスティウス法では、もっとも裕福な貴族が所有しうる富（土地と家畜類）の大きさが制限されていた。奴隷制の廃止から、十八世紀の貴族や僧侶の特権廃止、そしてすべての一票が同じ価値を持つ近代的な民主主義の概念に至るまで、平等を求める心の痕跡は、近代社会の成長のなかに刻まれている。最近になって現実の社会主義が歴史的な失敗に帰したために、この勢いが殺（そ）がれた。今やわたしたちはこの惑星の至る所で、民主主義を肯定する巧みな言葉にかろうじてくるまれた、野蛮なまでの不平等の激化を目の当たりにしている。どの国でも、富の分配はかつてないほどバランスを欠き、世界中が、強大な権力を手にした、突出して裕福なエリートの出現を目の当たりにしているのだ。

　十九世紀と二十世紀の平等の理想――ほんの数十年前までは生き生きとしていた理想も、今は色あせて馬鹿にされている。おそらくこれも、ナガランドのコニャック・ナガ族と同じような揺理想通りではないにしても資源を平等に分配しようとしてきた社会、すべての男女が平等だとされる社会のおそらく何万年にも及ぶ歴史があるのだから。

［二〇一二年八月一二日］

確かさと不確かさの間で──その狭間の貴い空間

数年前に、当時わたしが所属していた研究所で同僚が五人、めったにない病気にかかったことがあった。感染症ではなかったが、短期間にばたばたと倒れたので強い懸念が生じ、原因を究明することになった。はじめのうちは、研究所の建物の一部が化学物質に汚染されていたせいではないかと考えた。以前、一部が生物学の実験室として使われていたからだ。ところがそれらしい物質はまったく見つからなかった。そのため不安はさらに増して、恐怖のあまり転職しようとする者が出るほどだった。

ある晩ディナーパーティーで友人の数学者にこの一件を話してみると、彼は突然笑いだした。そしてわたしたちに問いかけた。「この部屋の床にタイルが四百個敷き詰められているとして、米を百粒放り投げたときに、どれか一つのタイルに米が五粒載る可能性はあるかな?」。いやあ、ないだろう、とわたしたちは答えた。四枚のタイルに一粒載るだけだろう? だがその答えは間違っていた。実際に米を何度も投げてみると、決まって二粒か三粒か四粒、時には五粒以上の米が載ったタイルができるのだ。なぜこんなことが起きるのか。なぜ「でたらめに放った」粒は、行儀良く同じ間隔を保って落ちないのか。なぜならまさに、米がまったく偶然に落ちるからだ。そのため常に秩序を乱す粒があって、すでに他の粒が載っているタイルに載る。急に、五人の同僚を巡る奇妙な事態がまるで違うふうに見えてきた。一つのタイルに米粒が五つ落ちたからといって、別にそのタイルが「米を引きつける」力を持っているわけではない。五人が病に倒れたからといって、わたしたちの研究所が汚染されているということにはならないのだ。

統計的な思考に不慣れな人はじつにたくさんいて、学のある人にも多いのだが、これはまったくよろしくない。当時わたしは総合大学の附置研究所で働いていた。物事をよく知っているはずのわたしたちのような教授ですら、あの件では紛れもない統計的な間違いを犯していた。「平均以上の」人々が病気になったからには何か原因があるはずだ、と思い込み、じつは何の理由もなかったのに、職を変わろうとする研究者まで出たのだ。日々の生活には、こんな話がごろごろしている。

ニュース番組のレポーターがいかにも意味ありげに、どこそこでは何々の割合が平均を超えている、と語るのをよく耳にするが、何によらず割合というものは、対象となっている地方全体のほぼ半分で平均を超えている（残りの半分では、平均に満たない）はずだ。数年前イタリアの人々は、代替医療の医師ディ・ベッラの治療によってがん患者が治った、というテレビ報道を見て、感動のあまり涙を流した。これぞディ・ベッラ医師の治療が有効だったという最高の証ではないか。きわめて深刻な腫瘍（しゅよう）に苦しんでいた人々が、その病から回復したのだから。ところがそれは、愚かな思い込みだった。もっとも重篤な腫瘍であっても、治療の有無にかかわらず自然に治癒することがある。回復例をいくつ挙げようと、その数がどんなに多かろうと、その治療が有効だという証拠にはならない。その治療が有効かどうかを知るには、その治療が何回成功して何回失敗したかを数えたうえで、治療を受けた患者の結果と治療を受けていない患者の結果を比べる必要がある。この手順を踏まなければ、雨乞い(あまごい)の踊りを始めるのと同じことになる。踊りが終わった後でいつかは必ず雨が降りだすから、ほら、これが雨乞いの踊りが効く証拠だよ、といえるわけで……。

統計を理解していないせいで、大勢の人々がかの有名なルルドの泉で病気が治るといって感動し、砂糖と水だけでできた薬に頼り、ほかの人には無害だったというだけの理由で危険な賭(かけ)をして、命を失うことになる。

学校で子どもたちに確率論と統計の基本的な考え方を徹底的に教えれば、多くの愚行を避けることができて、社会にとってもかなりの強みになるはずだ。小学校ではもっとも基本的なことを教え、中学校や高校でさらに深く掘り下げる。確率や統計を用いた推論は、評価や分析の強力なツールになる。それらのツールがなければ、わたしたちはまったく無防備になってしまう。平均や偏差や揺らぎや相関といった概念をよく知らないということは、掛け算や割り算のやり方を知らないようなものなのだ。

統計に馴染みがない人は、確率というのは不正確なものだと思っている。これはむしろ逆で、確率や統計という正確なツールを使うと、厳密な問いに信頼できる形で答えることができる。統計がなければ、現代医学も、量子力学も、気象予報も、社会学も……効果を持ち得なかったはずだ。それどころか、化学から天文学に至るすべての実験科学が存在し得なかった。統計なしでは、原子や社会や銀河がどういうものなのかも、ほとんどわからなかった。統計があればこそ、ランダムだが有意な一対の例を基にして、喫煙が体に悪く、アスベストが命に関わることを知り得たのだ。

わたしたちは日々、確率を使って推論している。何かを決めるときには、あらかじめその決定から生じるあれやこれやの確率を見積もる。ガソリンの平均価格や価格変動を実感できるということは、各卸業者がどれくらい平均価格に近いか、近くないかがわかるということだ。さらにわたしたちは直感的に、この二つの変数が相関していると考える。ガソリンスタンドが中心地に近ければ近いほど、ガソリンの値段は高くなるはずなのだ。さらにわたしたちには、とうていありそうにない事とありそうな事の違いがわかる。列車事故に巻き込まれる可能性はきわめて低いから、列車を使う。閉まっている踏切を渡っているときに列車にはねられる可能性もごく低いが（危険を冒して渡る人のほとんどが無事に渡り終える）、それでもこの二つの間には、閉まっている踏切を渡らないでおこうと思わせるだけのはっきりした違いがある。そしてさらに、「たまたま」起きた偶然の巡り合わせと、「理由があって」起きたこととの違いもかなりよく理解している。もっともわたしたちはこれらの概念をかなりおおざっぱに使っていて、よく間違える。これに対して統計は、これらの概念に磨きをかけて練り上げる。概念を正確に定義することによって、たとえば薬や建物が危険か否かを確実に評価できるようにする。それには、確率という概念を厳格かつ定量的に適用する必要がある。

それにしても、確率とはいったい何なのか。統計自体は有効だが、確率の本質は論争の種になっていて、今も活発な哲学議論が続いている。伝統的なのが、「頻度」に基づく定義である。サイコロを何度も転がし続けていると、全体の六分の一で一の目が出るだろう。したがって、一の目が出る確率は六分の一だといえる。ところがこの定義は適用範囲が狭すぎて、うまくいかない場合がある。たとえばわたしたちは、「出来事」が繰り返されそうになくても、確率という言葉を使うことがある。今わたしは、この記事が依頼主である編集者によって新聞に掲載される確率はかなり高いと思っている。だが、同じ記事を繰り返し送りつけるのはナンセンスだ。なぜなら二度目には、間違いなく掲載されないから。この定義とは別に、確率を「傾向」と捉える解釈がある。一部の物理学者によると、放射性原子には次の半時間で崩壊する「傾向」というのがあって、その傾向をその事象が起きる確率を用いて評価するという。ただしこの解釈も決して満足のいくものではない。これではまるで、モリエールが『病は気から』で皮肉った、スコラ哲学の「眠りの効能 dormant virtues」ではないか。睡眠薬で眠くなるのは、その薬に眠りの効能があるからで、原子が崩壊するのは、原子に崩壊する傾向があるからなのだ。

わたしの見るところ、確率の概念が明確になったのは、あるイタリアの突出した知識人――祖国からは当然受けるべき評価を受けられないでいる人物――のおかげだった。数学者で哲学者でもあるブルーノ・デ・フィネッティ（一九〇六－一九八五）は一九三〇年代に、確率を理解する際に鍵となる考えを導入した〔二一一ページ「ブルーノ・デ・フィネッティ――不確かさは敵ではない。」参照〕。確率と関係があるのは、その系（サイコロや、新聞の編集者や、崩壊する原子や、明日の天気など）自体ではなく、その系に関してこちらが有する知識である、という考えだ。明日雨が降る確率は三分の一だ、とわたしが主張するとき、わたしは雲に関する何かを述べているわけではない。雲に関する事柄は、現時点での風などの状況によってすでに決まっているはずで、わたしがここで明らかにしているのは、自分が大気の状況をどれくらい知っているのか／いないのか、その度合いである。それが、確率なのだ。

わたしたちが暮らすこの宇宙は、わからないことだらけだ。わたしたちはたくさんのことを知っているが、知らないことはそれよりはるかに多い。明日、通りで誰に会うかもわからず、さまざまな病気の原因もわからず、宇宙を統（す）べる究極の物理法則も知らず、次の選挙で誰が勝つかもわからず、自分にとって何が良いか悪いかも、ほんとうのところはわからない。明日地震があるかどうかもわからない。本質的に不確かなこの世界で、絶対的な確かさを求めるのは愚かというもの。確実だと答える者は、通常、いちばん信用ならない人物なのだ。

それでも、わたしたちは完全な闇の中にいるわけではない。確かさと完璧な不確かさの狭間には貴い空間があって、わたしたちの生活や思考はそこで展開されているのである。

［二〇一三年一月二〇日］

編集部注：イタリア語版の冒頭には、「統計学の基本概念の誤解が広がっていることが、個人にとっても社会にとっても混乱と損失の源になっている。提案：学校教育にもっと確率の理論を。」という付記がある。尚この文章は、さらに若干の追記とともに、二〇二〇年一〇月の「ガーディアン」紙にコロナ関連のオピニオンとして再掲載されている。

空飛ぶロバは存在するか。
——存在する、とデイヴィッド・ルイスはいう。

「デイヴィッド・ルイスって誰?」

「二〇世紀のもっとも偉大な哲学者の一人、おそらく最高の哲学者だな」

「へえ、で、その人はなんていってるの?」

「あり得る世界はすべて実際に存在する、といってる」

「でも、それってどういう意味? 理解できないんだけど。きみはそう信じているの?」

「いいや」


この会話は、かなりシュールだ。なぜなら世界一の偉大な哲学者だといったすぐ後で、その人物の重要な主張は信じられない、と言い添えることなどできるはずがないから。ところがわたしはこのようなやりとりを、さまざまな国のじつに多くの著名な哲学者とあきれるほど何回も、ほぼこの通りの言葉で繰り返してきた。どちらかというと高尚な雰囲気を持つ分析哲学の世界で、オーストラリアと強い繋がりを持つ——十年ほど前にこの世を去った——アメリカの哲学者デイヴィッド・ルイスは、今や多くの同業者から、現代哲学の唯一最高の哲学者とまではいかなくとも、最高の哲学者の一人だったと認められている。たとえそのもっとも有名な主張——多様な世界が実際に存在するという主張——が、多くの人をまごつかせていたとしても。

ルイスは感じの良い人物だった。講演では、よくSF映画やタイムトラベルの話をした。そしてその哲学論文には盛んに、空飛ぶロバや、ソファの上にいるすっかり毛が抜けた猫などが登場した。もしゃもしゃのひげを蓄え、心ここにあらずといったふうで、型からはみ出していて、お気楽な感じ。オーストラリアが大好きで、毎年何か月もそこで過ごしていた。じつに広範なテーマで何十本もの論文を書き、そのすべてが分析哲学に関するものだった。さらに本も何冊かまとめていて、なかでももっとも有名なのが、『世界の複数性について』（名古屋大学出版会、二〇一六）である。題名からもわかる通り、この著作は彼自身の主要な主張に焦点を当てている。あり得る世界はすべて存在する、という主張である。ロバが空を飛ぶような世界も含めて。

でもちょっと待って！　とみなさんはいうだろう。この世界に、空飛ぶロバはいないんだけど……。確かにその通り、それにはルイスも同意する。この世界には空飛ぶロバはいない。でも、別の世界には、いる。空飛ぶロバがいる世界はたくさんある。それらの世界はすべて実際にある。存在しているのだ。わたしたちが空飛ぶロバを見たことがないのは、空飛ぶロバがいない世界で暮らしているからだ。ちょうど、わたしの部屋の窓からマルセイユの海は見えても、ローマのコロッセウムは見えないのと同じこと。なぜコロッセウムが見えないかというと、わたしがローマではなくマルセイユにいるからで、別に、マルセイユは存在するがローマは存在しないから、ではない。わたしがそこにいなくても、ローマがちゃんと存在するように、わたしたちがそこにいなくても、別の世界はちゃんと存在する。では、それらの別の世界のなかで、実際に存在するのはどれなのか。すべて実際に存在する、とルイスは答える——人好きのするあの笑みを浮かべて。

このような考え方を伝え聞いたわたしはいささかまごついて、去年、ルイスの本を読むことにした。わたしは哲学者ではなく、ルイスの本を理解するのに必要な概念ツールをすべて使いこなせるわけでもなかったのだが……。

手始めに、タイムトラベルに関するルイスの論文を読んでみた。わたし自身の専門が物理学で、特に空間と時間の本質に関心があるので、自分に馴染みのある分野での哲学が相手ならかなり有利な立場に立てるはずだ、と考えたのだ。それに、タイムトラベルが不可能だとする主張に目を通してみても、いつだってなにやらいい加減なとっちらかった感じしかしなかったから、この論文も似たようなものだと思っていた。正直いって論文を読み始めた時点では、これで偉大な哲学者とされる人物が初歩的で基本的なミスをしている現場を押さえられる、と考えていた。ところがすぐに、ぽかんと口を開けることになった。ルイスは時間の旅の可能性を、どこまでも明快に論じていた。その論文は端から端まで明確で、いっさい曖昧なところがなかった。問題点はきちんと整理されていた。時間は遡れない、なぜなら遡れたら祖父を殺すことになりかねないから、といった馬鹿げた言説は、すべて平易かつ明快に退けられていた。そしてわたしにも、なぜデイヴィッド・ルイスに感嘆する人が多いのか、その理由がわかりはじめた。

かくしてわたしは、彼の一連の論文に没頭することになった。はっきりいうと、何本かのかなり専門的な哲学論文は、退屈で理解できなかった。しかしじつに見事な論文もたくさんあって、強い感銘を受けた。実在物とは厳密には何なのか、とルイスは問う。たとえばソファに横になっている猫とは？　抜け落ちてソファにくっついた毛も、猫の一部なのか。厳密には猫はどこまでで、まわりの状況はどこから始まるのか。こんな調子で、様相論理学〔古典論理学の対象外の必然性や可能性を扱う論理学〕の専門的な問題と、わたしたちが思春期に論じながら結局は答えを見つけられなかった問いとの間をジグザグに進んでいく。どの問いに対しても、ルイスは納得のいく答えを示していた。ただし、常に薄い笑みを浮かべながら。解などまったく存在しそうもないところにも、解を見つける。まさに、目もくらむような知性だ。

　これらの経験で武装したわたしは、いよいよルイスの主著である『世界の複数性について』に取り組む時が来た、と思った。さあ、このわたしに、空飛ぶロバが存在することを納得させてもらおうじゃないか。ふと気がつくと、わたしはそう独りごちていた。

　だが悲しいことに、負けを認めるしかなかった。見事に納得させられてしまったことを、ここに告白する。彼がどんなふうにわたしを説得したのか、かいつまんで話そうとは思わない。わたしはルイスでないのだから。興味がある方は、彼の著作を読んでいただきたい。確かにいくつかの疑問は残っていて、今でも自問することがある。たとえば、ルイスは単にいくつかの言葉の意味を変えただけではなかったのか、と。他の人々が「可能である」というところで「存在する」という言葉を使ったり、他の人々が「存在している〜」という言葉を使うところで、「この世界の〜」という言葉を使ったり。それでも彼は間違いなく、「存在する」という言葉の意味に関するわたしの考え方を変えた。わたし自身は彼のおかげで、把握しにくいことで有名なこの動詞の内容に張り付いていた偏見から解放されたと思っている。嘘をつくと鼻が伸びる人形は存在するか。もちろん存在する、ピノッキオだ。だったらピノッキオは存在するのか。いいや、存在しない！　でも、きみは今、存在するといったばかりじゃないか……。

少なくとも、わたしは得心した。ルイスがいうように、存在しうる世界があたかも実在するかのように語ることは、様相に関わるすべての問い――つまり可能性や必然性に関係する議論――を明確にするうえできわめて有効なツールなのだ。

ルイスとその同業者たちのおかげで、分析哲学は再び形而上学と深く関わるようになった――長きにわたって安全な距離を保ち続けてきた、あの領域と。論理実証主義の戒め――なんとしても、われわれは十分明晰な形で定義できるもののみについて語るべきだとする戒め――、なかでも、いかにも深そうに見える問いの多くがじつは言語をぎこちなく不正確に用いた結果でしかないということを示してみせたウィトゲンシュタインの戒めは、哲学のこの広大な哲学領域に深刻な傷跡を残し、そのため存在や非存在を巡る問いは常に懐疑の目で見られるようになった。世界中の哲学科のなかには、いまでも多くのメンバーが「形而上学」という言葉に眉をひそめるところがある。ルイス自身も時折このような懐疑に陥ることがあるが、それでも確かに、分析哲学の一部はその特徴とされる思考の明快さと自前のツールを用いて、再び存在や非存在に関する問いを扱うようになった。ルイスは、形而上学を議論の中心に戻すことに大いに貢献したのである。

［二〇一三年五月六日］

 空飛ぶロバは存在するか。——存在する、とデイヴィッド・ルイスはいう。

第二部

事物の本性について（De rerum natura）

フィレンツェの人文主義者ポッジョ・ブラッチョリーニは、一四一七年にドイツの修道院で、千年以上も忘れられていた、ルクレティウスの素晴らしい長編詩の写本を発見した。『事物の本性について（*De rerum natura*）』（『世界古典文学全集二一』所収、筑摩書房）の写本である。ブラッチョリーニは、自分が手にしているよれよれの小さな文書が後にどれほどの影響を及ぼすことになるのか、想像すらできなかったはずだ。この長編詩がイタリアだけでなく、ヨーロッパのルネサンス、さらには近代世界の展開全体に及ぼした影響がいかに大きなものであったかは、英語圏の文芸評論理論における新歴史主義の主要な提唱者スティーヴン・グリーンブラットによって、『一四一七年、その一冊がすべてを変えた』（柏書房、二〇一二）のなかで語られている。

「変わった」後のヨーロッパでは、絶対的な一神教によって中世のあいだほぼ完璧に拭い去られていた世界観が、改めて姿を現そうとしていた。ルクレティウスの自然主義や合理主義や物質主義だけがヨーロッパに目覚めをもたらしたのでもなければ、この世界の美しさに関する彼の静かで輝かしい黙想や、死を冷静に受け入れ得るという考えだけが要因となったわけでもなかった。

その詩はもっとはるかに大きなものであり、現実を考察するための明確に表現された複雑な概念の構造——ヨーロッパを何百年間も支配してきた中世の思考方法とはまるで異なる新たな思考法——をもたらしたのだ。

ダンテが見事に描写した中世の宇宙にはヨーロッパの社会が反映されており、霊的で階層的に組織されていた。宇宙の中心は地球で、天空と地球は隔たったままで、すべての現象が比喩によって目的論的に説明され、神と死は恐れられ、この世界の構造は、実際に存在する事物に先立つ永遠の形態によって決まっている、とされていた。さらに知識の源はもっぱら過去に、つまり神の啓示や伝統にあるとされていた。ところがルクレティウスの世界には、そのような形跡がまったくない。神への恐れはなく、この世界には意図も原因も存在せず、宇宙は階層になっておらず、地球と天は隔たっていない。そこには、自然への深い愛と穏やかな没頭があり、わたしたち自身が自然の一部であるという認識、男や女や動物や植物や雲は素晴らしい全体の有機的な一部であっていっさい階層は存在しない、という認識がある。深い普遍主義があり、世界をシンプルな言葉で考えようとする野心がある。物理的な世界の謎を調べてついには理解できるようになりたい、という思い、父たち、ひいては祖先たちが知っていた以上のことを知りたい、という大志がある。しかも驚いたことに、このルクレティウスの詩のそこかしこに、ガリレオやケプラーやニュートンが理論を打ち立てる際に用いた概念ツールが見て取れる。たとえば空間における自由な直線運動や、すべての元になる物質——原子——が存在し、それらが組み合わさって複雑な現実を織りなすという発想や、この世界の入れ物としての空間といった概念が。そして何よりも、たとえ人生が限られたものであったとしても、穏やかで静かであり得るという考えが、控えめながら熱心に擁護されている。わたしたちは、死の先に何も存在しないからこそ、死を恐れるべきではないのだ。さらに、わたしたちは神を恐れなくてよい。なぜならたとえ神が存在したとしても、もっと重要な事柄に忙しく、果てしない宇宙のこんなどうでもよい芥子粒のようなわたしたちにかまけている暇はないのだから。ルクレティウスの文書が再発見されたことで蘇ったこの精神宇宙のこだまは、さまざまな著者の記述に響き渡っている。ガリレオからケプラーまで、ベーコンからマキャヴェリまで、モンテーニュ――彼は『随想録』でルクレティウスを百回以上引用している――からニュートンまで、ドルトン、スピノザ、ダーウィン、そしてついにはアインシュタインに至る多くの人々の著作に。ルクレティウスに関するアインシュタインの記述はじつに美しい。「わたしたちの時代の精神に完全に浸り切っていない人なら誰でも、……ルクレティウスの詩の魔法にかかるだろう」。

　最近ピエルジョルジョ・オーディフレッディが発表した『物事の本性について――わがルクレティウス、わがヴェヌス』では、ルクレティウスの詩が読みやすい散文に訳されている。さらに広範な注釈が付いていて、現代科学の例を挙げながら、この世界を合理的に、ルクレティウス自身のやり方で読み解くということの意味が説明されている。オーディフレッディは、ルクレティウスのビジョンを生き生きとしたものにしているいくつかの偉大なテーマを――すべての唯一の創造者たる自然への愛と、一歩また一歩と自然を理解し、宗教や死に対する不合理な恐れを払いのけることを可能にしてくれる理性への信頼を――現代の言葉に置き換えている。偉大なるルクレティウスを――古代ギリシャの原子論とわたしたちとを隔てる裂け目に橋を架けた人、だからこそその業績が近代世界のもっとも重要で深い文化の根の一つとなった人物を――わたしたちのために生き生きと輝かしく復活させたのだ。

わたしはオーディフレッディの著書と平行して、一九二九年に刊行されたヴィットリオ・エンツォ・アルフィエリの『ルクレティウス』を読み直した。すると驚いたことにアルフィエリは、ルクレティウスの詩にオーディフレッディとはまったく異なる解釈を加えていた。オーディフレッディのルクレティウス像が理性的で穏やかなのに対して、アルフィエリのルクレティウス像からはロマンチックな苦悩のようなものが感じられる。オーディフレッディが明確にした輝かしい着想も概念の明晰さも、ルクレティウス流のこの世界のきわめて知的な解釈も、アルフィエリの目には映っていない。何か、別のものを見ているのだ。その詩が奏でる音楽に耳を澄まし、自然の見事な詩情やルクレティウスの情熱的な魂――その精妙な感受性――を聞き取っている。

アルフィエリはわたしたちの手を取って、一節また一節と案内していく。その詩のまぶしいばかりの美しさを指摘し、隠されたリズムや――時には壮大で時には親密な――音楽性を示し、その感触を紐解いて、著者の心が立てるパチパチという音を明らかにする。

アルフィエリは、理（ことわり）を希求するルクレティウスの情熱のなかに、ある種の絶望を読み取る。ルクレティウスの詩（うた）には、人間の愚かさや人生の無意味さや、幻に慰めを求めることの馬鹿馬鹿しさが示されていて、延々と――じつに長いこと――死について語った末に、疫病がアテネにもたらした恐怖を生々しく写実的に描写した、「静謐な暮らしを説く詩人の苦痛に満ちた行」で締めくくられる。アルフィエリにいわせると、平穏な生活が可能だと信じる、というルクレティウスの情熱的な宣言は、ひどい苦悩を抱えた人間の、ほとんど切望ともいうべき憧れなのだ。アルフィエリは、ルクレティウスが媚薬によって気が触れて自死した、というきわめて信憑性の薄い言い伝えに立ち戻り、この詩人が理性の名のもとに英雄的な抵抗の手段として自殺を選んだとしている。コンラッドが表面的な現実の背後に垣間見(かいまみ)たあの黒い海に屈することなく、究極の尊厳を守るために自らの命を絶ったのだ、と。

アルフィエリが描くルクレティウスは、英雄的な反抗心に駆られて人間のために愚かな宗教や愛の幻想と闘ったロマンチックな巨人タイタンのような存在だ。自分自身とわたしたち全員に知識と落ち着きへと向かう道を提供しようとするが、その計画は頓挫する。なぜならルクレティウスにとって、自然は親身な母ではなく邪な継母(ままはは)だったから。そしてまた、情熱的な心のほうが冷静な思考よりはるかに強かったから。

どちらの解釈が正しいのだろう。オーディフレッディが描くところの、幻想を持たずに落ち着いて神々を笑い飛ばす人物なのか、それともアルフィエリが描くところの、濃密なロマンチストなのか。アルフィエリは、ルクレティウスの詩を読んで感動のあまり震えた、というのだが……。おそらくどちらも正しいのだ。ルクレティウスにはこれらすべてを、そしてさらにもっと多くのものを抱えるだけの深さと幅がある。

だがわたしたちの、そして彼の作品に惹きつけられる若者たちの関心は、じつはルクレティウスの人物像ではなく、人生そのものにある。自分たちは、自身の理性をどこまで理解できるのか。

理性はわたしたちを内なる怪物から救ってくれるのか。それとも、慰めを見いだすには明晰な思考を捨てなければならないのか。現実を理解しようとするルクレティウスの姿勢に魅せられつつ、同時にその詩に我を忘れることができるのか。目の前で起きている果てしなく複雑な事柄に対して、近視眼的にならずに思索の光を追い求めることができるのか。自然はわたしたちにとって母なのか、それとも継母なのか。自然主義の明晰な思考によって、わたしたちはレオパルディの絶望〔二二二ページ「レオパルディと天文学」参照〕へと導かれるのか。それとも、ルクレティウスがともに分かち合おうと呼びかけている平穏に導かれるのか。理解することで、わたしたちは自由になれるのか。
『事物の本性について』の第四巻の最後には、これまでに書かれたなかでタブーからもっとも解放された愛に関する荒々しい一節がある。愛を、もっとも野蛮で肉体的な根源へと引き戻した一節だ。

ついに二人が四肢を絡め、
若さの花を楽しむとき、
その肉体が来たるべき悦びを予期し、
絶頂に達して、女の畑にヴェヌスが種を蒔くとき、
二人は貪欲に互いにしがみつき、
口の中の唾を混じり合わせ、
そして、唇を〔互いの〕歯に押し当て、

互いの息を吸う——
だがそれは無駄なことだ、
なぜなら女の体からは何ものも切り離せず、
男が全身で女を貫き、
その体に没入することはできないのだから。

まさに息をのむような一節である。

アルフィエリ自身は面食らいながらも、かつてここまで愛の本質に、その苦悶に、その飢えに近づいた者がいなかったことを認めている。ルクレティウスは、愛をとことん裸にしたまさにその瞬間に、その名状しがたい本質をつかもうとしていた。そしてその抑えきれない愛こそが——とアルフィエリはいう——ルクレティウスの命を奪ったのだ。

しかしそれは、この長編詩の冒頭を飾り、全体を喜びで満たしているあの官能性でもある。冒頭部分を言い換えると、次のようになる。「おお、ヴェヌスよ、官能の神よ、あなたは春であり、太陽であり、欲望であり、動物の多産であり大地の肥沃さだ。あなたを前にして、冬も、悲しみも、死も逃げ出す……あなたのためなら、広大な海も笑い、穏やかな空も果てしない光に輝く……」。

ルクレティウスはわたしたちを、丸ごとの複雑な現実と向き合わせる。人生のどうしようもない憂鬱(ゆううつ)や、輝かしい悦び、無限の宇宙というイメージ、心打つリリシズム、自然についての熟考や理解、不断の知識への欲求……。なぜこんなに生き生きとした詩がイタリアの学校で、あるいは世界中のどこの学校でも読まれていないのだろう。もし読まれれば、きっと十代の若者たちに、自分たちの内面で何が起こっているのかを教えてくれるだろうに。

わたしたちはグルグル回っている、常に同じ場所で……（中略）……わたしたちの人生への渇望は貪欲で、人生への餓えは飽くことを知らない。（第三巻、一〇八〇—八四）

ここには人間の一生のすべてがある。原子も、宇宙も、物理場も、見えないものも。野心も、背信も、退屈も、宗教も、恐れも、死も、死に直面した人間の悲劇的な問いを前にした落ち着きも、宇宙の一生が形作る渦も——射しこむ陽光のなかで踊る埃（ほこり）から、遙か遠くの無窮の未来に起きるであろうこの世界の消滅まで。若者たちにオーディフレッディとアルフィエリの互いに矛盾する解釈を示して、彼らに——そしてその後の世代に——自分たちには白黒を着けられなかった問いの解決を委ねようではないか。

［二〇一四年五月六日］

ハッザ族

まだ暗いうちに、ロッジを出る。わたしはわくわくしながらランドローバーのハンドルを握り、寝ぼけ眼（まなこ）の我らがガイド、ハッサンの切れ切れな指示に従って車を走らせた。道はでこぼこで、浅瀬を渡るのはちょっとやっかいだ。かなり長いドライブの後で、一本のバオバブの下に車を停め、サバンナを歩き始める。わたしとわたしのパートナーとハッサンの三人で。

しばらくすると、彼らが見えた。五、六人の男が、小さなたき火を囲んで座っている。近くの木にはヒヒの皮と、弓と、木でできた小さな楽器と、巨大なニシキヘビの皮がぶら下がっている。少し離れたところでは女たちが輪になっていて、さらに十にも満たぬごく小さな小屋がある。わたしはたき火のそばにしゃがみ、男たちの輪に加わった。アフリカではきわめて稀（まれ）なことだが、挨拶（あいさつ）はいっさいなく、それでも男たちの一人が尻に敷く木の皮をこちらに差し出したので、歓迎されているのがわかった。男というよりは少年で、肌は男たちのなかでもいちばん黒く、頭は細長く、優しく大きな目に誇らしげな表情を浮かべて、肩にはヒヒの毛皮をかけている。わたしの隣の男は、なまくらなナイフで矢を削っていた。わたしは、持っていたオピネルと呼ばれるフランス製のアウトドア用の鋭い小型ナイフを取り出して、彼に差し出した。相手は指で刃先を確認すると、声を立てて笑い、ふざけて隣の男の髪の毛を一房切り取る仕草をした。誰もが笑った。それからこちらにナイフを返そうとしたので、わたしは目で、持っていていいからと伝えた。後になって、彼の名前はシャークアだとわかった。彼らとともにじっと火を見つめるうちに、酔ったような妙な感じがしはじめた。荒々しい悦びと、子供の頃の遊びか、わたしたち人類が何十万年も行ってきた、自分たちがそのために進化してきた、もっとも根源的な何かに加わっているようなぼうっとした感じ。自分には話せない言葉をしゃべるアフリカの男たち――わたし自身の世界についてほとんど知らない男たち――とともにいながら、わたしは、妙にくつろいでいた。

彼らはハッザと呼ばれる狩猟採集民族で、タンザニア北部に住んでいるが、もう多くは残っていない。移動しながら家畜を飼うマサイ族の移住によって、さらには現代世界の侵食によって、彼らの縄張りはひどく狭まった。七〇年代には、タンザニアの社会主義政権が彼らに住居を提供して、生活水準を高めようとした。ハッザは定住を試みたが、すぐに漂泊の暮らしを選んで元の生活に戻っていった。ハッザの若者のなかには、学校に通って良い職につき――飢餓と貧困が蔓延するアフリカでは貴重なことだ――しかし結局はすべてを擲って狩猟生活に戻った者がいたという。ハッザの男たちとたき火を囲んでいると、少しだけその理由がわかる気がした。

さらにその理由がわかったと思えたのは、そのすぐあとにかれらと狩りに出たからだ。わたしたちは注意深く音をたてずにサバンナを歩いて行った。弓を持つ手が緊張している。男たちは大きく広がり、一連のごく小さなさえずり音――わたしの耳には小鳥の歌と区別がつかなかった

──を使って連絡を取り合っている。シャークアの矢が、小型のレイヨウの一種ディクディクに命中した。わたしたちはその血痕を辿り、灌木(かんぼく)の茂みで矢に射貫かれた可哀想な獲物を見つけた。そこに身を隠そうとして、そのまま事切れたのだ。男たちは木をこすり合わせると、わたしがマッチで火をつけるのと同じくらい易々と火を熾した。わたしも火を熾そうとしたが、うまくいかない。少年が笑ってやり方を教えてくれた。小さなレイヨウは火にかざされ、みんなでそれを食べた。シャークアはその角を片方切り取ると、わたしにくれた。

わたしは、素朴なロマンチシズムに屈していたのだろうか。それとも、自分自身の考えや妄想をどこまでも他の人々に投影する人間の能力に屈していたのか。どちらなのかは定かでないが、全員が一列になって村に戻っている間じゅう、この胸が高鳴っていたことは確かだった。男たちの一人は、レイヨウの残りの半身を肩に担いでいた。男たちが狩りをする間、木の実や草の実や食べられる根っこを探していた女たちに渡すために。わたしは、招かれて最高にすてきなゲームに加わった子どものような気分だった。この男たち──声を立てて笑い、冗談を飛ばし、いろいろなことを教えてくれて、弓を手に裸足で堂々と冷静にサバンナを歩く男たち──とともにこの場所に留まりたい、と思う自分がいるのがわかる。わたしたちは、このために生まれてきたのではなかったか。これこそが、何千年、何万年ものあいだ、わたしたち人間がやってきたことなのだ。数人の友と火を囲み、狩りに出て、女たちがいる家へと帰る。野営地に戻れば、再び火を囲んで、一本のパイプが回され……今回はわたしも、ヒリヒリするその煙を吸い込むことにした。どうやら、そのあたりに自生するそれほど強くないマリファナのようなものらしい。

タンザニアで育ったアメリカの人類学者ダウディ・ピーターソンは、長い間ハッザとともに暮らした経験を一冊の美しい本にまとめた。『ハッゼイブ——百万の炎の光に照らされて（*Hadzabe: By the light of a Million Fires*）』という素晴らしい題名のその本には、ハッザの写真と物語が収められ、彼らの暮らしや世界観が一人称で語られている。彼らはいくつかの独立した小さな集団を作っていて、物事はみんなで決め、女にも男と同じ程度の発言権がある。二人の若者が恋に落ちると、男はヒヒを狩りにいって、それを感謝の印として女の父に贈る。そして恋人たちはともに暮らし始め、子どもの面倒は集団全体が見る。老人は尊敬されていて、たき火の周りで物語を語るが、だからといって彼らが物事を決めるわけではない。社会階級もなければ、上下関係もなく、リーダーもいない。自分が人より偉いと思う者は、誰であろうとからかいの対象になる。集団と意見が違ったり、なにか不満がある者は、我が道を行けばよい。財産はなく、食べ物はすぐに分配される。なぜなら狩りや採集で得られた食べ物は、保存がきかないからだ。今日の文化人類学によると、ヒトという種は何十万年というとほうもなく長い歳月、こうやって暮らしてきた。畑を耕し、家畜を飼い、町を造り、本を読み、神殿や聖堂を建て、インターネット・サーフィンをする、といったことはすべてごく最近始まったのだ。ひょっとするとわたしたちは、まだこれらの新しいこと、文明がもたらす不都合に慣れていないのかもしれない。

ではハッザは、どうなのか。彼らも、中国人や英国人やヴェローナ人といった、それ以外の人類すべてと同じように、自分たちの暮らし方だけが理に適っていて、それ以外の暮らし方はおしなべて奇妙だと思っている。彼らは、同じ地域で遊牧や農業をして暮らしている部族がひもじい思いをし、時には飢饉に襲われるのを見てきた（数年前には、干ばつによってかなり家畜が死んだために、マサイ族が極貧状態に陥っている）。しかしハッザは、飢饉を知らない。サバンナには常に、狩ることができる動物や集められる木の実がある。わたしは案内人のハッサンに、シャークアがわたしたちのことをどう思っているのか、尋ねてもらった。ハッサンはハッザの縄張りの近くの村で生まれ、小さい頃から彼らを知っている。ハッザの矢が刺さった動物を見つけては、それらの獲物を返しに行っていたという。つまり、ハッザとは友好的な関係にあるのだ。ところがハッサンを通して得られたのは、じつにばかげた答えだった。「あなたが自分たちに関心を持つのは、自分たちが優れた狩人で、そこから学びたいからだ、と彼は考えている」というのだ。ひょっとして、からかわれているんだろうか……。それからわたしは考えた。七〇年代のヴェローナで少年時代のわたしたちは、すれ違うアメリカの旅行客の暮らしに少しでも関心を持ったろうか、と。それと同じで、たぶんシャークアにとっても「ほかの人々」の暮らしはどうでもよい。多くの男がそうであるように、関心があるのは自分の友達であり、自分の狩りであり、自分の女なのだ。そしておそらく、だからこそハッザの人々は何百年もの間、外からの影響をほとんど受けず、まったく変わることなく、自分たちの父の父が暮らしていたように暮らしてこられた。たぶんシャークアとその仲間は、あまり好奇心に――もっと知りたいという欲に――苛まれることがない。おそらく好奇心こそが、一部のヒトをしてアフリカから出て行かせ、地球上に広がり、動物を手なずけ、植物を栽培し、星に問いかけ、自身に何千という問いを投げかけ、村を、町を、都市を、巨大都市を造らしめたものなのだが……。たぶん新石器革命に――そしてもっと小さな変革に――いっさ

ハッザ族とその家と著者

い加わらなかった人々にはあまり好奇心がなく、あの丘の向こう側をそれほど知りたいと思わなかっただけなのだ。それかひょっとすると、逆に遠くまで見通すことができて、これらの変化によってバランスが崩れる危険があるのを見越していたのか……。どちらなのかはわからない。

それでもシャークアよ、わたしたちは今ここにいる。互いの祖先がまったく別の道を選んでからの数千年の隔たりを超えて、共感をもって互いの目を見つめている。そしてあなたの目の中に、互いの辿った道で得たものや失ったものが見えるような気がする。わたしは世界中を回り、本を読み、病気になれば治療を受ける。だがあなたは、そういうことはしない。わたしはどうしようもなく落ち着きがなく、じっとしていることができない。あなたがどんなふうなのか、わたしは知らない。

それでもわたしにとってもあなたにとっても大事なことは基本的に同じで、わたしの素朴な想像力によると、あなたはそれらをすべて持っている。なぜなら生物としてのヒトは、わたしがしていることを行うようにではなく、あなたがしていることを行うように進化してきたのだから。確かに、わたしはもはやあなたのように生きる術を知らない。結局のところ自分が選ばなかった道を行ったほうがよかったのか、いくらそう問いたくとも、その問いに意味はない。わたしたちは、わたしたちなのだから。

わたしはあなたのもとに、フランス製のこのナイフを置いていく。わたしよりもあなたにとってずっと役に立つだろうから。あなたはわたしにこの小さなレイヨウの角をくれる。それはわたしにとって、十万年にわたって紡がれてきた生活を思い出す縁（よすが）となる。シャークアよ、あなたはその失われた暮らしを堪え忍ぶ、あるいは楽しむ最後の一人なのだ。

［二〇一四年六月二二日］

着想は空からは降ってこない

何年も前に、ある物理学会議のディナーの席でノーベル賞受賞者のスブラマニアン・チャンドラセカールと隣り合わせの席になった。われら若年物理学者の間でその創造力が伝説となっていた、あのチャンドラセカールだ。「チャンドラ」はすでにかなり年配で、寡黙(かもく)だが愛想の良い紳士だった。その彼が、ディナーの最中にこちらを向いて語り始めた。「ところで、カルロ。優れた物理学を行うには……」。わたしは目を大きく見開いて、固まった。何か貴重なご託宣をもらえるかもしれない、と思ったのだ。「……優れた物理学を行うには、とくに知的である必要はない」。恒星の質量の上限を突き止めた天才、ブラックホールの数学理論を展開してきた優れた科学者の言葉にしては、ひどく馬鹿げているような……。だがそれに続く結論を聞いて、わたしはなるほどと思った。「いちばん大事なのは、懸命に取り組むことなんだ」。

「純粋な創造性」やら「いっさい縛りのない想像力」とかいう神話に出くわすたびに、わたしはチャンドラセカールのこの言葉を思い出す。新しい何かを打ち立てるには、規則を破って過去のがらくたの重みから己を解き放ちさえすればよい、とはよく言われることだが、わたし自身は、科学における創造性がそんなふうに発揮されるとは思わない。アインシュタインは、ある朝目を覚ましたら光より早いものが存在しないことを悟っていたわけではない。コペルニクスは、地球が太陽のまわりを回っているという考えを宙からひねり出したわけではなく、ダーウィンも、たまたま種は進化すると思いついたわけではない。新たな着想は、天から降ってはこないのだ。

新たな着想を生み出すには、同時代の知識に深く没入する必要がある。それらの知識を懸命に咀嚼(そしゃく)して、ついにはそこにどっぷり浸かって暮らすようになる。未解決の問題をあれこれ考え続け、その答えへのありとあらゆる径(みち)を試してみて、さらにまた解けそうな方法をすべてさらい、それからもう一度それらの径を辿ってみる。そうやってついに、まったく思ってもみなかった場所に一つの裂け目、ひび、抜け道が見つかる。それまで誰も気付かなかった、しかしすでにわかっていることとは矛盾しない何かが。ごく小さなそれをてこにして、わたしたちの計り知れない無知の、つるつるとつかみどころのない縁(へり)に爪を立てると、新たな領域への扉を開けることができる。

科学におけるもっとも創造的な精神はこのように機能してきたのであって、今も何千人の研究者たちがそのようにしてわたしたちの知識を前進させている。神経をすり減らしながら自分たちの知の縁とやり取りをするなかで、はじめて着想が見つかるのだ。

コペルニクスは古いプトレマイオスの本のごく細かいところにまで馴染んでいたから、その紙葉の間に新たな世界の形を垣間見ることができた。ケプラーは何年もの間、天文学者のチコ・ブラーエがすでに集めていた観測結果と格闘した末に、それらの情報に潜んでいた楕円軌道を読み解いて、太陽系を理解するための鍵を得た。

新たな知識は、現在の知識から生まれる。なぜなら現在の知識には、矛盾や、解消されていない緊張や、互いに矛盾する細部や、ぷつぷつと途切れた筋書きが含まれているからだ。電磁気とニュートンの力学を全面的に調和させることは困難で、アインシュタインはそこにチャンスを見つけた。ケプラーが発見した惑星の優美な楕円軌道とガリレオが計算した放物線は両立せず、ニュートンはその事実から前進の鍵を手に入れた。長年にわたって測定されてきた原子のスペクトルは古典力学に収まりきらず、ハイゼンベルクはこの事実にとほうもない刺激を受けた。ある理論とほかの理論、観測結果と理論、わたしたちの知識の互いに異なる部分、これらの間の対立が解消できそうにない緊張を生んで、そこから新たな何かが流れ出す。新しいものが古い規則を破るのは、あくまで矛盾を解決するためであって、規則を破ること自体が目的ではない。

プラトンは『第七書簡』の見事な一節〔三四四のB〕で、知識を獲得する過程について説明を加えている。

> 多大な努力の末に、名前（オノマ）や定義（ロゴス）や観察（オプシス）、さらにはほかの知覚情報（アイステーシス）が集められて、とことん比べられる。互いを並べ合わせ、じっくり精査し、誠心誠意真剣な検証を行って〔……〕最後に突然どのような問題であろうと、それに対するわたしたちの理解と、明快な知性――その結果が人間の力の限界を表す――が輝き始める。

明快な知性は……「多大な努力」の後にはじめて得られるものなのだ。
その二千四百年後に、現在存命のもっとも偉大な数学者の一人であるアラン・コンヌは、人を数学者たらしめる発見を次のように描写している。

研究し、研究し続け、さらに研究して、それからある日、研究を通して妙な感じがしはじめる。――いや、それはあり得ない。そんなことはあるはずがない。何か、うまくいかないものがあるぞ。その瞬間、あなたは科学者になる。

［二〇一四年七月二〇日］

ブラックホールⅠ：恒星間の致命的な引力

今から九十九年前、ヨーロッパが血にまみれた破壊的な殺し合いへと突き進んでいる最中に、三六歳のアルベルト・アインシュタインは一般相対性理論の最終的な方程式を含む論文を科学雑誌に送ろうとしていた。その時点で彼は、これらの方程式がやがてたくさんの尋常ならざる未知の現象の存在を曝くことになるとは思ってもいなかった。

方程式は複雑だったから、アインシュタイン自身もとうてい正確な解が得られるとは思っていなかった。ところが論文の発表からほんの数週間後の一九一六年一月に、ドイツ砲兵隊のある中尉から一通の手紙が届いた。そこには、「あなたもおわかりと思いますが、この戦争は、それなりに与しやすいものです。機銃掃射があったとしても、あなたの着想の領分を歩き回れるのですから」と書かれていた。カール・シュワルツシルトからのその手紙にはさらに、アインシュタインの方程式の厳密な解を得た、と記されていた。四か月後、シュワルツシルトは従軍中にロシア戦線で得た病によりこの世を去った。

彼が示した解は、地球や恒星のような球形の天体を取り巻く空間を記述していた。天体の質量が十分大きければ、引力が生じる。この力こそが、三百年前にニュートンが記述した重力、わたしたちが全員学校で習う重力なのだ。天体の質量が凝縮すると、アインシュタインの方程式によって記述される力がニュートンの力より強くなって、たとえば時計が遅れるといった現象が生じる。ところがシュワルツシルトが見つけた解には、何やら奇妙なところがあった。天体の質量が極端に凝縮されると、すべての時計が止まるような球面――時の流れが止まるような球面――が生じる、というのだ。

一体これはどういうことなのか。

アインシュタインはその生涯にたくさんの間違いを犯したが、このときも、間違えた。問題の表面――今日「シュワルツシルト面」あるいは「事象の地平線」と呼ばれているもの――には永久にたどり着けない、と主張したのだ。そして、シュワルツシルトの解で記述されるような対象は存在し得ない、とする論文を書いた。だが、それは誤っていた。他の理論物理学者たちも論争に加わって、延々と混乱が続いた。シュワルツシルト面でほんとうは何が起きているのかが明らかになったのは、ようやく六〇年代のことだった。数学者や物理学者がもつれた糸をほどいて、「シュワルツシルト面」は通過不可能な極限ではない、ということを突き止めたのだ。じつは簡単に通り抜けられる。

それどころか、重力がきわめて強く、何ものも――光ですら――逃れられない領域の境界面だった。

優れた言語感覚の持ち主だったジョン・ウィーラーは、この現象にぴったりの名前をつけた。

それが、ブラックホールと呼ばれる領域は、質量がきわめて密なので、それ自身に向かって崩れていて、その途方もない重力からは何ものも——光ですら——逃れられない。光線は、シュワルツシルト面で動くこともできず、逃れられずに固まって立ち往生する。ブラックホールからは、何も逃げ出せない。あらゆるものが入っていけるのに……。

　この一件は、科学というよりも、純粋に理論上の問題のように思われた。なぜならこの「シュワルツシルト面」は、途方もなく圧縮された物質がなければ存在しないからだ。たとえばわたしたちの地球がブラックホールになるには、全質量を直径一センチのビー玉に押し込める必要がある。

　この宇宙に、そこまで凝縮された物質が存在するはずはない。地球全体をぎゅっと押し縮めて卓球の球より小さくするなんて、冗談にもほどがある！　と思われていたのだ——その当時は。

　わたしが大学で一般相対性理論を学んでいた七〇年代の終わりでさえ、教科書のブラックホールの章には、これは単なる数学的好奇心の産物でしかなく、「現実世界には、そのようなものはいっさい存在しない」と書かれていた。

　しかし、それは間違いだった。教科書が間違うのは、よくあることだ。

　一九七二年にはすでに、はくちょう座にある極めて密で暗いものに天文学者たちの関心が集まっていた。後にはくちょう座X—1と呼ばれることになる天体だ。その周囲を別の恒星が一つ、猛烈なスピードで回っている。さだめしジョン・ウィーラーなら、ブラックホールをほとんど光のない部屋で白装束の女とワルツを踊る黒装束の男に喩えたことだろう。その天体がそこに存在することがわかるのは、ひとえにそのまわりをグルグル回っている明るい恒星が見えるからなのだ。

天文学者たちは、はくちょう座X—1の観察に全力を注いだ。そしてついに、周囲で渦巻いている物質が燃え上がる際に放つ光を捉えることに成功した。それらの物質はどんどん引き寄せられ、やがて虚空に飲み込まれて消えてしまう。じきに、ほかにも同じような天体があることが確認され、調べられた。そして、この現象を説明する他の試みは一つまた一つ否定されてゆき、避けようのない結論だけが残された。天空は、ブラックホールで一杯なのだ。今では、わたしたちの天の川銀河だけでも、はくちょう座X—1のようなブラックホールが何千万もあると考えられている。

話はそれで終わりではなかった。三〇年代初頭にはすでに、大陸間の通信に干渉する未知の電波源があることがわかっていた。科学者たちは一九七四年に、それらの電波の源が地球の外にあって、わたしたちの銀河の中心があるはずのいて座のあたりから電波が来ていることを突き止めた。そこで、このいて座A*（エー・スター）と呼ばれる電波源を集中的に観測すると、じょじょに驚くべき事実が明らかになってきた。わたしたちの銀河の真ん中に、じつは巨大なブラックホールがあるのだ。その質量は太陽の何百万倍にも上り、周囲をたくさんの恒星が回っている。時折それらの恒星の一つが、この銀河の怪物のようなポリュフェモス〔ギリシャ神話の一つ目の人食い巨人〕に近づきすぎて、鯨（くじら）に飲み込まれる小魚のように丸呑みにされる。

天文学者たちは今、北極地方からロッキー山脈、アンデス山脈を経て南極地方に至る巨大な電波アンテナのネットワークを整備しているところだ。それが完成すれば、この怪物のまわりの沸き立つ灼熱の領域を「見る」ことができる。そこには恒星や銀河の塵やありとあらゆる種類の破片が群れ集まり、猛り狂うひどく騒々しい渦となって、真っ黒な井戸に落ちていく。*

これと同じような途方もないブラックホールが、既知のほぼすべての銀河の中心で観測されている。なかには絶えず膨大な量の恒星や星間ガスをむさぼる大食らいもいて、そこに落ちる物質は激しく沸き立ち、何百万度もの高温に達して巨大なエネルギーの光を生み、それらの光が銀河間の空間を明るく照らしている。

宇宙で観察可能なもっとも暴力的な出来事——たとえばかつてクェーサーと呼ばれていた謎めいた強烈な信号など——は、これらの巨大な神々(タイタン)が生み出したもので、時には一千億個の恒星からなる銀河と同じくらい明るく輝く。みなさんは、太陽の十億倍の大きさの怪物が生み出す銀河の嵐を思い描くことができますか?

［二〇一四年八月一〇日］

＊このコラムを書いた五年後に、この電波アンテナのネットワークが実際に世界初の銀河ブラックホールの画像を捉えることに成功した。その後、その画像は世界中で有名になった。

ブラックホール　II：無が発する熱

　スティーヴン・ホーキングの科学への主だった貢献は、ブラックホールの性質に関するものだった。ブラックホールは熱い、ということを示してみせたのだ。

　ここでいっているのは、ブラックホールに向かって落下し、ぐるぐる回りながらぎゅっと集まって真っ赤に焼ける物質――それがあるからこそ天空の「ブラックホール」が見えるのだが――のことではない。ホーキングは、何も落ちていかない穏やかなブラックホールもやはり熱を持っていることを示した。ブラックホール自体が熱いのだ。

　誰も、その熱を観測したことはない。弱すぎて、どんな望遠鏡を使っても拾うことができず、わたしたちが目にしているブラックホールの場合は、間断なく落下し続ける物質のすさまじい熱に紛れてしまう。現時点ではホーキングの予測はあくまで理論上のもので、実験で確認されているわけではない。だが彼の計算はさまざまな方法で追試され、常に同じ結果が得られている。そして科学界は、その結論には説得力があると考えている。つまり十中八九、黒い穴（ブラックホール）はそれほど黒くない。穏やかな熱源なのだ。もしもまったく星のない天空の真ん中にブラックホールがぽつんと一つだけあったなら、黒くはなく、ぼんやりと光を放つ小さな球のように見えるだろう。

　これには誰もが驚いた。熱いということは、熱を放射しているということだ。しかしわたしたちが理解するところによると、ブラックホールからは何も逃げ出せないはずだ。となると、熱はどのようにしてブラックホールから放出されるのか。

　その鍵は、ホーキングの計算に量子力学が含まれている、という点にある。ブラックホールに入ることはできても決して出て行けないという予測は、アインシュタインの一般相対性理論だけに基づいているのだが、この理論は、量子現象を無視した不完全なものなのだ。ホーキングの計算のおかげで、アインシュタインの理論だけでは限定的な記述しかできなかった現象をよりよく理解することができるようになり、ブラックホールから何かが——かすかな熱が——逃げ出していることが明らかになったのだ。

　ブラックホールの熱には、ブラックホールそのものを記述する一般相対性理論と、量子理論が関係している。現時点ではまだ、これこそが一般相対性理論と量子力学を組み合わせた完璧な理論だ、と合意されたものはないが、ブラックホールの熱を手がかりにすれば、二つの理論をうまく組み合わせる方法がわかるかもしれない。つまりこの熱は、二〇世紀の二大物理理論の統合という課題を解決するすべての試みに対する理論的な尺度（ベンチマーク）なのだ。ブラックホールは、天空に実際に存在する驚くべき天体であるだけでなく、わたしたちの空間や時間や量子を巡る着想を理論的に検証するための実験室でもある。

　カップのなかの紅茶が熱いのは、その分子が激しく動いているからだ。熱とは、分子のすばやい運動である。だがブラックホールの表面は、物質でできた有形の表面ではない。カップに入った紅茶やボールの表面と違って、後戻りができない場所、重力が極端に強くなる場所でしかない。分子で構成された物質の表面とは異なる。ということは、いったい何がブラックホールの表面に熱が生じるような大騒ぎを引き起こしているのか——そこには何も存在しないのだが……。

一つ考えられるのが、基本的な空間の量子がこの熱を生みだしている、という答えだ。ホーキングの計算で予測されたブラックホールの熱が鍵となって、これらの「空間の分子」の存在が明らかになる可能性がある。きわめて強い重力が、ブラックホールの表面にまるで巨大アンプのように作用して、空間の基本粒子のきわめて小さな身震いを曝いてみせる。ブラックホールの熱はいかなる物質の熱でもなく、重力によって増幅された空っぽな空間そのものの熱——つまり、無が元来持っている熱量——なのだ。

この推論はさらなる謎を呼ぶことになる。どうやら重力の理論を量子力学と組み合わせるには、熱について語ることが避けられないらしい。でも、なぜそんなことに？　熱は、失われた情報と理解できる。何かが熱いということは、その分子が派手に動き回っているということなのだが、その動きはでたらめで、物質の全体としての振る舞いからその動きを正確に再現することはできない。暖炉で手紙を燃やしたとして、きわめて優秀な調査員であれば、理屈の上では炎が放つ光や灰に基づいて、手紙に書かれていた内容を明らかにすることができる。ところがブラックホールに落ちたものはすべて、その外にいるわたしたちからすれば永遠に失われてしまう。ブラックホールに手紙を投げ込めば、何が書かれていたのかは永遠にわからない。ブラックホールはすべての情報を破壊する。では、その情報はどこに行くのか。

アジアへの門を閉ざす象徴とされていたゴルディオスの結び目〔決して解けない結び目を一刀両断にした大王が、予言通りアジアの王になったという、アレクサンドロス大王と小アジアを巡る伝説〕のように、ブラックホールは近年発見されたこの世界に関するすべての驚異——どんどん遅くなって、ついにはほぼ止まってしまう時間、空間の基本粒子、失われた情報——が絡み合う、謎めいた天体なのだ。宇宙のなかの、何でも入れるのに、何も出られない場所……それも、永遠に。そう考えると、何やら落ち着かなくなる。これはまさに世界を理論的に理解しようとするわたしたちに対する挑戦状ではないか。でも、ブラックホールに落ちたものが金輪際そこから抜け出せないというのは、ほんとうに確かなことなのか？「決して」などとは、決して口にしないほうがいい……。

〔二〇一四年八月一七日〕

ブラックホールⅢ：中心の謎

ブラックホールに関するわたしたちの知識は、なにやら逆説的だ。天文学者にすれば、今や「普通の」天体なのだから。ブラックホールは観察され、数えられ、量られる。そして、一〇〇年前にアインシュタインの理論が予想した通りに振る舞う。当時は誰一人、こんな特異なものが実際に存在すると思っていなかったのだが……。ようするに、すべてうまくいっている、というわけだ。それでもなお、ブラックホールはまったく不可解な存在であり続けている。

確かに、わたしたちの手元には天体観測によって見事に裏書きされた一般相対性理論という美しい理論があって、それを使えば天文学者の観察した事柄——これらの怪物が恒星を飲み込み、渦を巻くように回転し、とほうもなく強い光線や悪魔的な何かを生み出すこと——を完璧に説明できる。宇宙は驚くべきもので、きわめて変化に富み、存在するとは思ってもいなかったもので一杯だが、それでも理解はできるのだ。それなのに、大人たちがすっかり熱狂したときにもっぱら子どもたちが発するような、一つの小さな問いが残されている。「でも、あそこに見えるブラックホールに落ちていっているものは、いったいどこに行っちゃうの？」。

話はここからややこしくなる。アインシュタインの理論は、ブラックホールの内側も数学的に正確かつ優美に記述する。つまり、ブラックホールに落ちたものが辿るべき経路を指し示すのだ。物質はどんどんスピードを増しながら落ちていって、ついに中央の点に到達する。そしてそれから……そこからは、アインシュタインの方程式がいっさい意味をなさなくなる。もはや何も語ることなく、日の光を浴びた雪のように溶けてしまう。変数の値は無限になり、すべて意味を失う。なんてこった！

ブラックホールの中心に落ちた物質は、いったいどうなるのか。わたしたちにはわからない。落ちていくのを望遠鏡で観察して、中心付近までの軌跡を頭の中で追っていって、次にそこで何が起きるのかは、いっさい不明。ブラックホールが何でできているのか、その外側と内側のことはわかっているのに、肝心の細部がわからない。中心は、いったいどうなっているのか。しかもこれは、くだらない枝葉末節ではない。なぜなら落ちたものはすべて真ん中に行き着くのだから（しかも、わたしたちが目にしている天空のブラックホールには絶えずものが落ちている）。空にはブラックホールがたくさんあって、そこにものが消えていくのが観察されていて……でも、それらがどうなるのかはわからない。

この問いの答えへと向かう路（みち）は、今までのところどれもかなり挑戦的だ。ひょっとすると、その物質はたとえば別の宇宙に現れるのかもしれない。ひょっとすると、わたしたちのこの宇宙自体が、その前にあった宇宙に開いたブラックホールから現れたのかもしれない。ひょっとすると、ブラックホールの真ん中ではすべてが融け合って確率の雲となり、そこではもはや時空も物質も意味を成さなくなるのかもしれない。あるいは、ひょっとするとブラックホールが熱を放っているのは、何千億年もの時間をかけて、中に入ったものがどういうわけか熱に変わるからなのかもしれない。

　わたしが所属するマルセイユの研究グループでは、グルノーブルや、オランダはナイメーヘンの同僚たちとともに、もっと単純で理に適ったシナリオの可能性を探っている。そのシナリオによると、物質は減速して、中心に達する前に止まる。とことん凝縮したためにすさまじい圧力が生じて、最終的な崩壊は阻止される。これは、ちょうど電子が原子のなかに落ち込むのを防ぐ「圧力」のようなもので、ある種の量子現象なのだ。物質は落ちるのをやめて、とほうもなく密で極端に小さい星のようなもの――「プランク・スター」――になる。そして、こういう場合につきもののことが起きる。つまり、跳ね返るのだ。

　プランク・スターは、床に落とされたボールのように跳ね返る。ボールのように、落ちてきた軌跡に沿って元に戻り、時間は巻き戻され、かくして黒い穴（ブラックホール）そのものが（専門用語でいう「トンネル効果」によって）正反対の白い穴（ホワイトホール）になる。

　ホワイトホールだって？　なんだ、それは？　それは（ブラックホールと同じように）アインシュタインの方程式の解であって、わたしが持っている大学の教科書には、「そんなものは現実の世界に存在しない」と書かれている……何一つ入れないが、いろいろな物が出てくる空間領域だ。いうなれば、時間を巻き戻したブラックホール、破裂する穴（ホール）なのだ。

　でもそれならなぜ、物質がブラックホールに落ちるところは見えても、すぐさま跳ね返ってくるところは見えないのか。答えは――ここがこの問題の決定的なポイントなのだが――時間の相対性にある。時間は、どこでも同じ速度で流れているわけではない。海抜ゼロメートルの場所では、すべての物理現象が山の上よりゆっくり進む。低いところ――つまり重力が強いところほど、時間はゆっくり流れる。ブラックホールの内部では重力がひじょうに強く、したがって時間の流れはきわめて遅くなる。すぐそばで見ている人には（といっても、ブラックホールの中に入って観察してやろうという肝の据わった人がいれば、の話だが）、落ちたものがすぐに跳ね返るのが見える。ところが外にいる人にとってはすべての動きが減速する。とほうもなく緩慢になるのだ。物が消えて無くなるのが見えてから、とんでもなく長い時間が過ぎる。外から見ていると、何百万年ものあいだ、すべてが凍り付いたように固まっている。まさに天空のブラックホールがわたしたちの目には静止して見えるのと同じように。

　だが、とほうもない時間といっても無限ではない。だからわたしたちが十分長い間待っていれば、物質が出てくるのを見ることができる。結局のところブラックホールは、つぶれては跳ね返る恒星でしかないのだ――外から見ると、きわめてゆっくりした動きではあるが。

　このようなことは、アインシュタインの理論ではあり得ない。だがそれをいえば、アインシュタインの理論は量子効果を考えに入れていない。量子力学があるからこそ、物質はこの暗い罠から逃げ出すことができるのだ。

　一体どれくらい経ったら逃げ出せるのか。ブラックホールに落ちた物質にとってはごく短い時間だが、外から観察しているわたしたちにとってはきわめて長い時間がかかる。

というわけで、ここまでの話をすべて繋ぎ合わせると……太陽のような、あるいは太陽より少し大きな恒星がすべての水素を使い果たして燃え尽きると、もはやその熱は、星の重さと拮抗(きっこう)するだけの力を生み出せなくなる。そのため恒星は自重でつぶれ、十分重い星であればブラックホールができて、そこに落ち込む。太陽くらいの大きさ――つまり直径が地球の約百倍――の星なら、直径が一キロ半くらいのブラックホールになる。丸ごと一つの太陽が一つの丘くらいの空間に収まっているところを想像していただきたい。それが、空に見えているブラックホールなのだ。恒星を形作っている物質はさらに内側にどんどん深く進み、途方もなく圧縮されたあげくに跳ね返る。恒星の全質量が分子一つ分の空間に凝縮されると、量子の反発力が生じ、恒星はすぐに跳ね返って破裂しはじめる。恒星にとってはほんの数百分の一秒の出来事だが、巨大な重力場によって時間が猛烈に引き延ばされているので、物質が再び外に現れる頃には、宇宙のそのほかの場所では何百億年もの時間が過ぎている。

ほんとうに、こんなことが起きているのだろうか。確信はないが、起きていてもおかしくない。わたしには、ほかのシナリオのほうがさらに可能性が低そうに見える。ただし、間違っている可能性はある。だとしても、この問題を解こうと努力するのは、ほんとうに楽しい。

［二〇一四年八月二四日］

わたしたちは自然界の自然な生き物である

『鏡のない自然主義（*Naturalism without Mirrors*）』は複雑な著作である。そこではケンブリッジ大学のバートランド・ラッセル哲学教授〔哲学科の上級教授職。一八九六年に創立され、二〇一〇年に現在の名前になった〕を務める当代一の聡明な哲学者ヒュー・プライスが、この時代のもっとも有力な哲学と呼ぶに値するものの一つ、すなわち自然主義の一つの解釈を論じている。そしてそれは暗黙のうちに、哲学界における反自然主義的な見解への応答となっている。

「自然主義はここ五〇年間に議論の中心となってきた哲学的な問いの多くにおいて、一般的な参照枠組みになってきている」というのが、その名もずばり『自然主義』という近著における、フェデリコ・ラウディーサの見解だ。

思想の主立った潮流のすべてについていえることだが、自然主義にも正確な定義はなく、さまざまな形に変化させられる。ひょっとすると、すべての存在する事象は自然科学によって研究することができ、わたしたち人間も自然に属する、という哲学的な視点として特徴付けることができるのかもしれない。わたしたちは、自然から完全に切り離された別個の存在ではないのだ。この世に超越的な現実が存在していて、科学的な研究とは別のやり方でしかそれを知り得ないと考える人は、自然主義者ではない。この世には科学が研究しうる自然と科学が踏み入ることのできない自然の二つの現実がある、と信じる人は自然主義者ではないのだ。

自然主義は古代ギリシャ思想として生まれ、たとえばデモクリトスの著作で展開された。そして長い沈黙の後にイタリアのルネサンスで息を吹き返し、近代科学の大成功によっていっそう勢いを増した。十九世紀に入るとさらに力を得て、今では世界中の文化のきわめて広範な部分に浸透している。なかでも断然自然主義的なのが、二〇世紀の主立った哲学者の一人であるウィラード・クワインで、自然主義に関する彼のもっとも有名で極端な主張の一つに、「認識論の自然化」がある。知の本質そのものに関する問いを自然科学にまで向けよう、という試みだ。

しかし、自然主義とは距離を保とうとする知識人がいることも事実で、たとえばフェデリコ・ラウディーサは自然主義に関するその著書で、「同業者たちが示すような自然主義への熱意を自分は共有していない」ことを明確にせざるを得ない、と記している。ラウディーサがなぜ自然主義を批判するのかというと、何よりもまず、自然主義を使ったとしても思想の規範的な（そして審美的な）側面は説明できないからだ。マウリツィオ・フェッラーリスはさらに、山や樹木や星のような「自然の」実体と、契約や価値や結婚といった「社会的な」実体を断固として区別する。後者ももちろん実体だが、社会的に作られたものなのだ。まったく異なる思想の流派に属するラウディーサとフェッラーリスがともに、人間の思考が始まるところで自然主義の限界が現れると見ている。

ヒュー・プライスは、まさにこの問題から出発した。この問題を「配置（placement）の問題」と名付けて、倫理的価値、美、意識、真理、数、仮想世界、法律といったものを自然科学の世界にどう「配置するか」という問題として定式化したのだ。どれをとっても、たとえば物理学が記述する世界とはほぼ相容れない事柄のように見えるのだが……。

プライスの答えは、二段構えになっている。一段目は、わたしたちの言語や思考は必ずしも外部の何かを表しているわけではない、という所見だ。これは、ウィトゲンシュタインの後期哲学の核になっている所見で、それによるとわたしたちの言語は、もっとも広く流布している言語理論の仮説（近代論理学の父ゴットローブ・フレーゲに始まる仮説）に反して、対象物やその性質を指し示すだけでなく、はるかに多くのことを行っている。沈む夕日を見て隣に座っているパートナーに、「なんて素晴らしいんだ！」と叫ぶとき、わたしはそこにある何か、沈みゆく太陽の傍らの「素晴らしい」実在物を指しているわけではない。日没が自分に及ぼす影響を表現している。その光景をともに楽しむことで生まれたパートナーとの親しさをさらに強めようとしているのかもしれないし、自分の内面生活の何かを表そうとしているのかもしれない。あるいはそのほかのたくさんのメッセージを表現しようとしているのかもしれないが、それらのどれ一つとして、外にある「素晴らしい」対象とは関係ない。わたしが「ここに来て！」というとき、わたしは何かを指し示しているわけではない。言語が必然的に外部の何かを「指し示している」と解釈してしまうと、誤った形而上学的問題を生み出すことになる。わたしたちの複雑で洗練された言語活動を外部の現実の是認と解釈するのは根本的な間違いで、プライスによると、そこから偽の「配置」問題が生まれる。

プライスの答えの第二段目では、自然主義の中心的概念を微妙に横滑りさせて、わたしたち人類は自然の一部だ、という事実に力点を置く。ということは、わたしたち自身も自然科学の研究対象になり得る。プライスはこれを「主体自然主義」と呼んでいる。つまり、倫理的な価値、美、知識、意識、真理という概念、数、架空の世界といったものを捉える際には、この世界の形而上学的装飾と理解するか、すべてを「幻」と断じるかという二者択一ではなく、もう一つ別の道がある。そしてその選択肢を取れば、これらすべてを、複雑な自然世界のなかの複雑で自然な存在である自分たち自身の振る舞いのさまざまな側面として理解することができる。

だからといって、社会的な実体の自律的な研究が不可能になるわけではない。数学者は数を研究し、哲学者は道徳的価値を研究し、といった具合で、法律も美学も倫理学も論理学も心理学も……独立した研究分野なのだ。それでも、これらの研究分野が前提としている事柄やそこで扱われる現実は自然主義と矛盾しない。なぜならちょうど科学と物理学が両立するように、それらを再び自然界の一般的な整合性に統合して、両立させることができるからだ。わたしたちの思考や内的生活は、自然界の自然な生き物であるわたしたちが作り出す本物の現象なのだ。いま、現代科学のもっとも活気ある分野の多くが、このような洞察に実体を与えるべく力を尽くしている。神経科学も、認知科学も、民俗学も、人類学も、言語学も……。わたしたち人間をもっぱら自然との関係で理解しようとする文献が、数限りなく生み出されている。まだわたしたちに理解できていないことは、じつにたくさんある。なぜなら例によって、知っていることよりも知らないことのほうがはるかに多いから。それでもわたしたちは学び続ける。

ひょっとすると、わたしたち人間をそれ自体の自然な現実に引き戻すことで——プライスにすればその根っこはプラグマティズムにあって、科学的な合理主義のおかげで自分たちが現実について学び得たことにあくまでも敬意を払いつつ、ではあるのだが——結局はニーチェの直観——それはまったく別のルートを経て過剰なポストモダニズムに至ったわけだが——に奇妙な形で近づいていくのかもしれない。人間は合理的な動物である前に命ある動物だ、という直観に。「わたしたちには、世界を解釈することが必要だ……すべての本能が、支配したいと渇望する」。確かにその通り。だが理性もまた、この渇望のマグマからもっとも効果的な武器として姿を現したのだ。

プライスの著作は、このつつましくも徹底した自然主義を力強く厳密に擁護している。わたしたちは自然界のなかの自然が生み出した動物であって、この条件がわたしたちに、自分自身と世界の双方を理解するうえでもっとも優れた概念の枠組みを与えてくれるのだ、と。

わたしたち人間は途方もなく豊かな自然の一部である。その自然についてはまだほんの少ししか理解できていないが、それでも、自然がかなり複雑だからこそ、わたしたちの有するすべてが——道徳や、知る力や美の感覚、そして感情を経験する力も——生み出された、というところまではわかっている。自然の外には何もない。

わたしのような理論物理学者や、一千億以上の銀河を含む無限の広がりについて考えることに慣れた天文学者にすれば——それぞれの銀河は一千億以上の恒星からなっており、各恒星は惑星の花輪をかぶっていて、その惑星の一つの上に、短くもはかない一瞬の現象であるわたしたち、果てしない宇宙に紛れそうな無限に小さい埃であるわたしたち人間がいるのだが——これ以上自明なことはない。この無限の広がりを前にすれば、いかなる人間中心主義も色を失う。これが、自然主義なのだ。

［二〇一四年一二月一四日］

ロリータとイカルスヒメシジミ

つい最近、ミラノ市立自然史博物館をざっと見て回っていたわたしは、ある古い飾り棚に出くわした。そこには青いチョウの標本が収められており、意外な名前が記されていた。ウラジーミル・ナボコフ。

あのナボコフだ。目眩く小説『ロリータ』の作者、ナボコフ。

ロ・リー・タ。舌の先が口蓋から、一、二、三、と下がってきて、三つ目で歯を軽く打つ。ロ。リー。タ。

朝の彼女はロ、素のロ。背丈は四フィート十インチ、靴下は片方だけ。スラックスをはいたら、ローラ。学校では、ドリー。署名をするときは、ドロレス。でもわたしの腕の中では、何時(いつ)だってロリータ。

彼はおそらく、二〇世紀でもっとも偉大な小説家の一人である。最近の「ニューヨークタイムズ」紙の文芸付録の記事によると、「文学研究の世界では、次第にナボコフがプルーストやジョイスなどと並び称されるようになっている」という。

だがナボコフ自身は、まったく別の分野で名を馳せたいと思っていた。「蝶を見つけて」と題するその詩は、こんなふうに始まっている。「蝶を見つけ、名前を付ける。蝶のことには詳しいから／ラテン語の分類名を。そして成るのだ／一匹の虫の名付け親、その最初の／記述者に。——ほかには何の名誉もいらない」。蝶こそが、彼の情熱だった。「ロリータ」が書かれたのは、毎年ナボコフがアメリカで行っていた西への旅——貪欲に蝶を追い求める旅——の最中（さなか）のことだった。

偉大な作家たちの魂が宿る穏やかな神殿で、ほほえむナボコフの姿が目に浮かぶ。なぜなら数年前に、もっとも権威ある科学雑誌の一つ、「ロンドン王立協会（ロイヤル・ソサエティー）紀要」に、ナボコフのもっとも大胆な仮説が裏付けられた、という記事が載ったのだから。彼の名は、科学の年代記に永遠に残るだろう。「青い（ブルー）イカルス」——ミラノのあの博物館で見ることができる青い蝶——ことイカルスヒメシジミ（*Polyommatus Icarus*）が渡りを行うことを最初に理解した人物として。ナボコフは、まさにこのような名声を求めていた。「一匹の虫の名付け親」としての名声を。

ナボコフの仮説は、アメリカ大陸におけるこれらの蝶の渡りの様式に関するものだった。これらの蝶がアジアで進化し、一千万年の間に五つの波となってベーリング海峡を越えて北米大陸に到着した、という説を一九四五年に発表したのである。しかし当時は誰もまともに取り合わなかった。温暖な地方に棲息するこれらの蝶が、そこまで北上するとは思えなかったから。だが、

イカルスヒメシジミ

ナボコフは正しかった。現代のDNAシーケンシングの技術によって、この種の系統を辿ることが可能になり、彼の仮説が正しかったことが裏付けられたのだ。さらに、長期にわたる気候変動の様子を再現したところ、かつてベーリング海峡が数回にわたってかなり暖かくなっていたことが明らかになった。しかもそのような温暖化は、ナボコフが主張したまさにその時期に起きていたのである。

ナボコフは、ハーバード大学の比較動物学博物館の鱗翅目(りんしもく)部門の学芸員として、何百という種の詳細な記述を発表している。子どもの頃は、よく蝶を追いかけたものだった。きわめて裕福なロシア貴族の長男として幸せな幼少期を過ごし、八歳の時に政治的な理由で父が投獄されたときは、幼いナボコフがその独房に一頭の蝶を届けたという。一家はロシア革命で財産を失うと、ヨーロッパに逃げたが、やがて父は殺されてしまう。その数年後ナボコフは、二作目の小説で得た金を使ってピレネー山脈に赴き、蝶を採集した。

　しかしナチスが権力を握ったために、ヨーロッパからも逃げざるを得なくなった。昆虫学への情熱はアメリカでも衰えることなく、やがて腕の良い在野の研究家、さまざまな種の蝶を描写できる人物として認められるようになった。ナボコフ自身も、余暇に昆虫を採集する十九世紀貴族という絶滅寸前の種の最後の標本だったのだが……。それでもナボコフが死んでから十年が経った一九八七年には、さまざまな昆虫学者が科学におけるナボコフの業績を真剣に受け止めるようになっていた。ナボコフの分類はきわめて正確だったのだ。そして彼を顕彰するために、ナボコフが記述した蝶のなかの一つを新たにナボコヴィア・クスケーニャ（*Nabokovia cuzquenha*）〔新熱帯区の蝶で、アンデス地方に棲息。ナボコヴィア種は三種が確認されている〕と命名することにした。一九九九年に刊行された『ナボコフの憂鬱（ブルース）』〔昆虫学者のカート・ジョンソンによる評伝。ナボコフが青いチョウを追いかけていたことに由来するタイトル〕という作品では、このナボコフの分類の再発見を巡る物語が展開されている。しかし、蝶がベーリング海峡を渡ったというナボコフの仮説が見事に証明されたのは、それよりさらに一〇年後のことで、その証拠とともに、真に価値ある一科学者としてのナボコフの地位が認められたのだった。

　ナボコフの科学とその文学作品には、何か繋がりがあるのだろうか。ロリータ――特にハンバート・ハンバート〔物語の語り手である、匿名の中年文学科教授〕の狂おしい愛の眼差しが捉えるロリータ――を蝶と結びつけたいという誘惑には、抗いがたいものがある。だがそれはあまりにお手軽というものだ。スティーヴン・ジェイ・グールドは「想像力のない科学は存在せず、事実のない芸術は存在しない

――ウラディミール・ナボコフの蝶」という示唆に富む題名のエッセイで、この問題を取り上げている。グールドによると、蝶の収集家としての成功と小説家としての技量、この二つに共通する基盤となったのは、ナボコフの並外れた集中力だという。たぶんその通りなのだろう。ナボコフ自身も、「作家は、詩人の正確さと科学者の想像力を持つ必要がある」と記している。

だがわたしには、それで十分だとは思えない。ナボコフは二〇世紀のもっとも著名な自伝文学の一つである『記憶よ、語れ』〔一九三六年から一九五一年までに発表された随筆をまとめた著作〕の一九四八年に挿入された一節において、彼らしい厳密かつ豊かな散文体で次のように記している。

特に謎めいた擬態の数々が、わたしを魅了した。それらの現象は、人が念入りに仕上げたとしか思えないくらい芸術的で完璧だった。たとえば、翅のうえにしたたる毒にそっくりな泡の形をしたシミ（疑似屈折によって完璧なものになっている）があったり、さなぎがつやつやした黄色いこぶで擬態をしていたり（「わたしを食べるんじゃない！　――すでに潰されて、つまみ食いされて、捨てられたものなんだから」）、あるいはシャチホコガの青虫のように、とんでもない離れ業をやってのけるものがいたりする。この驚くべき虫は、幼年期は鳥の糞にそっくりなのだが、脱皮を終えると蜂のようにも見えるみすぼらしい付属器官といびつな特徴が現れて、（ちょうど、東洋の見世物で、一人の役者が取っ組み合っている二人の相撲取りを演じるように）一人二役を――身もだえする幼虫とそれを飲み込もうとする巨大蟻を――演じはじめる。かと思えば、色も形もある種のスズメバチとよく似た蛾が、触覚の動かし方や歩き方までスズメバチとそっくりだったりする。

あるいは、自分を木の葉に似せなければならなくなった蝶が、細部まで見事に木の葉を再現するだけでなく、ご丁寧に虫食い穴にそっくりな痣(あざ)までつけていたりする。外見の模倣と振る舞いの模倣がここまで見事に一致しているという事実は、ダーウィンいうところの「自然選択」では説明できない。それに、「生存のための戦い」を持ち出したところで、とうてい説明しきれない。なにしろ身を守るための仕組みは見事なまでに洗練されて模倣の極みに至り、捕食者の鑑賞能力をはるかに超える豊かさを示しているのだから。わたしは自然のなかに、自分が芸術に求めているのと同じ、実用性とは無縁な喜びを見いだした。これらはともに魔法の一つの形であって、入り組んだ魅力とごまかしのゲームなのだ。

ここには、取り付かれたかのような注意力で細部に注目する力よりも、はるかに多くのものがある。とりわけ、美を見いだす力があるのだ。

たとえわたしたちの関心が一瞬燃え上がった後で、そっと消えたとしても。その関心の対象が蝶の翅であったとしても、「ロ・リー・タ」という忘れがたい名前の響きであったとしても。

［二〇一五年二月八日］

アインシュタインのたくさんの間違い

アルベルト・アインシュタインが二〇世紀最大の科学者の一人であることは、間違いない。彼は誰よりも深く自然の謎を見つめていた。ということは、わたしたちは彼の考えたことがすべて正しいと捉えるべきなのか。絶対に間違えなかった、と？　とんでもない、それどころか……。

じつは、彼ほどたくさん間違えた科学者は稀なのだ。あんなにしょっちゅう考えを変えた科学者も、めったにいない。ここでいっているのは、日常生活での間違いではない——そういうのは考え方にもよるし、結局は本人の問題なのだから。ここで話題にしているのは、科学における本物の間違いだ。間違った着想、間違った予測、間違いだらけの方程式、さらには、アインシュタイン自身が後悔し、後に間違いであることが明らかになった科学的な仮説などなど。

いくつか例を挙げてみると……わたしたちは今では、宇宙が膨張していることを知っている。ベルギーの物理学者ジョルジュ・ルメートル師〔一六六ページ「達人」参照〕は、アインシュタイン自身の理論を用いてこの事実を突き止めると、その発見をアインシュタインに伝えた。これに対してアインシュタインは、そんな考えは愚にもつかない、と反論したが、三〇年代に宇宙が実際に膨張していることが観察されたので、結局は前言を撤回することになった。アインシュタインの理論からはもう一つ、ブラックホールが存在する、という結論が得られる。ところが彼はこのテーマに関する誤った論文を何本かまとめ、宇宙はブラックホールの縁で終わっていると主張した。重力波の存在もアインシュタインの理論から導かれる結論の一つで、これに関しては、今日すでに間接的だが良い証拠が得られている。*ところがアインシュタインは、はじめはこれらの波が存在すると述べていたが、じきに存在しないといいはじめた。自身の理論の解釈を間違えたのだ。それからさらに考えを変えて、正反対の、重力波が存在する、という正しい結論を受け入れることにした。

特殊相対性理論をまとめたとき、アインシュタインは「時空」という概念を使っていなかった。「時空」というのは、いわば時間と空間を含む四次元連続体の概念で、じつはヘルマン・ミンコフスキーに由来する。彼が、この概念を用いてアインシュタインの理論を書き直したのだ。この書き直しを知ったアインシュタインは、数学のせいで自分の理論が無駄に複雑にされた、と主張した。ところがすぐに一八〇度考えを変え、まさにこの時空の概念を用いて一般相対性理論をまとめたのだった。

アインシュタインは、物理学における数学の役割に関する考えも一生のうちに何度も変えて、互いに矛盾するさまざまな着想を支持した。

自身の主要な業績である一般相対性理論の正しい方程式に辿り着く前に、すでに何本かの論文を発表していたのだが、それらはすべて間違っており、それぞれに異なる誤った方程式が示されていた。しかも、この理論はシンメトリーではないはずだ、とする複雑で詳細な論文まで発表した。……後になって、そのシンメトリーを自身の理論の基礎に据えることになったのだが！

晩年には、なんとかして重力と電磁気を統一する理論をまとめようと粘ったが、じつは電磁気学がより大きな理論（電弱統一理論）の一部であることには気づいていなかった（この事実は、アインシュタインの死のすぐ後に判明した）。したがって、重力と電磁気を統一せんとするアインシュタインの企てはまったくの的外れだった。

アインシュタインは、量子力学を巡る大論争でも繰り返しその立場を変えた。最初は、この理論は自家撞着（じかどうちゃく）していると主張した。その後、矛盾がないという考えは受け入れたうえで、不完全な理論であって自然のすべてを記述するものではない、と主張することにした。

一般相対性理論に関しては長い間、物質が存在しなければその方程式は解を持ち得ない、したがって、重力場は物質に依存しているはずだ、と確信していた。ところがウィレム・ド・ジッターをはじめとする人々が、それが間違いだと明確に示したことから、結局は、重力場自体が自律的な実在であって物質とは無関係に存在する、と解釈するようになった。

現代宇宙論の基礎となった一九一七年の非凡な仕事では、宇宙が三次元球面であり得ることを理解して、今では実証済みの宇宙定数を導入したが、ここで、物理界に鳴り響くとんでもない間

＊重力波が直接探知されたのは、この記事が掲載された五か月後の二〇一五年九月一四日のことだった。そしてこの成果は、二〇一七年のノーベル物理学賞の授賞理由になった。

違いを犯した。宇宙は時間とともに変化するはずがない、というのである。そしてさらにもう一つ、数学においても特大の間違いをやってのけた。自身の導いた解は不安定で現実の宇宙を記述し得ない、ということに気づかなかったのだ。その結果、この論文は革命的で重要な新しい着想と多数の深刻な間違いが奇妙に入り交じったものとなった。

これらすべての間違いや意見の変遷によって、アインシュタインに対するわたしたちの敬愛の念は目減りするだろうか。とんでもない！　むしろその逆だ。思うにこれらの過ちはわたしたちに、知性の本質に関する何かを教えてくれる。知性とは、自分の意見を頑(かたく)なに堅持することではない。喜んで変化し、それらの意見を捨てる覚悟が必要なのだ。

この世界を理解するには、間違いを恐れずに着想を検証する勇気、自分の意見を絶えず更新してよりよく機能させようとする勇気が必要だ。

誰よりも多く間違ったアインシュタインはまた、誰よりもよく自然を理解することができたアインシュタインでもあって、じつはこれらは互いを補い合う、同じ一つの深い知性にとって不可欠な側面なのだ。大胆に考えて、勇敢にリスクを取り、広く受け入れられている考えを――たとえそれが自分の考えでも――決して信じ込まないこと。

間違える勇気、一度ならず何回でも自分の考えを変える勇気があれば、発見できる。理解に至ることができるのだ。

正しいかどうかが重要なのではない。理解しようとすることが重要なのだ。

［二〇一五年四月一一日］

コペルニクスとボローニャ

一四九七年一月六日、一人の若きポーランド人が九グロセット〔当時の通貨単位〕を支払って、ボローニャ大学の学生となった。その人物は登録書類に、「トルン〔ポーランド最古の都市の一つで八世紀に起源を持つ〕のドミヌス・ニコラウス・コペルニク」と署名している。コペルニクス（という名で後に知られるこの人物）は、イタリア――ボローニャ、ローマ、パドゥア、フェッラーラ――で六年間学んだ後にポーランドに戻ると、その後の生涯を新たな宇宙モデルの展開に捧げた。そしてその新たな考え方を説明するために、『天球の回転について〔天球回転論、とも〕（*De revolutionibus orbium coelestium*）』という著書をまとめたのだった。史上もっとも重要な書物の一つとされるこの著作のおかげで、人類――宇宙に何十億もある銀河のうちの一つでしかない銀河の、その端っこに位置するある恒星の周りを回る惑星で暮らす、このちっぽけな生物の種――は、はじめて自分たちが宇宙の中心でないことを知ってびっくり仰天することになった。

わたしたちの文明を根底から大きく変えることになるこの一歩をコペルニクスが踏み出すうえで、イタリアの大学での学びの日々はいったいどのような役割を果たしたのだろう。

思うに、その答えは二つの部分から成っている。コペルニクスはイタリアで、二つの宝を見つけた。第一に、人類が蓄積してきた知を収めた玉手箱のような書物を発見した。プトレマイオスの『アルマゲスト』とユークリッドの『原論』という、天文学と数学に関する古代の偉大な知識の最良の部分をまとめた著作である。さらに、ドメニコ・マリア・ノヴァーラをはじめとするイタリアの天文学者たちと出会って親交を深めた。彼らは、これらの書物をどう読み解けばよいのかを知っていて、コペルニクスに教えてくれた。コペルニクスはギリシャ語を学び、さまざまな書物に手を伸ばすなかで、おそらくアリスタルコスの太陽中心説に出会ったのだろう。さらにアラビア語の文書にも手を伸ばし、プトレマイオス流の天文学系を修正せんとする一千年間の試みを学んだ。

そうはいっても、これらの豊かな文化的遺産に接すること自体は、すでに何百年も前から可能だった。インドでも、ペルシアでも、アラブ世界でも、ビザンチン帝国でも、天文学者たちはこれらの遺産を紐解くことができた。それなのに誰一人として、この遺産を使って肝心なこと——自分たちが宇宙の中心で暮らしているわけではない、ということ——を理解するには至らなかった。コペルニクスはほかにも何かを——この大きな飛躍を可能にする特別な何かを——手に入れたのだ。それはいったい何だったのか。

コペルニクスのイタリア滞在中に、二十三歳のミケランジェロはピエタを作り、レオナルド・ダ・ヴィンチは空飛ぶ機械を試作し、「最後の晩餐」を描いていた。イタリア人文主義の輝かしくも軽やかな新しい文化的情熱が、今まさにルネサンスの扉を開こうとしていた。イタリアの歴史ある大学も、ロレンツォ・デ・メディチなどがいた宮廷も、その熱で沸き立っていたのだ。そして、ほんの少し前までは想像もできなかった言葉が響き渡っていた。「若さとはなんと美しく、しかしはかないものか！　幸せを求めるものは、若さを享受せよ。明日は決して定かでないのだから……」。古代の文書を研究して過去の知識を再発見しようとする人文学者たちの執念を後押ししていたのは、今とはまったく別の新しい未来を作りたい、という燃えるような欲望だった。

ペトラルカはその一〇〇年ほど前に、次のように記していた。「過去の作品は花のようなものだ。ミツバチたちはそこから花蜜を集め、蜂蜜を作る〔ペトラルカによる「詩人の模倣論」より〕」そして実際に、コペルニクスが滞在した十五世紀末から十六世紀初頭のイタリアでは、蜜があふれだそうとしていた。当時の輝かしい芸術からもわかるように、時代の精神が根本から新たなものにむかって開かれていたのだ。それは、まったく異なる世界――中世の構造化された階層的な精神の宇宙とは遠く離れた世界――を作ることができる、という信念に他ならなかった。知的な自由、個人の着想を追い求めて擁護する勇気、壮大で堅苦しい中世の思想体系に対する造反。このような変革の精神――与えられた状況に対する根底からの反逆こそが、コペルニクスが見つけた第二の偉大な知的資源だったのだ。九グロセットの登録料を支払ってボローニャ大学の学生になることで、コペルニクスはこの精神のご相伴に与(あずか)ろうとしていた。イタリアで、ユークリッドやプトレマイオスやアリストテレスを発見しただけでなく、これらの偉大なる知識に革命を起こすこともできる、という発想に出会ったのだ。

思うに、偉大な大学がわたしたち一人一人に提供できるのは、このような二重の経験なのだ。

わたし自身のボローニャ時代は、素晴らしい着想や著作の発見に彩られていた。たとえばアインシュタインの業績や、この分野の基本文献であるポール・ディラックの独創的な『量子力学(*The principles of Quantum Mechanics*)』。ディラックの著書に出会ったのは、「数学的手法」の教授であるグイド・ファーノに、群論の量子力学への応用について調べるよういわれたからだった。当時わたしは物理学のその分野についてまったく知らなかった。そこで量子力学について調べ始めたところすっかり魅了され、そのまま今日に至っている。ボローニャで見つけたこの知の豊かさは、わたしにとってまさに決定的だった。

だがわたしはボローニャで、もう一つ別のものも見つけた。そこで学んでいた七〇年代に、同世代の精神と遭遇したのだ。同世代の彼らはすべてを変えようとし、新しい思考方法を作りだすことを夢見て、ともに生き、愛し合おうとしていた。大学は数か月間、政治に熱心な学生たちに占拠された。そしてわたしは、学生たちの反逆の声を伝える独立ラジオ局、ラディオ・アリーチェ(Radio Alice)〔七六年に創設された自由ラジオ。カウンター・カルチャーの情報源として、労働運動・詩・ヨガ・ロック・政治分析・ベートーベン等を流した〕の支持者たちと関わるようになった。わたしたちは共同生活を送り、そこで青年の夢を培った。まったくの無から始めること、世界をゼロから作り直すこと、そして別のもっと正しい世界にすること。素朴にすぎる夢は、一つの例外もなく日常という浅瀬に乗り上げる。常に、大きな失望に苦しむ。だがそれは、ルネサンスが始まったばかりのイタリアでコペルニクスが遭遇したのと同じ夢だった。レオナルド・ダ・ヴィンチやアインシュタインだけでなく、ロベスピエールやガンジーやワシントンのものでもあった夢。わたしたちを大きな壁に向かって突っ込ませることの多い絶対的な夢、往々にして見当違いな夢――。だがそのような夢なくして、今のこの世界の最良なものは何一つ存在しなかった。

大学は今、わたしたちに何を提供できるのか。コペルニクスが見いだしたのと同じ豊かさを、提供できる。これまでに蓄積されてきた知識とともに、知識は変えることができ、実際に可変であるという自由な発想を。これこそが大学のほんとうの意義だとわたしは思う。大学は、人類の知識を献身的に守る宝蔵であって、わたしたちがこの世界について知っているすべてのこと、求めるすべてのことの拠り所となる生命力を提供する。それでいて、大学は夢を育む場所でもある。若々しい勇気を持って、前に進むために、この世界を変えていくために、知識そのものを疑う場なのである。

［二〇一五年七月一九日］

科学者アリストテレス

物体の重さが違っていても、落ちる速度は同じなのか。わたしたちは学校で、ガリレオ・ガリレイがピサの斜塔から重さの異なる球を落として、確かに同じ速度で落ちることを立証した、と教わる。ところがそれまで約二千年の間、誰一人としてそのことに気づかなかった。なぜなら重い物ほど速く落ちる、というアリストテレスの定説に惑わされていたからだ、というのである。奇妙なことにこの筋書きでは、ほんとうに速く落ちるかどうか、誰も確認しようと思わなかったらしい。ガリレオやフランシス・ベーコンの時代になって、人々が自然を観察するようになり、自分たちをアリストテレスの独断的な主張というくびきから解き放つまでは……。いやあ、なかなかよくできた話だが、一つ難点がある。試しにベランダから、ビー玉と空の紙コップを落としてみていただきたい。今紹介したすてきなお話と違って、決して同時には落ちない。アリストテレスがいうように、重いビー玉の方がずっと速く落ちる。

この時点で誰かが確実に、速さが違うのは空気があるからだ、落ちていく物を空気が取り囲んでいるからだ、と異議を唱える。確かにその通り。でもアリストテレスは、空気を完全に取り去ると物体は異なる速度で落ちる、とは書いていない。わたしたちがいるこの世界では、物体の落ちる速度はバラバラだ、と記しているのであって、この世界には空気がある。アリストテレスは間違っていなかった。自然を注意深く観察していたのだ。習ったことを鵜呑みにして試そうともしなかった何世代もの教師たちや生徒たちよりも、ずっと注意深く。

アリストテレスの物理学は、ひどく評判が悪い。先験的（ア・プリオリ）な前提に立っている、すなわち経験に基づいておらず、観察とは無縁で明らかに間違っているというのだ。この評価はきわめて不当である。アリストテレスの物理学があれほど長きにわたって地中海文明の参照すべき理論であり続けたのは、杓子定規に原理原則を適用する教条主義だったからではなく、実際に機能したからだ。アリストテレスの理論にはきちんと現実が記述されており、きわめて優れた概念枠組みだったために、その後二千年の間、誰一人としてそれを超える理論を生み出せなかった。その核心にあるのは、すべての物体は、他から影響を受けない限りその「自然な場所」に向かって動く、という考えだ。土はより低い場所に、水はそれより少し高い場所に、空気はもっと高い場所に、そして火はさらに高い場所に向かう。また、「自然な動き」の速度は、物体の重さが増えるにつれて大きくなり、その物体を取り囲む媒体の密度が増えるにつれて小さくなる。それは単純かつ包括的な理論であって、きわめて多様な現象をすっきりと説明してみせる。たとえば、なぜ煙は上るのか、なぜ木片が空中では落ちるが水中では浮くのか、といったことを。確かに完全な理論ではないが、それをいえば、近代科学のどの理論をとっても決して完璧ではない。

アリストテレスの物理学に悪い評判が立ったのは、一つにはガリレオのせいだった。著書のなかでアリストテレスの理論を真っ向から攻撃し、その支持者たちをまるで愚か者のように描き出してみせたのだ。なぜなら、論争で勝たねばならなかったから。だがアリストテレスの物理学が悪評を被ることになったのは、もう一つ、科学の領域と人文・哲学の領域との間に馬鹿げた裂け目ができたせいでもあった。一般に、アリストテレスを研究する人々は物理学のことをあまり知らず、物理学を研究する人々はアリストテレスにほとんど関心を持たない。このため『天体論』や『自然学（フィジックス）』――この著作の題名自体がこの分野の名前となった〔フィジックス（Φυσικῆς）は自然界の事物を指すギリシャ語で、そこから西欧語の「物理学」を意味する単語が生まれた〕――などのアリストテレスの著作が傑出した科学書であることは、いとも容易く見過ごされてしまう。

今日わたしたちが彼の科学の素晴らしさにまったく気付かずにいるのには、もう一つ、さらに重大な理由がある。アリストテレスが属する文化と近代物理学が属する文化は遠く隔たっていて、これら二つの文化世界で生まれた着想を比べることなどできるはずもなく、比べようとすることすら許されない、と考えられているのだ。今日多くの歴史家たちが、アリストテレスの物理学にはニュートン物理学にかなり近いところがある、つまり前者は後者の近似である、という見方に怖気（おぞけ）を振るう。本来のアリストテレスを理解したいのなら、その時代の光のなかで研究するべきで、何十世紀も後の概念枠組みを用いて研究すべきではない、というのだ。確かに、アリストテレスその人をより深く理解したいのなら、その時代の光を当てる必要がある。だが、今日の知を理解することに関心があるのなら――今日の知が過去からどのように立ち現れたのかを知りたいのであれば――遠く離れた世界の間の関係こそが重要なのだ。

現代思想に強い影響を及ぼしてきたカール・ポパーやトーマス・クーンなどの哲学者および科学史家たちは、知の発展における破断点こそが重要だ、と力説してきた。そのような「科学革命」――そこでは古い理論が遺棄される――の例として挙げられたなかには、アリストテレスからニュートンへの移行や、ニュートンからアインシュタインへの移行も含まれている。クーンにいわせると、これらの移行のなかでは思考の徹底的な再構築が行われ、ついにはそれまでの着想が意味を失って、理解不能にすらなってしまう。移行前の着想と移行後の理論は、「同一基準では比較できない（インコメンシュラブル）（数学では有理数と無理数の間で使われ、通約不可能と訳される）」というのだ。科学のこのような進化的な側面や破断の重要性に焦点を当てたことに関しては、ポパーやクーンを支持できる。しかしその影響で、知の持つ蓄積としての側面は理不尽なまでに貶められることとなった。さらにまずいことに、彼らは重要な前進の一歩一歩において以前の理論とその後の理論が論理的、歴史的に関係しているということを認めなかった。ニュートンの物理学は、アインシュタインの一般相対性理論の近似として完璧に理解可能であり、アリストテレスの理論は、ニュートンの理論に含まれるある近似として完全に理解できるのだが。

　のみならず、アリストテレスの物理学の特徴とされるものをニュートンの理論に見いだすことができるのだ。たとえば、物体の「自然な」動きと「強いられた」動きを区別するという見事な着想はそっくりそのままニュートンの物理学に残っているし、アインシュタインの理論でも健在だ。変わったのは重力の役割で、ニュートンが（自然な動きは一様な直線運動であって）重力によって強いられた動きが生じると見たのに対して、アリストテレスは重力も自然な運動の一つの側面だととらえており、しかも奇妙なことに、アインシュタインもそのような見方を踏襲している（自然な動きは「測地的」と呼ばれ、アリストテレスのような自由落下する物体の動きに戻っている）。科学者たちは、単に知識を積み重ねることで前に進むのでもなければ、すべてを放りだして再びゼロから始める絶対的な「革命」によって前に進むわけでもない。では彼らはどうやって前進するのか。ここで、オットー・ノイラートが最初に示し、クワインが頻繁に引用した見事なアナロジーを借りることにしよう。「〔彼らは〕大海の真ん中で船を作り直す必要に迫られた水夫のようなものだ。ただし、船底の一枚目の板から作り始めることはかなわない。梁（はり）を一本外したら、すぐに新たな梁を付けなければならず、その際には、船の残りの部分を支えにする。こうすれば船を完全に新しいものにすることができるのだが、それはあくまでも、じょじょに作り直せば、の話なのだ」。近代物理学と呼ばれるこの大船にも、今なお遠い昔の構造――たとえばアリストテレスの思索という古い船で最初に使われた、自然な動きと強いられた動きの区別――を見て取ることができる。

ここで空中や水中を落ちる物体に話を戻して、実際にどうなるかを見てみよう。物体は、アリストテレスが主張したように重さに応じた一定の速度で落ちるわけでもなければ、ガリレオが主張したように重さと無関係に一定の割合で加速しながら落ちるわけでもない（たとえ空気の摩擦を無視したとしても！）。落下する物体はまず加速して、それから速度が一定になる。ただしその速度は、物体が重ければ重いほど大きい。この後半の部分は、アリストテレスによってきちんと記述されている。ところが前半の部分は通常きわめて短いので観察しにくく、さすがのアリストテレスも見逃していた。まず加速する段階があることは、すでに大昔の人々も知っていて、たとえば紀元前三世紀のランプサコスのストラトン〔ストラトンは古代ギリシャの逍遙学派の一人で、ダーダネルス海峡に面した町ランプサコスに居を構えていた〕は、水の流れが落ちるときに、くだけて水滴になることに気づいていた。これはつまり、ちょうど渋滞していた車が加速するにつれてばらけていくのと同じように、水滴が加速しながら落ちていることを意味する。

ガリレオは、すべてがあまりに疾（はや）く進行するので観察し辛いこの段階を調べるために、見事な策略を巡らした。落下する物体を観察するのではなく、わずかに傾いた斜面を転がる球を観察すればよいのでは？　直感的に——当時は裏付けることが困難だったが、正しい直感だった——「転げ落ちる」球によって自由落下する物体の動きを再現できると考えたのだ。こうしてガリレオは、落下しはじめたばかりの物体では速度ではなく加速度が一定だ、ということを見事に突き止めた。わたしたちの感覚ではほとんど捉えられない、アリストテレスの物理学が捉え損ねた細かい事柄を曝いてみせたのだ。アインシュタインも同じように、二〇世紀初頭に観察されたある事実を足がかりとしてニュートンを超えることになった。細かく観察してみると、水星の動きが厳密にはニュートンの計算した軌跡に沿っていなかったのだ。いずれの場合も、悪魔は細部に潜んでいた。

アインシュタインがニュートンにしたことは、ガリレオやニュートンがアリストテレスにしたことと同じだった。ようするに前者は、既存の後者の物理学がどんなに効果的であろうと、それはあくまで第一近似として有効であるにすぎない、ということを示してみせたのだ。今やわたしたちは、アインシュタインの物理学ですら完璧でないと知っている。方程式に量子力学が入ってくると、破綻するのだ。アインシュタインの物理学もまた、さらに改良する必要がある。どうすればよいのかは、まだはっきりしていないのだが。

ガリレオは定説に背くことで――アリストテレスを忘れることで――新しい物理学を作ったわけではない。むしろその逆で、アリストテレスを深く学び、そのうえで、アリストテレスが打ち立てた概念の伽藍（がらん）のさまざまな側面をどう修正すればよいかを考えた。ガリレオとアリストテレスは、同一基準で比べられないどころか、対話していたのだ。思うにこれは、異なる文化、個人、民族間の境界についてもいえることだ。昨今好んで、異なる文化世界は互いに混じり合うことなく翻訳することもできない、という言葉が繰り返されているが、それは嘘だ。その逆こそが真なのだ。理論や学問や時代や文化や民族や個人の境界はきわめて浸透性に優れていて、知は、これらの浸透性の高い領域での交流によって育まれる。わたしたちの知識は、この濃密な交流の網が絶え間なく発展した結果なのだ。そしてわたしたちの最大の関心は、この交流にある。比較して、さまざまな着想を交換して、互いの差違から学んで作り上げる。さまざまなものをばらばらなままにしておくのではなく、混ぜる。

紀元前四世紀のアテネと十七世紀のフィレンツェはかなり隔たっている。だがその間には、根源的な断絶もなければ、誤解もない。ガリレオがアリストテレスと対話する術を知っていて、その物理学の深いところまで入り込めたからこそ、アリストテレスの物理学を正してよりよいものにするための狭い割れ目を見つけることができた。このことは、ガリレオ自身が晩年に認（したた）めた手紙で見事に語っている。「もしもアリストテレスが地上に戻ってきたら、きっとわたしをその弟子のひとりにしてくれるだろう、とわたしは確信している。なぜならわたしは彼の教義にほとんど反していないから」。

［二〇一五年一〇月一九日］

イタリアの参戦に対する三つの考察

二〇一五年一〇月二一日の「コリエーレ・デッラ・セーラ」紙に掲載されたのは、この記事の短縮版である。一一月二八日の「インテルナツィオナーレ」誌には、それより長い記事が掲載された。その当時イタリア政府には中東での戦争に介入する用意があるようだった。イラクに爆撃機を送ろうというのである。「コリエーレ」紙はこの方針を支持していたが、この記事は同紙の政治方針に異を唱えるものだった。編集長に、自社の政治路線に反対する記事を受け入れる度量があるか否か。それによって「コリエーレ」紙とわたしとの安定した協力関係を続けられるかどうかが決まるはずだった。結局、イタリア政府はイラクの戦争に介入しないことにした。

イタリア政府の発表によると、自国の戦闘機を爆撃のためにイラクに送り込むことを検討しているという。わたしは一市民として、ここで三つの考察を示したい。

第一に、ヨーロッパに到達しようとしている難民の波に関する考察だ。これらの波はほぼすべて、イラクのＩＳＩＬ〔「イラク・レバントのイスラム国」の略称〕の支配地域の外から来ている。なぜか。少し前にヨルダンで難民救援組織の代表から受けた説明によると、ISILの支配下にある地域で暮らす人々には逃げる理由がない。なぜならそれらの地域は一般に、もはや戦いの場でなくなっているからだ。ヨーロッパに到着した難民が語る話は、恐怖に満ち満ちている。一家が皆殺しにされたり、アレッポ〔シリア最古の都市の一つで、二〇一一年のシリア内戦勃発以前の人口は三百万人を超えていた〕のような大きな町が瓦礫の山になったりしていて、しかもそれらの多くは、まさにISILの敵であるシリア政府などの仕業なのだ。新たな戦闘行為が一つ行われるたびに、難民たちの苦しみはさらに増し、難民の波は大きくなる。イラクに赴いて爆撃を行えば、このような事態がさらに進行することを考慮すべきだ。

二つ目は、ISILが生み出す恐怖に関する考察だ。その恐怖はわたしたちの心を揺り動かし、介入の動機とされてきた。だが、本能的な感情のままに行動するのはまずい選択だ。たとえそれがちょっとした言い争いであろうと、民族間の諍いであろうと。怒ること自体は正当だとしても、感情的な反応を、戦争や死に繋がる決定の理由にすべきではない。強烈な感情の次には戦争がきて、人々の注目は、敵が生みだす恐怖に集まる。それらの恐怖に焦点が絞られて、何度もためつすがめつするうちに明確な形を持つ感情となり、さらに自分たちの想像力のなかで拡大されていく。一方でそれ以外の恐怖は――自分たちの同盟国が作り出す恐怖も含めて――必要なものとして正当化される。敵を悪魔と見なす集団ヒステリーに、からめ取られるままになってはならない。集団ヒステリーは戦争をもたらし、しかも必ず左右対称だ。どちらの側からも、敵は悪魔に見える。

ISILの宗教的な全体主義をわたしたちが好ましく思っていないことは、いうまでもない。

でもそれは、彼らを殺しに行く根拠としては十分でない。全体主義国家は好ましくないが、だからといってわたしたちはシンガポールを爆撃しない。法律よりイスラム法のほうが重んじられる国を好ましいとは思わないが、だからといってサウジアラビアやカタールやモーリタニアを爆撃したりはしない。ＩＳＩＬが危険である証拠とされる世界に対する大々的な挑発行為も、実に馬鹿げている。わたしたちはＩＳＩＬがローマを目指しているといわれてきたが、彼らはすでに支配している領土を保つので精一杯。ＮＡＴＯを煩わせるくらいのことはできても、クルド人からコバニ〔シリアの都市アイン・アル＝アラブのクルド名〕を奪取することすらできていない。

　わたしたちの目に非寛容に映るＩＳＩＬは、好んで自分たちは西洋に挑戦していると喧伝（けんでん）する。そうやって西洋に反発する若者を惹きつけ、自分たちの弱みを隠そうとしているのだ。しかしＩＳＩＬは単純な恐怖の権化ではなく、じつはもっと複雑な現実なのだ。今現在、その支配地域には一千万人が暮らし、国家のような機構を持ち、学校や道路や病院、保険制度を運営し、衛生を仕切っている。中東の流動的な情勢の中で、人々の支持なくしてこのような地域を維持することは不可能だ。これらの地域から直接的な報告がほとんど上がってこないのは、西欧のジャーナリストたちがこの地域に入ることを恐れているからだ。しかしこれまでに得られたわずかな情報を見ただけでも、広く喧伝されている恐怖の戯画としてのＩＳＩＬ像とは別の現実が浮かびあがってくる。黒人の若者を殺す警官の映像やグアンタナモ基地や、死者の悲しみの映像だけに基づいてアメリカを評価するのが間違いだとすれば、溺れ死にや首切りによる処刑の映像だけでＩＳＩＬを評価するのも間違いだ。恐怖を感じることと、殺しに行くこととは別なのだ。

ＩＳＩＬの重要な一角は、じつは主として従来のイラクの支配階級で構成されている。つまりＩＳＩＬには、サダム・フセインに率いられていたバース党の主としてスンニ派からなる権力構造が埋め込まれているのだ〔欧州連合庇護機関（ＥＵＡＡ）によると、防衛、軍、財務のトップは旧バース党だった〕。フセイン体制が崩壊したとき、新しいイラクは社会のこの部分――それまであの国を支配していた部分――を切り離し、辱めた。今となってはアメリカ人もイラク人も気づいていることだが、これは誤った選択で、バース党を排除したために、イラクのスンニ派が優勢な地域では実際に暴動が起きている。ＩＳＩＬは、中東社会で強い力を持つこの階級とワッハーブ原理主義が手を組んだ結果なのだ。これは、一見奇妙な同盟だ。なぜならバース党は、社会主義と国家主義に感化されて生まれたきわめて世俗的な政党で、イスラム政党と対立していたのだから。しかし、両者がともに西洋とイランを敵視していることを思えば、驚くようなことでもなく、サダム・フセイン自身がすでにこのような同盟を予見していた。フセインは、政権が崩壊する前に行った最後の宣言で、強い調子でイスラム原理主義勢力を支持し、侵入者に対する聖戦を呼びかけていた。ＩＳＩＬにバース党のスンニ派側の構造が埋め込まれたということは、経験豊富で一体感のある軍隊や国家の構造が存在するということで、だからＩＳＩＬは国家を形成し、住民のグループから支持され、二つの国の軍隊に――さらにはさまざまな軍勢にも――抵抗できる、六〇か国からやってきた人々〔ＩＳＩＬには六〇か国からボランティアが集まっている〕の公式の連合になれたのだ。アフガンのテロリストのキャンプで訓練を受けた狂信者の小グループがどんなに頑張っても、こんなことはできない。わたしたちは、ただ恐怖を受け入れるままに――単純化やＩＳＩＬ自身の宣伝を漫然と受け入れるままに――なってはならない。現実は、もっと複雑だ。

　三つ目は、目的についての考察だ。イラクやシリアにおける苦しみや対立の状況は、まさに悲惨そのものだ。ロシアとアメリカの軍隊がどちらもそこにいるのに、その目的が合致しないせいで、世界はパニックに陥っている。この地域の苦しみを軽くするためにその解決に力を貸すことは、気高い行為だ。しかしわたしが思うに、今あそこで死者が出ているのは、ＩＳＩＬが本質的に悪いからではなく、ロシアとアメリカがあの地域を最終的にどちらが支配すべきかという点で合意できずにいるからだ。イラクやシリアでの争いはＩＳＩＬが登場する前からあって、ＩＳＩＬを葬り去れば止むものではない。

　わたしにいわせれば、わが国の戦闘機をイラクに送ったところで、強大な力の狭間で少しばかり自分の力を示すことにしかならない。しかもどうやら当のアメリカ人ですら、アメリカ政府は混乱していると見ているらしい。実際「ニューヨークタイムズ」には「シリアの戦いにおける一貫性のない「作戦」」と題する深遠な社説が出ている。イラク政府を支えに行こうではないか。民衆の大部分を代表しているとはいえない政府、北部で、そして西部で、そこで暮らす人々の大部分と戦っていると思われる政府を支えよう、というわけだ。

　わが国の戦闘機をイラクに送ることが何を意味するのかを忘れないこと。テレビ画面に映るのは「軍事標的」へのミサイル攻撃だが、現実の戦争はばらばらになった遺体であり、死にものぐるいの家族であり、瓦礫と化した町——人体だったものの欠片や涙や恐怖で一杯の町——なのだ。イラクにおける最初の戦争〔湾岸戦争のこと〕の際には、わたしたちはテレビでミサイルの精度がいかに高いかを見せられたわけだが、その死者の数は十五万人を超えた。それに、当時は西欧に重大な危機が迫っているように思われたが、じつはそうでなかったことが判明した。爆撃するということは、イラクの男を、女を、子どもを殺すことだ。さらなる恐怖を生み出すことで恐怖に応えるのは、賢明でもなければ、倫理的にも正しくもない、とわたしは思う。なぜそんなことをしなければならないのか。誰を助けに行こうとしているのかを、わたしたちは知らない。そこに住んでいる人は誰一人として、そんなことを求めていない。ビデオの画面で男が一人斬首されると、わたしたちは恐れおののく。だが、それに対して爆弾を一発落として無垢な一〇〇人を殺すのは間違いだ。

この記事で、一つ控えめな提案をしたいと思う。争いが起きたらまずは武器を置いて対話するよう努めるべきだ、と絶えず自分自身に向かって繰り返そう。相手を殲滅(せんめつ)せよといった恐怖を煽る巧みな言葉に目をくらまされたときも、自分に向かっていいきかせよう。それこそが、理性の時代、啓蒙の時代、《文明化された》時代がわたしたちに教えてくれたことなのだから。わたしたちは、一人の首が切られたことに対して、一回の爆撃で応えることしかできないのか。今この事態を解決するために、ISILとの対話を——あるいはせめてISILのスンニ派であると自認している人々との対話を——試みることができるはずだ。平和は敵とともに探るものであって、友人と探るものではない。もしもISILが国になりたいと強く望むのなら、おそらく多くの人々が政治的に承認してもよいと思っているはずだ。確かに彼らは人殺しの集まりのように見えるが、狂信的な若者の後ろには、良かれ悪しかれ必ず思慮分別のある老人が控えている。ガリバルディ〔イタリア統一運動を推進した軍事家。イタリア統一の三傑の一人〕の一党に続いてカヴール〔初代イタリア王国首相などを歴任した政治家。イタリア統一の三傑の一人〕が登場し、狂信的なシオニスト〔イスラエルの地における故郷復興運動を支持するユダヤ人〕によるパレスティナへの爆撃の後にもっとまともなイスラエルの政治家たちが登場したように。

中東の多くの人は何年も前から、イラク問題を解決するために三つの国を作ったらどうかと考えてきた。一つはクルドの国、もう一つはシーア派が大勢を占める国、そして最後の一つはスンニ派が大勢を占める国。クルドの独立国家がかつて実際に存在していたという事実、さらにイラクにおける暴力的な内戦の調停がどんどん難しくなっていることを考えると、スンニ派の国家を一つ作るというのも（たとえばイスラエルは、イランの影響が自国の国境に及ぶことを恐れており、スンニ派の国家ができることを望んでいる）解決策としては妥当だろう。いったいわたしたちは何を目指しているのか。さらに何年も虐殺が続くことを望んでいるのか。それとも現在関係しているすべての陣営が円卓会議で互いに考えを述べ、対話することを望んでいるのか。ＩＳＩＬはその広い領土を、基本的に今日のほぼすべての国が生まれたときとよく似たやり方で征服してきた。現在地球上に存在する国々は、地球上のそれ以外の人々からテロリストと呼ばれていた人々の運動によって生まれたのだということを思い出そう。イタリア、アメリカ、イスラエル、帝政後のロシア、ベトナム、中国、これらはいくつかの例でしかなく、いずれの国も狂信的な情熱から誕生して、急速に正常化していった。

解決策は、二つありそうだ。どのような形の解決に向かっているのかもわからぬまま、さらに何十万もの人を殺すことに加担するのか、あるいはこのゲームを収めよう、このゲームに関わるすべての勢力の間の対話を実現しよう、と試みるのか。

世界中で、暴力や争いが増え続けている。この暴力の増大のスパイラルに加担することを控える勇気がイタリアにあることを——国連のように、それらのゲームを収めようとする多数派の側に付き続けることを——わたしは誇りに思いたい。ここで、わたしたち人類の最良の部分、最良の啓蒙主義の言葉を思いだそう。たとえばロックの『寛容についての手紙』の次のような一節を。

意見が違う（ことは避けられない）からではなく、別の意見を持つ人々に寛容であろうとしないから〔……〕騒動が起き、戦争が始まる。

〔イタリア語版のみ、二〇一五年一〇月二一日〕

確かさと地球温暖化

世界の指導者たちがパリに集まって、地球温暖化によるダメージを押さえ込むための合意を目指して四苦八苦している今このときも、この問題を極力小さく見せようとする声が世界中で上がっている。気候に関して確かなことは一つもない、と彼らは主張する。そういう主張をする人々は、わたしたち全員が直面しようとしているダメージの大きさを実感していないのだと思う。ここは一つ単純明快に、彼らに反論する必要がありそうだ。

この惑星の未来の気候について絶対の確信を持っていえることは一つもない、という人は、誰によらず明らかな真実を述べている。しかし、何らかの危機が数学的に確実に起きるといいきれないから深刻な脅威はない、というのは馬鹿げている。

もしも今、子どもたちが遊んでいる公園に不発弾が埋まったままだとわかったら、「爆発しないかもしれない」という理由で放っておいたりはしない。地下室から火が出たら、常識ある人間は消火器を探し、消防署に電話を入れて、建物から逃げ出すはずだ。「でも、必ず火が広がると決まっているわけじゃないんだから、落ち着いて、朝食を食べつづけよう」というのは愚か者がすることだ。しかるに、気候について何も確かなことはいえないのだから地球温暖化は深刻でない、と主張する人々は、まさにこれと同じことをやっている。

すべて自明のことなのかもしれないが、あえてここで今の状況を手短に述べておきたい。

現在、地球全体の気温の上昇が異常に加速しているというのは事実である。（数年前と違って）今では地球の温暖化に人間の活動――とりわけ二酸化炭素の排出――がかなり大きく影響していることがわかっている。気候の未来を予測するのは難しいが、将来予測によると、早急に何らかの介入を行わないと、今世紀中にこの惑星の気温は四度から五度程度上昇することになる。これはつまり、数十年のうちに大惨事が起きるということだ。この程度の気候変動によって、過去に幾度か生物が大量に絶滅している。

地球にとっては、これも数ある小さな揺らぎのうちの一つでしかないが、人間にとっては、破滅的な出来事になる。海岸沿いの町や大平原の町は洪水に見舞われ、大規模な砂漠化が進み、農産物の生産量は急激に落ち込み、飢饉が発生し、飢餓が広がり、嵐に襲われ、至る所で争いが起きる。

ここでいっているのは、ホッキョクグマが安心して生きていけるかどうかという話ではない。自分たちの子どもの未来についての話なのだ。

人間の活動に伴う二酸化炭素の排出によって、問題はさらに悪化している。人類が力を合わせて排出を抑えれば、気温の上昇を二度未満に抑えられるかもしれない。そうすれば、もっとも有害な結果を――たとえすべてではなくても――ある程度は防げる。国連のＩＰＣＣ（気候変動に関する政府間パネル）はそのように分析しており、温暖化の問題に真剣に取り組んでいる地球上のすべての機関が、この点で意見の一致をみている。この見通しに異を唱えるということは、恐竜なんか存在したはずがないとか、地球は真っ平らだと主張するのとまったく同じことなのだ。

以上が、今わたしたちが置かれている状況だ。決して確実とはいえない。ひょっとすると間違っているかもしれない。それでも、決断を下さねばならない。これらの警告を無視し、「完全に確かではない」という事実に基づいて、これまで通りの生活を続けることもできる。ちょうど、遊び場の下に埋まっている不発弾を、爆発しないかもしれないという理由で放っておくように。今では全世界が、深刻な危機が存在すると確信している。にもかかわらずその事実を否定する人々は、混乱を引き起こし、ただでさえ複雑なこの問題を困難なものにしている。そうやって、わたしたち全員のためにこの危険を遠ざけようとしている人々にとっての状況をますます紛糾させているのだ。

［二〇一五年一二月五日］

親愛なる幼子イエス様

親愛なる幼子イエス様、これはわたしからの、二〇一五年のクリスマスのささやかな手紙です。親愛なるイエス様、あなたには、貸しがあると思っています。なぜならあなたとの間には、かつてひとつの問題があったからです。おぼえていますか？

あの頃わたしは幼かった。ちょうど、あなたと同じように。母さんがいて父さんがいて、わたしを慈(いつく)しんでくれました。ちょうど、あなたと同じように。二人とも、わたしにはとても正直でした。あなたのお母さんとお父さんもそうだったと思います。でたらめを信じろ、といったりはしませんでした。コウノトリが赤ん坊を運んでくるとか、世界中のみんなが良い人だとか、そういう他愛のない嘘はつかなかった。ほんとうのことをいったのです。そしてさらに、嘘をついてはいけませんよ、といいました。いつもほんとうのことをいう両親が、わたしはとても誇らしかった。

それでも二人は、一つ嘘をつきました。クリスマスにわたしが、ツリーの下のプレゼントに気がつくと、母さんと父さんは、この贈り物は不思議なことに天から届いたんだよ、イエス様が持ってきてくれたんだ、というのです。摩訶不思議なことに、クリスマスの贈り物は幼子イエス様が魔法を使って配るんだよ、と。わたしはそれを心底信じて、クリスマスがやって来るのを、魔法が起きるのを、わくわくしながら待ちました。そしてある日、二人はわたしに告げたのです。じつは自分たちが贈り物を買って、ツリーの下に置いていたのだ、と。わたしはわっと泣き出しました。

両親にからかわれたような気がしたのです。そしてたぶんそれ以上に、幼子イエスさま、あなたにからかわれたと感じた。ということは結局のところ、あなたは自分で贈り物を持ってくることができなかったのですか？　助けが必要だったのですか？

二人はなぜわたしに、こんな埒もない嘘をつかなければならなかったのでしょう。いずれにしても真相のほうが――結局はわたしにも合点がいったのですが――馬鹿げた嘘よりずっと美しかった。贈り物を買っていたのは彼ら自身、わたしの両親だったのです。それというのも二人はわたしを愛していて、わたしを喜ばせたかったから。母さんと父さんが喜ぶわたしを見たいと思うのは、美しいことでしょう？　二人がそんなにもわたしを愛してくれるなんて、とってもすてきなことでしょう？　これこそがほんとうの魔法であり、ほんとうに心打たれることなのです。それなのになぜ、幼子イエス様やサンタクロースや、贈り物を配る天使や神秘的な存在といったくだらない嘘の後ろに隠してしまうのか。

要するに、あなたがわたしに運んでくるはずだった贈り物は、届けられたためしがなかった。だからわたしは、あなたに貸しがあると思うのです。

ですから今回はこの貸しを、少しばかりの利子をつけて返してください。親愛なる幼子イエス様、今年、二〇一五年のクリスマスに、これから挙げるものをわたしにください。

裕福な家庭の甘やかされた子どもたち――かつてのわたしのような子どもたち――にたくさん贈り物を運ぶのではなく（といってもほんとうは、そのことを責めるわけにはいきません。だって運んでくれたのは両親なのだから）、シリアに行って、何の罪もない人々のうえに降り注いでいる爆弾を止めてください。インドに行って、食べるに事欠く人々に食べ物を渡してください。ヨーロッパに行って、自分たちの富を失うまい、外国人を寄せ付けまいとするすべての人々の利己的な考えを変えてください。それからアフリカに行って、とんでもなく惨めな暮らしをしている何百万人もの人々に何かをあげてください。世界中を回って――あなたにならできますよね？　――二〇一五年にみんなを襲ったこの恐怖と憎しみと不信の波を止めてください。ムスリムに眉をひそめるキリスト教徒、ロシア人を撃つトルコ人たち、シリアの人々を撃つロシア人たち、イエメンに爆弾を落とすサウジアラビアの人々、四方八方に殴りかかるヨーロッパの人々。至る所で人々が殺され、誰もがしきりと戦争をしたがっています。

幼子イエス様、できるなら、このどんどん拡大していく狂気を止めてください。

そうでなかったら――もしもどれ一つとしてできないのなら――どうか甘ったるい幻でわたしたちを欺くのはやめてください。そして、この世界に実際に役立つ贈り物を届ける使命を、良き志を持った男の人や女の人に――若かったわたしの両親のような人々に――ゆだねてください。

わたしたちをそっとしておいてください。なぜなら良き志を持つ男女だけが、この世界の苦しみを軽くすることができるのだから。幼子イエスよ、わたしに贈り物を持って来られなかったように、あなたには、苦しみを軽くすることはできないのです。

［二〇一五年一二月二四日］

第三部

二〇一六年

祝祭の日々は終わった

祝祭の日々は終わった。今年も、高揚する心や、昼食や、ケーキや、親戚や小旅行やプレゼント、そしてクリスマスにつきもののすべてが波のように押し寄せて、過ぎていった。常々あきれているのだが、これらの日々はじつに多くのことに影響を及ぼす。抗っても、結局は押し流されてしまうのだ。

親しい親戚に会いに行かないわけにはいかない。少なくとも、ちょっとしたプレゼントくらいは持って行かないと。食卓も多少は飾って、小さなツリーを立てて、キリスト降誕の場面のささやかなしつらえをして、色つきの電灯を、せめてろうそくの一本くらいは飾り付けないと。一年のこの時を、なんとかして際立たせなくては。わたしたち全員をお祭り騒ぎへと駆り立てるこの強烈な力は、いったいどこからくるのだろう。

キリスト教徒にとっては、クリスマスは救世主の誕生を祝うためのものだ。自分たちを救ってくれる彼（か）の人の到来を祝う。何か目に見えないものがこの世界にやってきたことを祝う、感動的な記念日。キリストの降誕場面はわたしたちの感動の光のなかで、この不思議な瞬間を再現する。

だが十二月の終わりのお祭り騒ぎは、キリスト教よりはるかに古く根が深い。キリスト教はそれらの祝祭を自分のものとし、自身の神話や神学を埋め込んで、ほかの伝統を排除した。だがそれらの痕跡は、形を変えて残っている。古代ローマでは、キリストが生まれるずっと前から、十二月の終わり頃にろうそくを点して贈り物を交換する習慣があった。北方の異教徒たちは、キリストの教えが伝わるずっと前から、冬至を祝っていた。一年の終わりにわたしたちをこのような振る舞いに駆り立てる力は、キリスト教よりはるかに古いものなのだ。いったいそれは、どのような力なのか。

二〇世紀の主要な人類学者の一人であるロイ・ラパポートは、数年前に発表した偉大な著作『人間らしさの形成における儀式と宗教(*Ritual and Religion in the Making of Humanity*)』において、もっぱら古代の儀式と習慣の起源を論じている。よく考えてみると、儀式というのは奇妙なもので、現代人の素朴な視点からは理解し難い。儀式とは、大なり小なり規則的に同じやり方で繰り返される身振りや動きや言葉であり、実行する者の感情を強烈に高ぶらせる。たとえ直接何かの役に立つとは思えなくても、あるいはどこからどう見ても、そこに費やされているとほうもない力に見合うだけの有用性がなさそうに見えたとしても。

わたしたちはなぜ何千年も前から、十二月の終わりに贈り物を交換してきたのか。いくつかの帝国が崩壊し、民族が皆殺しの憂き目に遭い、わたしたちは幾度か宗旨替えをしてきた。富んでいたり貧しかったり、支配者になったり支配されたり、魔女がいると信じたり月に到達したり……。それでもきわめて規則正しく、毎年十二月の終わりになるとちょっとした贈り物を交換して、一本のろうそく、あるいは小さな灯りを点す。これはじつに驚くべきことだ。

ラパポートによると、儀式の起源は、人間らしさ自体が形成されたときにまで遡ることができるという。つまり儀式は、今やわたしたち人類の著しい特徴とされている分節的な言語が登場したときに生まれたのだ。ラパポート曰く、儀式には、わたしたちが種としてのヒト、なかでも社会的な存在になっていくうえでの鍵となる機能がある。

儀式的な振る舞い、すなわち明確な直接の目的もなく反復される手の込んだ複雑な身ぶりは、さまざまな種の動物に共通していて、長続きする絆を作る際の拠り所になる場合が多い。ちょうど、単婚性の〔雄雌で対を作る、一夫一婦になる〕種の多くに見られるややこしい求愛の儀式のように。ヒトという種の場合は、言語のおかげで重層的な抽象世界を作ることができるようになった。そこでは、従来存在しなかった新たな実在（法律、結婚、処罰、契約、王国、国家、財産、権利……）に命が吹き込まれ、それらが現実のなかで一定の地位を占めてわたしたちの行動を決定すると同時に、共有されたシステムの構成要素としての力を持つようになる。そしてそこから、儀式的な身振りによって形作られ定期的に強化される、わたしたちの霊長類としての精神構造に深く根ざした規則が生まれる。要するに儀式は、人類の社会的精神的現実の基礎であって、わたしたちの暮らしの大部分はそこで展開されているのだ。

だからこそ、愛し合う二人の共同生活は、結婚という儀式で支えられる。医師の職業生活は、医療実践のための資格付与という儀式で支えられる。懲役期間は出廷と裁判という儀式で支えられ、議会の正統性は選挙という儀式で支えられ、わたしが我が家の正当な所有者であることは公証人が関与する儀式によって支えられ、カトリック教徒の内面生活は毎週行われるミサの儀式で支えられ、仏教徒の内面生活は瞑想という儀式で支えられる。マルセイユにあるわたしの小さな研究グループの科学的な生活は、まあまあ定期的に開かれる、弁当持参の物理に関する談話会に支えられ……といった具合に、どこまでも続いていく。

わたしたちは、構造化された規則的な身振りを反復することによって、混沌とした現実の流れに秩序を与え、自分にとっての参照点――この世界に関する自らの認識やこの世界での自身の存在の拠り所となり得る点――を作る。

ラパポートが儀式から読み取ったものをすべて厳密かつ詳細に見ていったときに、それでも正しいといえるのかどうか、わたしにはわからない。それに、彼の説が同時代の専門家にどの程度支持されているのかもわからない。それでも彼の読みはわたしたちに、重要で深遠なことを教えてくれる。わたしたち人類は、多次元の存在なのだ。わたしたちは、一般には自分でも理解しきれない多様な層から成っている。しかも、わざわざ調べないかぎり自覚できないたくさんの決まりに従っている。わたしたちはそれらに名前を与え、それらの決まりや人生に身をゆだねる。

そしてクリスマスが来るたびに、熱心なカトリック教徒であろうと徹底的な無神論者であろうと、実家に帰って老いた両親と顔を合わせ、贈り物を友人と交換する。そうやってこの一年が、そしてこの世界が秩序正しく回っていく。そしてわたしたちは、自分たちが情愛の絆で結びついていることに安堵して、この世界でくつろぐ。再び生活を始める準備が整うのだ。

［二〇一六年一月七日］

共生の基盤は法律である

エルネスト・ガリ・デッラ・ロッジア〔コリエーレ・デッラ・セーラ紙にコラムを持つ、イタリアの歴史学者〕は「コリエーレ・デッラ・セーラ」紙で、難民や移民の社会への統合に関するいくつかの考えを表明した*。

彼がそのコラムで挙げた論点のなかに、次のようなものがある。第一に、わたしたちの社会は、社会的に許容される振る舞いによって定まる価値および規則の体系によって主導されるべきで、外から来た人々にはその体系に順応することを求めるべきである、ということ。第二に、一つの文化を有する場合、その文化を丸ごとほかの文化に順応させることはほぼ不可能なので、多文化社会など存在し得ない、ということ。ここでは、これらの問題を巡る別の視点を紹介したい。

わたしたちの社会は法律によって規定されるべきであって、社会的に許されている振る舞いなどに基づく個人の価値や判断の体系によって規定されるべきではない、とわたしは考える。まさにこれが法律の感覚であって、わたしたちが偉大なるローマ帝国――多様性に寛容な多文化社会の典型的な例――から受け継いだ遺産なのだ。法律は、何が許されないのかを厳密に規定する。わたし自身は、法律によって合法でないことが透明かつ明確な形で制裁を受ける社会で暮らしたい。「社会的に許されている振る舞い」や「共有されている価値」といった曖昧なもののなかに放置されたくない。

なぜかというと、国籍が同じでも価値観が同じとは限らないからだ。社会的に許されている振る舞いに関しても、わたしたちはそれぞれ異なる意見を持っている。ほぼ確実に――いや、「確実に」といってよいだろう――たとえばガリ・デッラ・ロッジアとわたしの価値観はいくつかの点で異なっていて、自分が良い、あるいは悪いと考える振る舞いについての判断が分かれる。それでも平和に共存し、互いに敬意を払い、相手も法律を尊重すると思っている。

法律を尊重しない場合は、警察や司法制度が介入する。法律は政治家によって議論されてきており、この国の多様な文化の間で絶えず調停が行われてきたことを表している。自分たちの社会が、法律ではなく「社会的に許されている振る舞い」によって律されるべきだ、という考えを支持すると、前近代――規範が明文化されておらず、謎めいた形で宙に漂い、人々が法律を破らなくても罰せられていた時代――の危険なイデオロギーに回帰することになってしまう。法律に反する振る舞いは罰せられるべきで、誰一人として「異邦人だから」という理由で許されてはならない、という点はガリ・デッラ・ロッジアのいうとおりだ。だがそれは、あくまでも法律を破ったからなのだ。市民だって法律を破れば罰せられるわけで、出自の如何(いかん)とは関係ない。わたしたちのこの国で暮らすためにやってきた人々に向かって、価値観や振る舞いや習慣や文化、さらに

＊二〇一六年一月一〇日付けの「確実な社会統合」というコラム

ひどいことに宗教まで変えろというべきではない。イタリア市民に求められているように、法律を尊重することだけを求めるべきなのだ。

もう一つ、ガリ・デッラ・ロッジアとわたしの意見が異なるのは、「一つの文化を有する人がその文化を守ろうとするとき、別の文化への順応はきわめて困難――いやほとんど不可能――だ。ある価値観を信じているときに、同時に別の価値観を信じることはきわめて難しい」という点だ。ある程度旅をしたことがある人なら誰でも、あるいはいろいろな国のさまざまな人々の間で暮らしたことがある人なら誰でも、自分自身の文化とは異なる文化を学んで理解できるということを、また、そうすることによって自身の文化を手放すことなく自分を豊かにできるということをよく知っている。そのようにして新たな価値観を身につけ、その良さを認識するのだ。

たとえばイタリア人のなかにも、それこそ外国に行ってみて、イタリアではあまり重んじられていない約束の遵守や優れた共同体などに敬意を払うようになった人が大勢いる。そもそもイタリアの文化自体が主として重ね合わせなのだ。イタリアの文化は、トスカーナのルネサンスや、ミラノやナポリの啓蒙主義や、トリノのフランス語文化や、トリエステのオーストリア＝ハンガリー帝国文化や、シチリアに残るサムニウム人〔古代ローマ時代イタリア半島山岳地帯に居住していた部族〕やギリシャ人の遺跡の古代の伝統に見られる無数の文化階層、これらすべてに深く根ざすハイブリッドなのだ。ヴェネツィアは、特に東洋の文化に大きく開かれていたことから栄光を手にし、そこからヨーロッパ近代世界の扉が開かれた。むろん重ね合わせからは、イタリアの片田舎の共産党の町長ペッポーネと教区司祭のドン・カミロ〔雑誌連載小説『小さな世界』の二人の主人公〕に見られる文化の違いや、イタリア文化を豊かなものにしてきた無数の不協和音が生まれることになる。イタリアの文化は、一つの国家としてのアイデンティティーを守るために閉じたからではなく、じつに多様で豊かな要素や影響を育んできたからこそ、大きな力を持つことになった。文化は決して単一ではなく、常にたくさんの層が重なり合っていて、その層の数が多ければ多いほど、わたしたちの文化は豊かになる。

　何よりもまず、文化は不動の岩ではなく、絶えず進化していく考えなのだ。今日のイタリア文化は、政治思想から宗教感覚の展開まで、食べる物から男女が眼差しを交わす様子や労働者と雇用者のやりとりに至るまで、ほんの七〇年前のそれとはまるで違っている。わたしがごく幼い頃に暮らしていた町では、労働者たちはもっぱら方言しか話さず、「ご主人様（イル・シニョール・パドローネ）」がやってくると、戸惑ってうつむいたものだった。なぜこれほどまでに変わったのか。それはわたしたちが外来の考え方の影響に対して開かれていたからで、わたしたちはそのことを誇らしく思っている。ヨーロッパに移り住んできたばかりの人々の振る舞いのなかには、わたしたちが当然のように非難するものもあるが、じつはそれが、わたしたちの祖父の世代の多くの人々には認められていたことだったりする。わたしたちが、ムスリムの女性がスカーフで髪を隠しているのを見ていらだつのは、ほんの二世代前のイタリアのほとんどの田舎でスカーフが女性の隷属（れいぞく）の印だったからだ。もしもわたしたちの祖父が地域の文化を守ろうと頑張っていたら、わたしたちも相変わらず同じ振る舞いをしていたはずだ。自分が納得した事柄の影響は冷静に受け止め、違うと思ったらためらうことなく穏やかに否といおう。間違っていると感じる外来のものもまとめてすべて受け入れなければならない、というわけではない。だが、外から来たというだけで、その考えが間違っていることにはならない。
最後にもう一つ、わたしがガリ・デッラ・ロッジアと意見を異にするのは、多文化社会が存在しないという考えだ。これは、誰でも自分で確かめられることで、たとえば飛行機でロンドンへ、ニューヨークへ、上海へ、ムンバイへ、とりわけトロントに行ってみるとよい。トロントでは、新たなカナダ政府が閣僚会議にも多文化主義を反映している。互いに敬意を払い、ともに法を重んじることで、世界のひじょうに多くの場所できわめて多様性の高い共同体が平和に共存している。混血（ミクスト）が多数派であるような場所では、移民に反対するほうが少数派なのだ。「他者」と知り合ってみると、結局のところ彼らも同じ良き人々であることがわかる。

そういった場所に住んだことがある人は皆、そこの文化に活気があることを知っている。多様性に対して冷静で寛容だからといって、不埒（ふらち）な振る舞いを受け入れる必要はない。自分たちの生き方とは異なる良き生き方が無数にある、ということを考えに入れるだけのこと。多様性と寛容からは、ともに同じ市民であるという感覚が生じ、共通の新たな多元的アイデンティティーが生まれる。結局のところわたしたちを束ねるもの――わたしたちが分かち合っているもの――は常に、わたしたちを違えるものよりはるかに多い。この世界はどこまで行っても異なる文化の混じり合いで、そこからは常により良いものが生まれる。現在のアメリカ文化に活気があるのは、アメリカ自体の自己規定にもあるように、そこがメルティング・ポット――異文化の影響のるつぼ――だからだ。しかしこれは昔から常にいえていたことで、たとえばこれまでに発見された最古の文書のなかにはシュメール語とアッカド語の辞書がある。文明は、文化が混じり合うことから始まったのだ……。

世界中の無数の都市のさまざまな通りで、世界は混じり合い、世界中の若者が語り合い、よりよい未来——異なることを恐れるのではなく、混じり合うことで豊かになる未来——が生まれようとしている。

〔イタリア語版のみ、二〇一六年一月一三日〕

達人

科学と宗教が衝突しそうなときは、カトリックの聖職者であると同時に偉大な科学者でもあったひとりの人物を思い出すとよい。まれに見る手腕で科学と信仰の間を巧みに行き来した人物、ついには立て続けにアインシュタインとローマ教皇に「あなたが正しい」といわせたあの人を。その名はジョルジュ・ルメートル。名字の「ルメートル」は「達人」を意味するフランス語と同じ音だから、いかにも彼にふさわしい名前といえる。だが、彼のような遠慮深く謙虚な人物にはまったくふさわしくない名前でもある。イエズス会の教育を受け、聖職者としての誓いを立てたルメートルは、やがてその名を知られるようになると、母国ベルギーのルーベンにあるカトリック大学の講師になった。そしてすぐに、まだ発表されたばかりだったアインシュタインの一般相対性理論に夢中になり、なかでも宇宙全体の大規模な力学を研究することができる、というアインシュタインの主張に心を躍らせた。今でいう、「宇宙論」である。

アインシュタインはすでにその研究を始めていて、じきに、自分の理論が正しければ宇宙は静止しているはずがない、ということに気がついた。理由は簡単で、銀河が互いに引き合うからだ。

つまり、それぞれがまったく動かないとすると、ちょうど宙に浮いたボールがそのままでいられないように、互いに向かって「落ちて」いくはずだった。アインシュタインには、自身の理論がもたらすこの予測を正面から受け止める勇気がなかった。宇宙が大きく動いているなんて、大胆にもほどがある、と思ったのだ。

　ルメートルは、アインシュタインの考えを変えようとした。ボールが蹴飛ばされて上に向かって飛んでいるのであれば、落ちてこない。同じように、星も今まさに飛んでいる最中なのだ。最初に途方もない力で「蹴飛ばされ」、互いから遠ざかっている。つまり、宇宙は膨張している。

　どうすれば、この問題の白黒をつけられるのか。ルメートルは、遠くの星が発する光を観察すれば決着がつく、ということに気がついた。なぜなら観察者から遠ざかるものが発する光は、赤みがかって見える〔発せられた光の見かけの振動数が小さくなるためで、赤方偏移と呼ばれる〕からだ。そこで、当時手に入れることができた星雲に関するわずかなデータを集めることにした。星雲とは、恒星と恒星の間に見えている小さな乳白色の円盤状のもので、当時ようやく、じつはひじょうに遠いところにあるのではないかという声が上がりはじめていた。そして彼は、星雲からの光が実際に赤みがかっていることを突き止めた。これはつまり、宇宙が実際に膨張しているということなのだろう。ルメートルはこの発見をあるベルギーの無名の科学雑誌〔『ブリュッセル科学協会紀要』〕にフランス語で発表したが、その記事に目をとめた者はいなかった。

　数年後、アメリカの天文学者エドウィン・ハッブルが、ウィルソン天文台の巨大な望遠鏡を用いて複数の星雲を調べ、それらの星雲がきわめて遠くにあって、猛烈なスピードでわたしたちか

ジョルジュ・ルメートル（1894-1966）

ら遠ざかっていることを突き止めた。宇宙はほんとうに膨張していたのだ！　さすがのアインシュタインも、ルメートルが正しかったと認めるしかなかった。

若き司祭は、この発見から何がいえるのかをさらに考えた。宇宙が膨張しているとすると、最初はひじょうに小さかったはずだ。ルメートルはこの最初の状態を、「原始的原子〔始原原子とも〕」と呼ぶことにした。今でいう、ビッグバンだ。宇宙はビッグバンから生まれた、というこの考え方は、その後次第に広く知られるようになっていった。そして一九五一年一一月二二日、教皇ピウス十二世は一般向けの講話でこの理論について延々と語った。近代科学の細かい点に踏み込んで、「真の科学は、かつて自慢していたのとは逆に、前進すればするほど神の存在を明らかにしていく。まるで科学が開くすべての扉の後ろで、神自身が辛抱強く待っていたかのように」と主張したのである。教皇の主張の核には、ビッグバンの理論があった。「ゆえに、天地創造は時間のなかに存在した。したがって創造主も存在した。よって、神は存在する！」。

ルメートルはこの発言を快く思わなかった。ヴァチカンの科学顧問とは密接に連絡を取っていたので、教皇を説き伏せるべく、すぐにヴァチカンに向かった。このような主張は今後いっさい差し控え、神による創造と宇宙論が繋がっているかもしれない、といったことは決していわないようにしてください、と。さまざまな文書で展開されてきた、ルメートルのすぐれたバランス感覚によると、科学も宗教も、自分たちには語る資格がない領域について語ることは慎むべきなのだ。宗教は、わたしたちの魂や救済を扱うべきなのであって、自然の理解は科学に任せるべきだ。誰が創世記をまとめたにしろ、その人物がほんの少しでも宇宙論を理解していたという考えを弁護するのは馬鹿げている。ルメートルはそう確信していた。「創世記」は物理学のことを何も知らないし、物理学は神のことを何も知らない。ピウス十二世は納得し、二度と一般の人々に向けて自説を語ろうとしなかった。

ビッグバン理論を神の存在を裏付ける証拠にするという着想は、アメリカ合衆国のいくつかのプロテスタントの宗派で再び姿を現しているが、もはやカトリック教会はビッグバンには触れていない。むろん、ルメートルは正しかった。今では、ビッグバンが宇宙の一生のひとつ前の段階から今の段階への切り替わりを示すものなのかどうかが議論の的になっているのだから。宇宙は、激しく収縮してから再び膨張したのかもしれない。神が水面で息を継ぎながら、「光あれ（フィーアト・ルクス）〔聖書において

〔神が天地を作る際にはじめに発した言葉とされている〕」ではなく、「消えたばかりの光を再びあらしめよ」という言葉を発したのかもしれない、と語ることになったら、教会としてもさぞ当惑したことだろう。

誰もがアインシュタインに間違いを指摘できるわけではなく、教皇の意見に反駁して思いとどまらせられるわけでもない。この二人に向かってそれぞれに異議を唱え、かくも大きな問題で間違えていたことを相手に納得させるのは、確かにたいしたことだ。この「達人」には、学ぶべき何かがある。

だが、ルメートルがわたしたちに教えてくれること——おそらくその偉大さの秘密——は別のところにある。

一九三一年にある物理学者のグループが、ルメートルがビッグバン理論を最初に発表した論文の存在を、世に知らしめようと決意した。論文は英語に訳され、改めて有名雑誌に掲載された。それと同時にひとつの奇妙な探偵物語が始まったのだが、その謎はつい最近、ようやく天体物理学者のマリオ・リヴィオによって解き明かされることになった。一九三一年のその英訳からは、いくつかの決定的な文章が抜け落ちていた。ルメートルが、当時入手可能だったわずかなデータに基づいて、ハッブルより前に宇宙が膨張していると推断していたことを明確に示す語句が欠けていたのだ。誰かがわざと、アメリカ人であるハッブルの先取権〔発明発見を最初に行った人物に与えられる栄誉〕に疑問を投げかける語句——真の発見者がルメートルであったことを示す語句——だけを省いたとしか思えなかった。

いったい誰がそんなことをしたのか。論文の改変が明らかになると、すぐに疑いがふくらんだ。

誰がハッブルの栄誉を保つことに加担したのか。ハッブル本人なのか。それともアメリカ人を敵に回したくないと思った雑誌の編集者なのか。それらの失われた語句は長い間、議論や非難を引き起こしてきた。そしてついに著者と編集者のやり取りから、その真相が明らかになった。決定的な語句を取り去って、この大発見の先取権をふさわしくない人物に渡したのは……ジョルジュ・ルメートル自身だった！　編集者宛の自筆の手紙のなかで、自分が入手できたデータよりハッブルのデータのほうが優れている、だからすでに新たなものに置き換えられているあまり正確でないデータには触れなくてよい、と指示していたのだ。いいかえれば、ルメートルは発見者としての名誉には関心がなかった。個人として認められることではなく、真実を確立することが重要だったのだ。

ビッグバンを初めて見抜いた人物、教皇やアインシュタインを説き伏せたこの人物は、自然に対する好奇心はあっても、自身のエゴには関心がなかった。思うに、彼の行動から得られるこの教訓こそが、科学が明確に示し得るもっとも深く明晰なメッセージなのだろう。自分自身を重く受け止めすぎず、謙虚でありなさい――たとえあなたがアインシュタインであっても、教皇その人であっても、そして「達人」であっても。

［二〇一六年一月二七日］

アフリカでの一日

今日、わたしはンブール〔セネガル西部の人口二〇万人を超える都市〕にある数学研究所の快適な環境から一歩を踏み出すことにした。研究所で数週間を過ごしてみて、あえて「ほんものの」アフリカを見に行きたくなったのだ。通りがかった乗り合いタクシーに手を挙げ、でっぷりした体にぴちぴちの色鮮やかな服を着たアフリカ人女性二人の間にちっぽけな体をどうにかねじ込んで、町の中心に向かった。運賃は一〇〇アフリカフラン――ユーロでいえばおよそ一五セント。海岸を離れて内陸に向かう前に、市場を覗(のぞ)くことにした。思っていたよりずっと大きい。人で埋め尽くされており、ピリッとする香りが鼻をつき、小さく区切られた色とりどりの汚ない区画が際限なく続いていて、それがどんどん密になっていった先に浜辺がある。浜辺では、何十艘(そう)もの小型漁船がたくさんの魚を水揚げしていて、そこら中に魚が散らばっている。わたしは、にこりともしない悲しげな人々の波からどうにか抜け出すと、別のタクシーをつかまえて、ンブールでただ一つの舗装された交叉点に向かった。国道一号線が海岸通りと分かれて、マリに向かう場所である。目指すのはサンジャラ、二五キロメートルほど内陸に入ったところにある村だ。

幾度か交渉をした末に、一千アフリカフランで村まで連れていってもいい、という車を見つけた。二ユーロにもならない額だ。車の外には荒涼としたサバンナが広がり、ポツンポツンとバオバブの木が生えている。サンジャラに着いてみると、そこは村というよりも小さな町だった。なんだか人だかりがしているのでそっと近づいてみると、真ん中にあるものがちらりと見えた。男が一人、地面に座り込んでいる。頭のてっぺんから足の先まで、泥と埃にまみれ、ひどく取り乱しているらしく、やけになっているようでもある。後ろ手に縛られて、両足も縛られて、じっと地面を見ている。まわりの人々は騒々しく、声高に何かをいいながらその男を見ている。一人の若者が、その男は狂っているんだ、と教えてくれた。そしてすぐに言い直した。「あいつは人殺しなんだ」と。だんだんに、細かいことがわかってきた。誰かをナイフで刺したという。それで、これからどうなるの？　とわたしは尋ねた。今、隣村に連れていかれるんだ。「今」というのはアフリカではあやふやな言葉で、正確には「そのうちに」を意味していると考えたほうがいい。制服を着た人間はどこにも見当たらず、集まった人々が男を見て何かいっているだけだ。何も起こらない。わたしはその男に同情した。自暴自棄になっているというよりも、むしろ打ちのめされているように見える。まるでこの群衆に、そしてその眼差しに、完全に屈服しているようだ。わたしは、この二十キロ四方に白人はわたし一人しかいないんだ、と考えている自分に気がついた。ここではよそ者だから、できることはあまりないなあ、と。砂だらけの通りをしばらく歩き回り、遊んでいる子どもや鍛冶屋（かじや）や小さなモスクやすべてを覆っている埃を見物し終えると、道路にとって返して、バスでティアディエイという次の村に向かった。アフリカのあらゆる通りにあふれている女性の売り子の一人からパンを買い、サオに通じているという一本の脇道に入る。なぜサオを目指すことにしたかというと、名前が気に入ったからだ。響きがいい。地図で見る限り、その集落は幹線道路からは外れているが、かといって遠すぎるわけでもなかった。ティアディエイ村のはずれあたりで、黄色い上着をまとった汗まみれの男に声をかけられた。「どこに行くんだい?」。通常わたしは近づいてくる人物には警戒を怠らず、特に顔に汗をかいている人物には構えてかかるのだが、アフリカではよそよそしくしすぎるのもよろしくない。だから、サオに行くんだ、と答えた。「ふうん、サオに?」「うん、サオに」。すると相手は、三千フランでサオに連れていってやるよ、といった。それでこちらが、二千フランなら、というと、相手は、車はこっちだからついてこい、という身ぶりをした。それはとんでもなく古い黄色のプジョーで、ンブールの壊れかけのおんぼろ車よりもボロボロだった。閉まらないドアがあって、村までの道のりの半分はバーリが(その男はバーリと呼ばれていることがわかった)腕でそのドアを押さえていた。残りの半分では、なんとか閉めようと、何度もドアを開いては叩きつけていたが、まるで無駄だった。何キロか進んだところで、バーリは車のスピードを落として路肩に止めると、ここからは左側の砂のなかにかろうじて見える道を進むことになる、といった。わたしは一瞬不安に駆られたが、何もいわなかった。バーリもほとんど口を開かず、わたしはそれが気にくわなかった。ぼそっ、ぼそっとつじつまの合わない言葉を返すだけだ。わたしは、会話の糸口になるかと思って雲を指さし、セネガルで一月にこんなに雲が出るのは珍しいんじゃないか、と尋ねてみた。すると「空」という言葉が返ってきた。たいへん頭が切れるわけでもなさそうなので、これなら、騙されたりしないだろうと、ほっとした。

　やがて、サオに着いた。サオは、わたしが想像していたのとはまるで違っていた。これまでと同じように、人が多くて埃まみれのすすけた村が現れると思っていたのだが、がらんとしたところに、いろいろなものが散らばっているだけだった。散らばっているもののほとんどは小屋で、サバンナのバオバブの間にポツンポツンと点在している。村全体が、黄色い砂と藁に覆われていた。わたしが車から降りるとすぐに、子どもたちがまるで、空飛ぶ円盤が着陸した、とでもいうように、目をまん丸にして駆け寄ってきた。老人が一人姿を現し、さらに数人の女性がやってくる。わたしが何を求めているのか、彼らには理解できなかった。わたしは、興味がある、ということをわかってもらおうと頑張った。あなたたちがいいといってくれたら、ちょっと村を見て回りたいんだけれど……。彼らにするとずいぶん奇妙な事だったらしく、一緒に行って、道案内をしましょう、といってくれた。老人はたいへん美しい娘を手招きすると、この子があなたを案内する、といった。イスラムの純潔主義を知らなかったら、何か意味ありげな申し出だと思ったことだろう。結局、必要なのは道案内ではなく、できてしまった人だかりを遠ざける人だということがわかった。陽気な格好をした小男がドラムを持って現れ、狂ったようにドラムを打ち鳴らすと、誰もがゲラゲラ笑い、手を叩き始めた。娘が一人、指名を受けて踊りだす。

　キビを打って粉にしているんだ、と彼らはいった。あんたは当然この村がキビのおかげで存在していることを知っていて、キビの栽培方法も調理法もすべて知っているはずだ、とでもいうように。そしてわたしを女たちのところに連れて行ってくれた。どちらも木でできた、巨大な入れ物と巨大なすりこぎを使って、キビを打っている。アフリカのどこにでもあるタイプのすりこぎだが、見るたびに、すりつぶしている物が違う。村には何人くらい住んでいるのかと尋ねると、学校で尋ねてくれ、といわれた。なんとまあ、学校があるんだ！　というわけでわたしは、そこに連れていってほしいといった。するとバーリが、後をついてきた筋骨隆々の親切そうな若者とともに、わたしを学校に連れていってくれた。砂地を横切り、山羊の群れやバオバブの木立を抜けて、学校へと向かう。そう遠くはなかった。学校は、何軒かの小屋と砂の色をしたいくつかの壁でできていた。校長に会いに行くと、相手はすぐにせかせかと自ら椅子の埃を払って、どうぞ、とわたしに勧めた。彼は知的で情熱的な男で、自分の学校を心から愛していた。愛嬌たっぷりで元気がよく、その学校に上から――最新のものはカナダから――降ってくる教育プログラムのことや、アラビア語や宗教の教育のこと、そしてさまざまな困難のことだけでなく、すべての少年、そしてすべての少女が学ぶ意欲を持っているんだ、と大いに力説した。ここは環境がよいんです、それにアフリカはこんなですから、と笑みを浮かべていう。いつだって悲惨だけれど、いつだって意気盛んなのです。わたしたちは通りすがりに、「家で満足に食べることができないせいで、集中できない」子どもたちをちらりと見たにすぎない。校長はへりくだっていたけれど、自分と四人の教師たちがここの子どもたちのためにしようとしていることがいかに重要か、はっきりと自覚していた。わたしはさらに、小学校におけるイスラム教育のことを尋ねたかったのだが、扱いに注意を要するテーマかもしれないと思うと不安だった。校長は、アラビア語と宗教が何時間ぐらい教えられているのか、時間割を見せてくれた。だいたい一週間に一時間といったところだった。「キリスト教徒の子どもはいるんですか？」「ええ、幾人か」。イスラム教を学ぶ授業のときは、彼らは教室を出ていくという。イタリアと同じだ。ただし立場は逆で、イタリアではキリスト教の授業になると、ムスリムの子どもたちが教室から出て行く。人間の愚かさを思うと心が沈むが、その話は避けることにした。そろそろ失礼することにして、心からの感謝を伝える。校長は明らかに、わたしたちの来訪を喜んでいた。わたしは、立ち去る前に何かできることをしたい、学校の備品を購入する助けをしたいのだが、といった。練習帳やペンなどを買うお金を寄付したいのですが、ユーロでも大丈夫ですか？ わたしがそれなりの額の紙幣を出すと、校長はすぐに助手を呼んだ。金銭の受け渡しには証人が必要だ。わたしたちの別れはたいへん心がこもったもので、ほとんど感動的だったような気がする。なぜそうなったのかは、よくわからないのだが……。

バーリはわたしより先見の明があって、村を出ていなかった。バーリが残っていなければ、あの村を出ることはできなかっただろう。何しろサバンナに半分紛(まぎ)れたようなあの村でわたしが目にした交通手段は、バーリの車を別にすると、一匹の年老いたロバだけだったのだから。わたしはバーリに、北に向かって、モーリタニアに通じる国道二号線に出てくれといった。あそこまでいけば、公共交通機関を使ってンブールに戻れるはずだ。さんざん値切り交渉をした末に、わたしたちは妥当な料金で合意した。そして出発。バーリはずっと、手でドアを押さえていた。埃っぽくひからびた未舗装の道を延々と走り続ける。固めた砂と錆(さび)と古くなったプラスチックの欠片でできているとしか思えない車は、それでも乾ききった大地とポツンポツンと点在するわびしい村々の間を走り続けた。

　車はほかに一台もない。わたしは大きく開いた窓（ガラスはとうになくなっている）越しに、流れゆくアフリカの大地を見ていた。そしてふと考えた。わたしたち人類のほとんどが、大なり小なりこれらの男女と——埃にまみれたこれらの子どもたちと——似た暮らしをしているのだ。わたしのそれとは似ても似つかない暮らしを。清潔で豊かな自分たちの庭園に守られ、閉じこもっているわたしたちのほうが例外なのだ。

　数時間後、車はコンボルに到着した。そして再び、積み上げられている大量の汚いゴミが目に飛び込んできた。アフリカの国々の主要幹線に面した村はどこもそうだが、ここは特にひどい。ひょっとして、このあたりの人がよく言う「ここを植民地にした」国がフランスだったことと、何か関係があるのだろうか。調理済みの食べ物を口にする勇気はなかったので、オレンジとバナナとパンで間に合わせることにした。日陰を見つけて一人で食べようと思ったのだが、そう長くは一人でいられなかった。すぐに子どもたちに囲まれたのだ。そこで子どもたちと遊んだり、写真を撮ってはカメラのモニター画面でその画像を見せたりした。女の子はあだっぽく微笑んでみせ、男の子は大声で笑って目立とうとする。わたしはビスケットを何枚かあげるという過ちを犯し、子どもたちがもっとねだろうと押し寄せてきたので、そこを立ち去るしかなくなった……。

　超満員のおんぼろバスがやってきたので、行き先を確認して、そのバスに乗り込んだ。ティエスに到着したときには夕方近くになっていて、急がないとンブールに戻るのが真夜中になりそうだった。白く長いチュニックをまとった親切な老人が、バス中継所（ガール・ルーティエール）に連れていってくれたので、そこでンブール行きのバスがあるどうか尋ねてみると、あるという。後はそこに座って、ンブールに行きたいほかの誰かが現れるのを待つだけだ。アフリカでは、ほとんどの公共交通機関がそういう仕組みになっている。とにかく待つのだ。ひょっとすると、何時間も。バスの座席に座るか、石の上に座るかして、すごい量のゴミやハエに囲まれて、バス中継所のなかで。アフリカ大陸の半分が、ただ待つことにとほうもない時間を費やしている。わたしはその時間を使って、持っていた本を読むことにした。その地方で唯一の、埃にまみれていなさそうな食べ物を置いている店で見つけた薄い本。それは、コーラン学校〔小学校から高校までのフランス語による教育の流れからは独立した、コーラン——つまりイスラームとアラビア語を学ぶための学校〕を出てからさらにヨーロッパ式の教育を受けることになった若きセネガル人の物語だった。その後フランスの学校に送られて、ついにはパリのソルボンヌ大学で哲学を学ぶ。異なる世界の狭間での躊躇（ためら）い、西欧風のグローバルな文化のなかでアフリカ人であるがゆえに生じる疎外——あるいはおそらく、とどのつまり人間であるがゆえに生じる疎外についての悲しい物語。何時間も待ったあげく、ついにバスが発車したときには、わたしはその本をかなり読み進んでいて、自分を取り巻く大地をそこに描かれている不安な眼差しで見るようになっていた。開かれた窓からは、飛ぶように過ぎ去るサバンナが、そして近くの小屋が見え、遠くには煙を吐き出す工場のシルエットが浮かび上がっている。

　ンブールに着く頃には、あたりは暗くなっていた。ンブールは大都市だ。丸一日広大な内陸部で過ごした後では、まるでダンテの作品世界に放り込まれたようだった。一本しかない舗装道路は乱暴な車で一杯だ。ヘッドライトが、雲のように湧き立つ埃を照らし出す。騒音と暗闇と光と混乱、そして人々のギラギラした目が押し寄せてくる。まるで地獄の控えの間のようだ。バスが中継所に到着する。バスから降りてオレンジをいくつか買ったわたしは、肌の色のせいで値段が倍になっていたことに気がついた。でも、それほど気にならない。それからわたしは、その中継所があのキャンディーピンクの大きなモスクのすぐ裏手に当たることに気がついた。通りすがりに二度、中をのぞいたことがあるが、いつも閉ざされた近寄り難い感じを漂わせていた。幾度か行ったことがあるレストランのオーナー——彼はその界隈で出会った唯一の白人だった——に、そのモスクを訪ねられるだろうかと訊いてみても、「無理だろ」といういいかげんなつぶやきが返ってくるだけだった。ところが今、そのモスクから夕べの祈りを終えた人々が出てきている。そこでわたしは、中に入れるかどうか試してみることにした。最悪でも、入るな、といわれるくらいのことだろう。

モスクのまわりには細い鎖が張り巡らされ、その向こう側はもっと落ち着いた感じだった。そこで、鎖のところまでいってみた。中から出てきた人々は、そこで靴を履いている。わたしは汚れたサンダルを脱いで手に持つと、中に向かった。素足に触れる人工芝が、まるで柔らかい絨毯（じゅうたん）のようだ。信者たちが三々五々建物から出てくるところはヨーロッパの教会と同じだが、全員男だった。それに、ほぼすべての男がある程度の年齢か、たいへん年を取っている。驚いたことに、みな清廉（せいれん）で威厳があって落ち着いた雰囲気を漂わせている。すれちがうときにはこちらに会釈し、微笑む人も多い。この国の人々はあまり笑顔を見せないのに、ここでは微笑むらしい。彼らの目に、わたしはどんなふうに見えているのだろう。一日中あっちこっちを移動していたから、まさに埃まみれで、しかも腕はむき出しだ。ここにいる人々は皆長袖なのに。リュックサックを背にして麦わら帽子をかぶるというのは、どう見てもモスクにふさわしい服装ではない。それに、肌の色が白い。真っ白で、ほかの人々と比べると、まるで光を放っているみたいだ。それでも彼らはわたしに向かって微笑み、優しくうなずく。わたしがモスクに入ろうとしているのを見て、明らかに喜んでいる。こちらは、歓迎されず敵意を持って見られるかもしれない、と思っていたのに……。やがて、扉のところにやってきた。裸足のままでそっと中に入り、あたりを見まわす。すると一人の若者が、困ったような顔をして慌ててこちらにやってきた。何かいっているのだが、わたしにはちんぷんかんぷんだ。明らかに、わたしは何らかの矩（のり）を超えたらしい。手に持っているサンダルを指さされて、わたしにも何がいけなかったのかがわかった。規則で禁じられていたのは、モスクの中で靴を履くことではなく、モスクに靴を持ち込むことだったのだ。わたしはすぐに引き返して扉を出ると、ほかの人の靴があるところにサンダルを置いた。そして再び中に戻ろうとしたとき、一人の老人が近づいてきた。励ますようにわたしに微笑んで、わたしを制した若者に何かをいう。そしてわたしのサンダルを取り上げると、黒いビニール袋に入れて自らモスクに持って入り、そこでサンダルをわたしに返した。わたしはどぎまぎして、なんとか説明しようとした。盗まれる心配なんかしていない、外に置いてくることに何の問題もないんだ、と。けれども老人は微笑み、さらに若者も微笑んだ。だからわたしは自分のサンダルを手に持つと、二人に目礼して、さらに中に進んだ。わたしは言葉を失っていた。この世の中には、規則（きまり）よりも配慮（おもいやり）が重んじられる場所がある。

すでに、ほとんどの人が立ち去っていた。まだ数人が残っていたが、空間はいかにも広大で、まるで偉大なる空のようだった。偉大なる平穏の――偉大なる沈黙の空。わたしは床に敷かれたラグに腰を下ろすと、壁に寄りかかった。建物の外の世界とは、まるで正反対だ。外は地獄で、中は天国。すべてが一点の曇りもなく、非の打ち所もなく、清潔で。壁も柱も真っ白に塗られ、つやつやしている。長く簡素で優美で魅力的なカーペットは、緑と黒の厳めしいアラベスク模様で飾られ、規則正しく平行に並んでいる。光は隅々まで届き、それでいて澄んでいる。アーチや柱が視線を上に誘い、心を浮き立たせる。まだ中に残っているわずかな人々は、西洋の教会と違って、特に声を落とすでもなく普通に話している。だがその口調は穏やかで、高貴とすらいえそうだ。家具もなければ、けばけばしさもなく、富をひけらかすでもなく、十字架のうえの苦悶の像も、ろうそくも、曖昧さも、恍惚となった顔を描いた古い絵も、宝石もない。そこにあるのは落ち着いた大きな空間のみ。人々を迎え入れようとする空間、人間的な、きわめて人間的な、人間存在の核が本質的な何か――絶対的な何か――に向かって引き寄せられる場があるだけだ。

そして突然、ほんの一瞬、このアフリカという場所の核心を垣間見たような気がした。苦しみが多く、貧しく、埃にまみれ、混沌としたこのアフリカは、その懐のわたしにとってもっとも近寄り難く思える場所に、威厳に満ちたこれらの穏やかな男たちを、そしてこの、男たちが丸ごとの自分として心の平安を得られる完璧な空間の奇跡を隠していたのだ。それは、わたしがほかではまったく見たことのない、深い平穏に満たされた場所だった。そして一瞬わたしにも――ためらうことなく無神論者だと断言できるこのわたしにも――あれほど多くの人々にとって、父ではない真に完璧な絶対的存在としての全能の神に我が身を捧げるということが何を意味するのかわかった気がした。

モスクを後にするわたしの心は平穏だった。おそらくそれは、昼間の暑さや移動や脱水状態、さまざまな出合いやストレス、さらには漠たる疲労に対しての単なる身体反応だったのだろう。あるいはことによると、人間のとほうもない複雑さに関する何か——ちっぽけな何かを、実際に学んだのかもしれない。

[二〇一六年一月三一日]

チャールズ・ダーウィン

人類はその歴史のなかで、この世界の理解を巡る重要な歩みを幾度か経験してきた。もはや前の状態に戻れなくなる、大きな歩みを。なかでももっとも重要なものの一つに、十九世紀半ばにチャールズ・ダーウィンが踏み出した一歩がある。

ダーウィンの発見は、地球上のありとあらゆる生物に関係している。ネズミからチョウに至るまで、微生物からゾウに至るまでの。そして親愛なる読者のみなさん、あなたやわたしにも関係がある。ダーウィンの成果のおかげでまず最初にわかったのは、すべての生物の祖先は同じである、ということだった。わたしたち全員が大きな一つの家族に属していて、一枚の系図に載っている。みなさんの庭にいるチョウの母の母の母……の母は、みなさんの母の母の母の母……の母でもある。よくよく考えてみると、この発見には心が躍るし、じつに感動的だ。わたしたちはみな、この地球上のきょうだいなのだ。しかもこれは、地球が丸いというのと同じくらい確かな事実なのである。

ダーウィンの次なる発見は、ごく単純な共通の祖先からどうやってかくも多様な生命の形が生じたのか、その仕組みを巡るものだった。ダーウィンは、鍵となる二つの事柄を見て取った。第一にもっとも重要なこととして、生物のそれぞれの種のなかにも大きな多様性があるという事実。たとえばわたしたち人間は、一人一人が互いに異なっている。これが犬になると、人間よりさらに個体差が激しくなる。このような多様性は生物に広く見られる特徴で、絶えず更新されている。生き物は絶えず変化し、多様になっていくのだ。

　第二に、自然のなかでうまく繁殖できる生き物はごくわずかである、という事実。たいていは繁殖する前に死んでしまう。これは、ここまで文明が発達しているにもかかわらず、人間にも当てはまることだ。受精した卵のほとんどは、誕生に至らない。

　多様性があるという事実と、繁殖にこぎ着けるのがごく一部でしかないという事実をつきあわせると、そこからすぐに、生き物は絶えず変化し、無数の変種を試し続けて、それらの変種のなかのごく一部――自分たちを取り囲む環境で生き延び、繁殖する能力がもっとも高い個体――だけが繁栄する、ということがわかる。それ以外の個体は消え失せる。わたしたちが目にしている生き物は、繁栄するのに最適な特徴を持った生き物なのだ。

　このメカニズムを理解することは、教養の面できわめて大きな意味を持つ。生物界のさまざまな構造や振る舞いや形状を見ていると、まさに生命が繁栄するように設計されたとしか思えない。なぜそのように見えるのか。エンペドクレスやアリストテレスが問いかけてからずっと、その答えは見つからなかった。ところがダーウィンは、その問いに見事に答えてみせた。

　そもそもこの問い自体が間違っていたのだ。話は逆で、元々の問いは、取っ手に扉がくっついている理由を問うに等しい。取っ手に扉をくっつける理由などあるものか。だが、扉に取っ手をつけるのにはちゃんと理由がある。生き物の構造は、摩訶不思議な理由で自然に適合するようになっているのではなく、そもそも適合する構造を持つ者だけが生きているのだ。

この発見の影響はきわめて広い範囲に及び、わたしたちが物事の深い本質を理解するうえで大きな助けとなっている。そこからは、生物の世界が目的に合致しているように見えるのは、単に世界を構成する事物の組み合わせがきわめて豊かだからだということがわかる。自然には意図など存在しない。意図に導かれて事物が組み合わさるのではなく、事物の組み合わせが意図らしきものを感じさせるのだ。こうしてわたしたちは、古代の素朴なアニミズムからさらに一歩遠ざかる。

それでも、宇宙の創造主としての神の存在を信じ続けることはできるし、実際に多くの人が信じている。だが、自然を巡るこれらの単純で基本的な事実が発見されたことで、世界を機能させるには神の意思が必要である、という従来のさまざまな主張に矛盾が生じた。雨がどこから来るのか、稲光の正体は何か、ということがわかったためにゼウスを信じる気持ちがなくなったように、地球上で生命がどのように進化し多様になっていったのかがわかったために、地球上の無神論者の数は大いに増えたのだった。

［二〇一六年二月一〇日］

マリア・キュリー

これまでに、科学の異なる分野で一つずつ、計二つのノーベル賞を受賞した科学者は一人しかいない。しかもその人は女性だった。マリ・キュリーというフランスでの名前で世界中に知られている、マリア・スクウォドフスカ・キュリーである。彼女は放射能の研究でノーベル物理学賞を、そしてその八年後にはラジウムとポロニウムという二つの新たな元素の発見および分析でノーベル化学賞を受賞した。

これほどの業績を上げ、それ以外にも多くを成し遂げたマリアは、その一方で不運な、というよりも敵意に満ちた環境と闘っていた。第一に、女性であるマリアが生きていた社会では、あたりまえのように女性は男性に従属する劣った存在だと考えられていたからで、第二に、彼女は移民で、その頃移民は疑惑と悪意を持って見られていたからだ。

当時の人々は——今もそうだが——「文明の衝突」について語っていた。この言い回し自体がこの時代に作られたもので、すぐにも衝突しそうだとされていたのは、今日大々的に同盟を組んでいるフランスとドイツだった。マリアはポーランド人で、そのためフランスでは軽蔑や敵意の目を向けられた。

　マリアがフランスにやってきたのは長じてからのことで、一家は教養があったが貧しく、ポーランドにいた頃は、マリアも姉とともに互いの教育を支えるために働かなければならなかった。父は無神論者で、母は熱心なカトリックの信者だった。マリアはフランスでピエール・キュリーと出会い、科学への情熱と互いへの愛を分かち合った。人前式で着用した紺色の服は、手直ししたうえで長い間実験着として使った。実験室は設備の貧弱な古い倉庫だったが、二人はそれを精一杯使いやすくしようとした。ピエールとの協働は多くの実を結んだが、そのためにマリアは犠牲を強いられることになった。なぜなら当時はみんながみんな、すべてのアイデアは男が生み出したものだ、と思い込む時代だったから。

　放射能の研究に対するノーベル賞の授与が決まったときも、当初はピエールだけに与えられることになっていた。ピエールは、科学者としては妻のほうが偉大であることを知っていたから、栄誉を二人で分かち合うべく、ノーベル委員会を説き伏せた。こうしてマリアは世界初の女性のノーベル賞受賞者となった。その後ピエールは、交通事故で——馬車にひかれて亡くなった。

　ノーベル賞のおかげで研究資金は手に入ったが、同時に目立つ存在となったマリアは、フランス人たちの「外人（ガイジン）」嫌いの標的にされるようになった。フランスの若き数学者ランジュヴァンとの関係がきっかけで、世論は一気に二人を敵視するようになる。マリアが学会に出ている間に二人の関係を暴露するニュースが広まったために、敵意に満ちた群衆が自宅の外に集まり、家に入れなくなったマリアは、友人の家に逃げるしかなくなった。

マリアの生涯のなかでももっともすばらしい時期の一つは、ちょうど第一次世界大戦と重なっていた。マリアは、X線を医療に応用する画期的な方法を見つけ、世界初の（移動式の）X線装置を作ると、その装置を前線に持ち込んだ。装置の数は瞬く間に増え、おかげで戦時下で百万人の兵士たちが治療を受けて、数千の命が救われたという。

マリアは放射能を研究し、その化学的・物理的性質や医学利用の道を見つけたことで、二〇世紀の偉大な科学の扉を開いた。放射能のおかげで、物理学者は原子の構造を理解することができるようになった。マリアの困難な生涯、その勇気と厳格さと誠実さは、すべての人を——科学する女性も男性も同じように——鼓舞してくれる。彼女の闘い——偏った考えや粗野な態度やとことん愚かな愛国心や「ガイジンから国を守れ」という声との闘い——、そしてその惜しみない真剣な眼差しや、科学に残した豊かな遺産や明快で寛大な人生は、今も規範となっている。アルベルト・アインシュタインはマリアを評して、名声によって堕落しなかった唯一の人物だと述べている。

［二〇一六年二月一〇日］

古代の戦争の痛ましい木霊

ケニアの、大昔にトゥルカナ湖の岸辺だったあたり——現在ナタルクと呼ばれている地方——における大規模な発掘で、背筋も凍る考古学的発見があった。一万年ほど前にそのあたりで戦いがあったという証拠が見つかったのだ。もっとも格式が高い科学雑誌「ネイチャー」にその一報をもたらしたのは、イギリス、ケニア、オーストラリア、インドなどの考古学者からなるグループだった。この発見がなぜ重要かというと、ある喫緊(きっきん)の問いに光を投じる可能性があるからだ。わたしたちは、なぜ戦争をするのか。

戦争の起源を巡っては、大きく二つの説がある。第一に、戦争はわりと新しいものだという説。それによると、農業が始まって、人々が資源を蓄える——たとえば収穫物を穀物倉に保管する——ようになったときに、戦いが始まった。別の集団がこれらの資源に引きつけられ、そこから略奪と暴力のサイクルが始まったというのだ。この仮説を裏付ける事実は二つある。一つ目は、今でも農耕以前、牧畜以前の暮らしを送っている人々は、一般に戦争を仕掛けたりしないという事実だ。彼らは、何千年も前の人類と同じように狩猟採集生活を行っており、そのような暮らしでは資源を貯めることができない。余った物はすべて腐ったりしてだめになるので、すぐにほかの人々に分け与えて、感謝や尊敬を得たほうがよい。このような人々がほかの集団と出会うと、贈り物がやり取りされて、新たなカップルができたりする。戦争がわりと最近始まったことを裏付けるもう一つの事実として、ヒトにもっともよく似ている二つの種のうちの片方が暴力を振るわない、ということがある。その名はボノボ。この中央アフリカの小柄で陽気なチンパンジー〔ボノボはチンパンジー属に分類され、ピグミーチンパンジーとも呼ばれる〕の集団同士が出会うと、とたんに祝宴が始まる。

これに対して、集団の間の暴力はヒトという種に本来備わっていて、ホモ・サピエンスの有史以前から何百万年もの間、一貫して戦いがあった、という説がある。この第二の見方を裏付けるのが、わたしたちヒトに近いもう一つの種の振る舞いだ。通常のチンパンジーの場合は、集団同士の暴力的な衝突はごくありふれており、時には敵を殺すこともある。

一体どちらが正しいのか。わたしたち人類は有史以前の何十万年もの間、小さな集団を作ってこの世界を彷徨(さまよ)いながら、弓矢で獲物を狩り、草や果実や根っこを採取してきた。当時のわたしたちは、自分たちと同じ種の集団に出くわしたときに、喜んだのか、それとも恐れおののいたのか。相手の腹にどうやって先制の一撃をたたき込もうかと思案していたのか。それとも、贈り物を渡す好機ととらえ、若い男女は意味深長な目配せを交わしたのか。

トゥルカナ湖における発見によって、この論争に重要な要素が加味された。一万年前のナタルク——その当時湖の岸辺だったところ（今では湖はかなり小さくなっている）——では、大虐殺が行われていた。あらゆる証拠が、ヒトの集団が別の集団によって皆殺しにされたことを指し示している。

それは、これまでに発見されたなかでもっとも古い人間同士の衝突の証拠だった。計二十七個の男女・子どもの頭蓋骨が見つかっているが、遺骨の姿勢はさまざまで、埋葬の儀式が行われた形跡はなく、明らかに暴力を加えられた痕跡がある。頭蓋がくだけていたり、胸部に石でできた鏃（やじり）が刺さっていたり、なかには縛り上げられた形跡がある者もいて、犠牲者の体のあちこちに顕著な外傷があり、腕や足が折れている。さらに、棍棒や弓や槍が使われた痕跡も残っている。ある男の頭蓋には黒曜石の刃が刺さったままで、別の男は、頭蓋に加えられた一撃で顔の一部が砕け、膝（ひざ）には鏃が刺さっている。たぶん、当時は低い沼地だった場所に、頭から倒れ込んだのだろう。ある妊婦の骨格はねじ曲がっていて、おそらく手と足を別々に縛ったうえで、それらをまとめて縛ったと思われる。この場所の発掘はまだ完全には終わっておらず、さらに多くの虐殺の犠牲者が見つかる可能性がある。どう見てもこの虐殺に使われた武器としか思えない残骸（ざんがい）のなかには、地質的に異なる場所でしか取れない黒曜石の刃が含まれていて、このことから、トゥルカナ湖のほとりで衝突することになった集団のうちの少なくとも一方はほかの場所から来たことがわかる。これらは太古の戦いの痛ましい木霊（こだま）なのだ。

この発見によって、戦争の起源という問いに関するかなり確かな証拠が示されたことになる。東アフリカでは一万年前に——つまり新石器時代の革命によって農業が広まり、文明の誕生が可能になる前に——すでにヒトの集団同士が暴力的に衝突し、時には虐殺に至っていた。

ということはつまり、常に戦争が存在したということなのか。野蛮な戦争に終止符を打ちたいという望みは高貴な文明の産物にすぎず、ごく最近のものでしかないのか。

おそらく、そうではない。むしろこの場所を調査した考古学者たちは、この発見は戦争がわりと新しいものだという説を裏付ける証拠の一つだ、と力説している。一万年前、トゥルカナ湖の西岸はきわめて肥沃な土地で、多くの狩猟採集集団を支えることができた。陶器が使われていたという証拠もあり、このことからも、それらの集団はあまり動き回らなくなり、すでに原始的な資源の蓄積が始まっていたと思われる。一万年前というのは、世界初のピラミッド建造〔サッカラのジェセル王のピラミッドの建造は紀元前二六〇〇年代〕と比べても、それほど古くはない。もしもこれらの示唆していることがきちんと裏付けられて、人類史のこの時期より前に暴力的な衝突があったという証拠は一つもない、ということがはっきりすれば、この発見は、戦争がわりと新しく始まったものだという証拠になる。わたしたち人類は何百万年もの間、これらの太古の骸骨や今時の日々のニュースが指し示す残忍さに向かって進化してきたわけではない、といい切れるのだ。わたしたちの多くが戦争に抱く嫌悪感は、たぶんヒトという種の本能的な精神の骨組み自体に根ざしている。

「一万年続いてきた醜聞（スキャンダル）」というのは、私見ではもっとも偉大なイタリアの小説の一つといえるエルサ・モランテの『歴史（*La storia*）〔『イーダの長い夜：ラ・ストーリア』という題名で邦訳あり〕』の副題である。「一万年」前というのはまさにナタルクにおける発掘品の年代で、まるでモランテがその鋭い人間性と明晰で透徹した人生への眼差しで、すでにこの発掘を知っていたかのようだ。一万年は、長い時間だ。モランテが描くあの忘れがたい「ウセッペ」の母イーダ・ラムンドや、トゥルカナ湖で縛られ殺された妊婦にとって、あるいは今もアレッポに降る爆弾の下で縮こまっている「現代のイーダ」ともいうべき無数の犠牲者にとっては、絶望的に長い。だがエルサよ、あなたがいうように、おそらくこのスキャンダルはたったの一万年——何百万年ではなく一万年——しか続いていない。長くはあっても、たぶんまだ抜け出せるスキャンダルなのだ。

［二〇一六年二月二一日］

マイン・カンフ、わが闘争

「イル・ジョルナーレ」紙は、売店でヒトラーの『わが闘争（マイン・カンフ）』の新版を提供することにした〔注釈を加えた新版を、有料の土曜版の付録とした〕。この決定に腹を立てたり愛想を尽かすのは、じつにもっともだ。それでもわたしは、この論争の種となった行為を編集長がいささか不器用に弁護しようとしたとき、悪と闘うには悪を知って理解しなければならない、というその主張に首肯している自分に気がついた。

わたし自身は少し前に『わが闘争』を読んでいて、実際にそこから学ぶことがあった。意外なことを教わったのだ。今からそれをかいつまんで紹介したい。

ナチズムとは、もちろん残忍な攻撃性の発露である。長いナイフの夜〔一九三四年にナチ党の内部抗争で行われた突撃隊の粛清。レーム事件とも〕から自暴自棄のベルリン防衛戦まで、ナチズムは極端な暴力の波に乗っていた。暴力や蛮行が勃発するやいなや、それらはゲルマン民族の人種としての優越や、文化の優越、力の賛美、協力ではなく衝突の視点からの世界観、さらには「劣った者」への軽蔑といったイデオロギーで正当化されていった。実際に手に取るまで、わたしはそういったことが書かれているのだと思っていた。

だがこのヒトラーの著作には完全に意表を突かれた。なぜならそこには、これらすべての真の源がはっきりと示されていたからだ。すべては恐怖から始まっていた。

わたしにとって、これは一種の啓示だった。おかげで突然、以前から理解しようと四苦八苦していた政治的右派のメンタリティーを把握できるようになった。右派——とりわけ極右——に力を与えている感情の主な源は、自分が強いという感覚ではない。むしろ逆の、自分は弱いのかもしれない、という恐怖なのだ。

『わが闘争』にはこの恐怖——自分が人より劣っているという気持ち、危険が差し迫っているという感覚——が歴然と表われている。他の人々を支配しなければならないと思うのは、じつはそれらの人々に支配されるかもしれないという恐怖があるからだ。協力ではなく戦いを好むのは、ほかの人々が強いかもしれないと恐れているからだ。わたしたちが一つのアイデンティティー、一つのグループ、一つの民族（フォルク）(Volk)に閉じこもるのは、食うか食われるかの無慈悲なこの世界で、ほかの集団より強い集団を作るためなのだ。ヒトラーは、至る所に敵がいる野蛮な世界、あらゆる場所が危険な世界を描き出す。その世界で屈服したくなかったら、集団を作って幅をきかせるしかない。

この恐怖は結果としてヨーロッパを荒廃させ、世界中で七〇〇〇万の人命が奪われた。

ここから何を学ぶことができるのか。思うにこの事実から、大惨事を避けるには、他者からではなく、彼らに対する恐怖から自分を守るべきだ、ということがわかる。

恐怖こそが、破滅的なのだ。互いに対するこのような恐怖から、相手を人間と見なさなくなり、そこから地獄への道が開けていく。第一次世界大戦の結果に傷ついて恥をかいたドイツは、フランスやロシアの力を恐れて、自己破壊へと突き進んでいった。それを教訓とし、ヨーロッパの協働と戦争阻止の中心として復興したドイツは、真の意味で繁栄してきた。

自分が弱いと感じる人々は、他者を恐れ、警戒し、自分を守るために、自分たちのアイデンティティーとされるものに群がる。強い人々は恐れることなく、対立せずに協働し、自分とそのほかの人々のためによりよい世界の創造に寄与する。誰かがみなさんに何かを恐れるべきだというのは、その人が弱いからだ。『わが闘争』は暴力の深層にあるこの論理を暴露する希有(けう)な本だ、とわたしは思っている。

［二〇一六年六月一三日］

科学に哲学は必要か

少し前に、ロンドン・スクール・オブ・エコノミクスで講演をしてほしいとの依頼があった。「科学に哲学は必要か」と題するその講演は、「物理学の哲学に関するヨーロッパ会議」を締めくくるもので、近年あからさまになっている哲学へのきわめて否定的な一連の見解に対する応答になるはずだった。それらの見解は著名なるわが同業者によるもので、たとえばスティーヴン・ホーキングは、すでに科学がある今日、哲学は死んだと述べており、ノーベル賞受賞者スティーヴン・ワインバーグの近著には「哲学に抗して」という章がある。わたしは哲学者たちへの連帯の証としてこの依頼を受けることにしたが、実のところ、何を話せばよいのかよくわからなかった。そこであれこれ調べ始めると、じきにとほうもない幸運に恵まれた。まるで、難しい宿題を出された少年が、たまたまそのまま写せばすむ誰かの完璧な答えにぶち当たったような具合だった。すでにそのテーマが、自分より確実に才能豊かな若者のあまり知られていない著作で見事に展開されているのを見つけたのだ。その若者の名前は、アリストテレス。

紀元前四世紀、アテネのさまざまな名家の子息たちは、プラトンのアカデミアで学んでいた。

だが、町にはアカデミアのほかにも学校があった。それらの学校は互いに覇を競っており、なかでもイソクラテスが運営する学校が抜きんでていた。プラトンの学校とイソクラテスの学校は、今ならオクスフォード対ケンブリッジといったふうにしのぎを削っていたが、その対抗意識は、教育の質よりも方法論を巡ってのものだった。アカデミアの教育はプラトンの考えを基盤としており、プラトンは、何によらず根本を学ぶことが重要だと主張していた。どうすれば裁判官になれるのか、彫像を刻めるのか、都市を治められるのか、といったことを学ぶのではなく、正義とは何か、美とは何か、理想的な都市とは何かを問うべきなのだ。プラトンはこの手法に名前を付けた。その後、大いに広まることになる名前である。元来「哲学」とは、若者を教育してその知の展開を後押しする、この独特な教育方法を意味する言葉だった。対するイソクラテスは、この「哲学的」なアプローチに異を唱えた。そんなものは役立たずで不毛だと考え、たとえば次のように述べた。

> 哲学を学ぶ者は、実際に何かに取り組むこともできるだろうが、必然的に、直接実際的な活動に携わる者よりできが悪くなる。どの場合も、哲学論議など気にすることなく、直接実際的な活動を学んだ者のほうがうまくいく。したがって芸術や科学に関しては、哲学はまったく役に立たない。

これは、今日ホーキングやワインバーグが哲学批判として表明している意見と大なり小なり同じ見方だ。ところがこの批判に対して、アカデミアのある若く優れた学生が見事な反論を行った。アリストテレス——という名のその学生——は、その答えをプラトン流の対話の形にまとめて、（哲学の）『勧め（プロトレプティコス）（Προτρεπτικός、邦題は『哲学のすすめ』）』という題名をつけた。そこではイソクラテスの批判への反論として、なぜ哲学が——物事の根本や抽象的な概念を学ぶことが——芸術や具体的な科学にとって有用なのかが論じられている。まさに、わたしの講演のお題である。

『哲学のすすめ』は古代ギリシャではよく知られ、さまざまな著者が引用していた。アリストテレスの著作はまとまった形で今日に伝わっているが、それらはすべてずっと後で、アカデミアを去ってから書かれたものだ。アリストテレスはレスボス島に滞在し、魚をはじめとする動物を研究して生物に関する科学の基礎を作った。また、後に世界の覇者となる若きアレクサンドロスと、彼の帝国を分割してアレクサンドロス大王後の世界を統治することになるその友人たちの家庭教師となって、彼らに自分の価値観や考えを注ぎ込んだ。そしてアテネに戻ると、自身の学校リュケイオンを開いた。アリストテレスの著作として今に伝わるものは、おそらくリュケイオンの教科書であって、対話形式で書かれているものは一つもない。哲学の有用性を巡る若き日の対話、すなわち『哲学のすすめ』の完全なテクストは、ローマ帝国がキリスト教に改宗した際の文化の破壊によって失われた。四世紀にはテオドシウス皇帝の発令によって異教的な考えが組織的・暴力的に破壊されはじめ（その結果アレキサンドリアの大図書館も破壊されたわけだが、おそらくこれはアレキサンドリアの司教テオフィルスとその後継者、聖キュリロスによるものだろう）、その流れのままに、とうとう五二九年にはユスティニアヌス一世がアテネのアカデミアの最後の建物を閉鎖したのだった。

現存する『哲学のすすめ』のテクストがどのように復元されたのかを巡っては、今も議論が続いている。その復元は、主としてカルキスのイアンブリコスの膨大な仕事に基づくものだった。古代後期のこのギリシャ人著述家は、原著者の作品を体系的に筆写して自分の著作に組み込んだうえで、その人物の考えを解説していた。そのため彼の著作を使えば、アリストテレスが書いた元々の対話をいかにもそれらしく復元することができるのだ。わたしは講演を準備するために、そのテクストに目を通した。そしてびっくり仰天することになった。哲学が科学にとって有用であるというアリストテレスの主張は、そっくりそのまま今も通用するものだった。あとはそれらを筆写して、少々手を加えればよい。というわけで、アリストテレスの論点を紹介しよう。

第一の論点は、もっとも愉快であると同時にかなりデリケートでもある。アリストテレスは、科学にとって哲学は有用ではないと主張するとき、その人は科学をしていない、ということに気付いていた。彼らは哲学をしているのだ。

ホーキングやワインバーグが自身の偉大な物理に取り組んでいるとき、彼らはまさしく科学者だ。しかし、哲学が科学の役に立たないと主張している彼らは、物理の問題を解こうとしているわけではない。単に、科学をするうえで何が役に立つのか、どのような方法論や概念構造が適切なのかを考えているにすぎない。そうやって考えを巡らすことは有益な企てであって、哲学はまさにそれを行っている。ホーキングやワインバーグの傲慢(ごうまん)なまでに実利的な「反哲学的」態度の源は……哲学にある！　彼らの態度の元を辿っていくといとも容易く、あの世代の科学者に影響を及ぼした科学哲学者たち――すなわち反形而上学的修辞法を用いる論理実証主義者たち、そしてそれに続くカール・ポッパーやトーマス・クーンといった人々——に行き着く。ホーキングやワインバーグが繰り返し述べているのは、じつは科学哲学に由来する考えなのだ。ところが彼らはそのことに気付いていないだけでなく、その知識を更新すらしていない。科学哲学は、ポッパーやクーンの後も有益な歩みを進めてきたというのに……。

　アリストテレスの二つ目の論点はもっとも直接的だ。基本的な事柄を分析することで、実際に科学に影響が及ぶ、というのである。

　たとえ紀元前四世紀には希望的観測にしか見えなかったとしても、今やこれは否定できない歴史的事実だ。哲学的な思考は、もっとも優れた西洋科学に絶えず深い影響を与えてきた。デカルトがいなければニュートンは存在せず、アインシュタインは直接ライプニッツやバークリーやマッハ、さらにはポアンカレの哲学的な文章から学んでいた。夜、寝床でショーペンハウアーの著作を読み、十五歳になる前にカントの三批判書〔『純粋理性批判』、『実践理性批判』、『判断力批判』〕を読んでいたことはいうに及ばず。量子力学の発見者であるヴェルナー・ハイゼンベルクが実証主義やマッハの影響を受けていたことは、その論文からも明らかだ。そして戦後アメリカの物理学は、プラグマティズムの影響抜きでは語れない……といった具合で、すべてを書き出したら、その一覧はひどく長くなるはずだ。哲学的な思考によって窓が開かれ、先入観から解き放たれ、論理の飛躍や矛盾が明らかになり、新たな方法論的アプローチが暗示され、一般に、科学者の精神が新たな可能性へと開かれる。これは、今までに絶えず起きてきた、そして今も起きていることなのだ。

　哲学的な思考がなぜここまで重要な役割を担っているかというと、科学者が、決まり切った一揃いの概念を携えてデータや理論を扱う、純粋に合理的な存在ではないからだ。科学者は生身の人間であって、彼らが携えている「一揃いの概念」は、知識が増えるにつれて進化する。哲学者たちは専ら、一般的な概念構造を練り上げる。哲学は科学と、何よりもまず科学的方法論——それは固定的でも静的でもない——の領域で接点を持つのだ。アリストテレスによると、「哲学は、研究をどのように行うべきか、その道しるべを提供する」。

アリストテレスの三つ目の論点は、単純な観察だ。科学は、「特に困惑が最大となった時に」哲学を必要とする。

科学が根本的な変革の渦中——改めてその基礎が問われる状況——にあるとき、哲学の必要性は最大になる。まさにその一例といえるのが今このときで、現在、基礎物理学は〔わたしの研究対象である〕量子力学の問題に直面している。そこではわたしたちの空間や時間の概念が改めて議論の対象となっており、古くからの空間や時間を巡る哲学論争、アリストテレスからカントを経て、果てはデイヴィッド・ルイス〔七〇ページ「空飛ぶロバは存在するか。——存在する、とデイヴィッド・ルイスはいう。」参照〕に至る論争が、再び意味を持つようになっている。

科学にとって哲学は、決して役立たずではない。それどころかひらめきの、批判の、着想の、もっとも活気に満ちた源なのだ。

とはいえ、哲学が過去の偉大な科学を育んできたというのなら、科学もまた、過去の偉大な哲学を熱心に養ってきた。ニュートン抜きで、ヒュームやカントを理解することはできない。コペルニクス抜きでデカルトを、ソクラテス以前の物理学者たち〔紀元前七世紀から五世紀にかけて活躍した物理学者たち〕抜きでアリストテレスを、はたまたアインシュタインの相対性理論抜きでクワインを理解することはできないのだ。同時代の科学からはかなり遠かったように見えるフッサールやヘーゲルのような大哲学者ですら、実はあの当時の科学をモデルとして参照している。

同時代の科学の知に目を閉ざすことは――悲しいかな、ヨーロッパのいくつかの国々の哲学は目を閉ざしているのだが――わたしにいわせれば、単なる無知だ。哲学のなかにはもっとひどい流派もあって、彼らは、科学的な知識は「本物でない」とか「格下だ」と考え、科学などはどれも乙甲（おつかつ）の実効性しか持たない着想を恣意的にまとめたものでしかない、と決めつける。まるで、公園のベンチに座ってぼやいている引退した二人の老人のように。一方が、「科学者というのはじつに出しゃばりだ。意識を理解できるとか、宇宙の始まりを理解できると思っているんだから！」とつぶやくと、もう片方がぶつくさいう。「いやまったく、じつに傲慢だ。明らかに、うまくいくはずがないのに！　そういうことを理解するには、もちろん……わしら二人が必要だ！」。

わたしたちの知識は不完全だが有機的だ。絶えず育っていて、あらゆる部分がほかのあらゆる部分に影響を及ぼす。哲学に耳を閉ざした科学は、浅薄（せんぱく）になって枯れていく。同時代の科学知識にいっさい関心を持たない哲学は、愚鈍で不毛だ。そのような哲学は、自身のもっとも深い根っこ――哲学という言葉の由来〔英語のphilosophyは、愛（philo＝φιλο）＋知（sophia＝σοφια）に由来する〕からも明らかな根っこ――である「知識への愛」を裏切っている。

［二〇一六年八月三〇日］

ラモン・リュイの「アルス・マグナ」

ラモン・リュイ（カタルーニャ地方の哲学者で、在俗のフランチェスコ会員）は、マヨルカ島のランダの丘（プチ・デ・ランダ）での長い隠遁（いんとん）生活が終わろうとする一二七四年に――本人曰く、神の啓示により――人生の主たる目標にして核ともなる偉大な仕事の構想を得た。それは、リュイ自身が我が「大いなる術（アルス・マグナ）」と名付けた複雑なシステムを作ることだった。リュイの「大いなる術」は、形而上学と論理学の間を揺れ動く奇妙で複雑なシステムで、表や図や紙の円などで表されている。紙の円は動かすことができて、それらを回したり重ねたりすれば、基本的な概念要素の任意の組み合わせを作ることができる。リュイ――英語圏ではリュリと呼ばれている――はこのシステムを用いて世界に秩序をもたらし、ユダヤ人やムスリムをキリスト教に帰依させようと考えた。

　これらの目的はついに達成されることがなかった、といってよいだろう。だが彼が作ったこの特異なシステムは後世にきわめて大きな影響を及ぼすことになった。ジョルダーノ・ブルーノもモンテーニュも――二人とも、近代に非常に大きな影響を及ぼした思索家なのだが――リュイに感化されていた。だが何より重要なのは、ライプニッツへの影響だった。彼はリュイの「大いなる術」に含まれている籾殻（もみがら）と穀粒（こくりゅう）をふるい分けたうえで中世的な色を洗い流し、そこから普遍的で合理的な言語を抽出しようとした。「組み合わせの術」と名付けたその言語を用いて、合理的な推論を計算に変換しようと試みたのだ。

　この着想を直接応用したのがライプニッツの設計になる世界初の四則演算を行える計算機で、これがすべての近代コンピュータの祖先であることは広く認められている。だが同じこの着想は、じつはフレーゲから論理実証主義に至る、論理学の「普遍的文法」としての合理的推論の近代的発展の基礎にもなっている。多くの近代思想や技術が、深いところでリュイの「術」に根ざしており、このカタルーニャの偉大な知識人の声は、中世ヨーロッパで発せられたもっとも影響力のある独創的なものの一つとなったのだった。その影響のごく些細な一例として、たとえばわたしが専門とする物理学の主要な専門ツール、図式（グラフ）がある。グラフは、いくつかの要素が互いにどう繋がっているかを視覚的に体系化したもので、リュイによって発明された。

「組み合わせの術」の奇妙な威力の根底には、一つのシンプルな事実がある。その事実をよく物語っているのが、ペルシアのもっとも偉大な詩人フェルドウスィーによる叙事詩『シャー・ナーメ（王書）』のなかの有名な伝説だ。シッサ・イブン・ダヒールという賢人がチェスを発明して、そのゲームをインドの大王に献上した。すっかり感心し有り難くも思った大王が、賢い発明家にどう報いたらよいかと尋ねると、次のような答えが返ってきた。「チェス盤の一つ目のマス目に対して一粒を、二つ目のマス目に対して二粒を、三つ目に対して四粒を、という具合に、それぞれのマス目に対して小麦の粒を倍々にしていっていただきたい。そうやってチェス盤のすべての

ラモン・リュイの「アルス・マグナ」からの図

マス目を使い切るだけの穀物を頂戴できれば……」。なんと慎ましい願いであることか！　王はあきれながらも、その願いをすぐに聞き届けるよう命じた。ところが戻ってきた従者が、王国中の穀物倉をすべてさらっても、賢人の求めに応じるだけの穀物はありません、と報告したから、大王の驚いたことといったら……。

この計算は簡単で、チェス盤の最後のマス目、つまり六十四個目のマス目に対する小麦は、二を六十四回掛けた数で、これはつまり一八〇〇京（18×10^{18}）粒になる。一粒が一グラムとすると、これらの粒の重さは一〇兆トンを超える。最後のマス目一つだけで、この量なのだ！　ダンテは『天国』の第二十八歌九十三行目で「途方もない数」を示すために、まさにこの伝説を引いている。「そしてその数は、チェス盤を倍々で埋めていったよりも多い」というのである。

いったいこの事実に――こんなに小さな数がこれほど大きな数を生み出し得るということに――どんな意味があるのだろう。その意味は至極単純で、一般に、組み合わせの数はわたしたちが直感的に思い描いているよりはるかに多い。二、三個の単純なものを組み合わせることで、思いもかけないおびただしい数のものが得られ、しかもそれらはてんでんばらばらで、複雑であり得る。驚くべきは、組み合わせの数だけでなくその多様性だ。わたしたちを取り囲むこの自然について考えてみよう。物理学の力を借りて理解してきたところによれば、わたしたちが目にしているすべてのものは、何種類かの基本的な力で相互に作用し合う四種類の粒子、ほぼそれだけから生じている。これらの互いに異なる数種類の単純なレゴの欠片が、森や山や、星の散らばる空や、少女たちの瞳を生み出しているのだ。

だが、存在したかもしれないものの数や種類は、すでに存在しているものの数や種類を遙(はる)かに凌(しの)ぐ。今、あらゆる生物の構造を形作っているタンパク質について考えてみる。大まかにいうと、タンパク質は数十個のアミノ酸を並べたものだ。アミノ酸は約二十種類。そこで、タンパク質の候補をすべて作っておいて、それらを調べることになったとしよう。そうすれば、生き物の構造の候補をすべて理解することができて、地球上の生命の進化を予測できるかもしれない……。

ところがここに、一つ問題がある。組み合わせが何通りあるかを計算するのは簡単だが、約二十種類のアミノ酸を数十個繋げて鎖を作ったときの組み合わせ方はとほうもない数になるのだ。かりに宇宙ができてからこれまでずっと、一秒ごとに一つのタンパク質を作ってきたとしても、存在しうるタンパク質候補のごく一部しか作れない。言葉を換えると、存在しうる生命構造の候補からなる空間は、わたしたちだけでなく、自然自身によってもまだほとんど踏査(とうさ)されてないのだ。

複雑さによって開かれる空間がいかに広大か、それを最初に直観したのはデモクリトスだった。今から二千四百年前のことである。デモクリトスは、自然界全体が原子だけでできている可能性がある、ということを理解した。そして、「ちょうど、アルファベットの文字を組み合わせるだけで、喜劇や悲劇、叙情詩や風刺劇を生み出すことができるように」、原子の組み合わせが自然を複雑にしている、と述べたのだった。

わたしたちの直感は、組み合わせから生じる膨大な数や果てしない多様性の前で立ち往生してしまう。ペルシアの物語の王様のように、単純なものを組み合わせることでこれほど多くの、これほど複雑なものが生まれるなんて信じ難い。だからこそ、生命のような、あるいはわたしたち自身の思考のような複雑な対象が、単純なものから生まれるなんてあり得ない、と考えるのだろう。なぜならわたしたちは直感的に、単純なものを見くびっているから。決して、たいしたことができると思わない。麦粒とチェス盤一つから生まれた数で王国のすべての穀物倉が空になるなんて、そんなことはあり得ない! ところが実は空になる。

わたしたちの脳にはおよそ一千億のニューロンがあって、それぞれが、シナプスと呼ばれる接合部分を通してほかのニューロンと繋がっている。各ニューロンには数千のシナプスがあるから、わたしたち一人一人の頭のなかには何百兆ものシナプスが存在することになる。だが、この数がわたしたちの思考が構成し得る空間の大きさを決めるわけではない。わたしたちの思考が占める空間を作っているものは、（最低でも）各シナプスがアクティブか否か、その組み合わせの候補なのだ。そしてその組み合わせの数は、二を、賢いペルシア人のお話にあった六四回どころか、何百兆回も掛け合わせた値になる。

こうして得られた数はとほうもなく、書き下すには何兆もの桁が必要で、「その数は、チェス盤を倍々で埋めていったときよりも多い」。もっとも広い範囲を対象とする宇宙論にも、ここまで大きな数は登場しない。これは、わたしたちの思考が構成する空間の広大さを表す数字であって、わたしたちはまだその空間のごく小さな片隅しか探っていない。この果てしない空間は、「組み合わせの術」が、ラモン・リュイの大いなる術「アルス・マグナ」が開いたものなのだ。

［二〇一六年一〇月一一日］

ブルーノ・デ・フィネッティ――不確かさは敵ではない。

わたしたちは、何を確実に知っているのか。この問いに関して、科学哲学のかなり重要な一つの分野が、それほど有名でないイタリアの知識人ブルーノ・デ・フィネッティの業績に基づくある答えにたどり着こうとしている。

ブルーノはイタリア人の両親の下、一九〇六年にインスブルックで生まれた。ミラノ工科大学に進み、一九三六年に数学の教授のポストをかけた競争に勝ちはしたものの、未婚者には愛国心が不足しているから教授に任命すべからず、というファシスト政府が作った法律のせいで、任命はされなかった。戦争が終わるとようやく教授職に就けるようになり、まずトリエステで、後にはローマで教鞭を執った。その関心の中心となったのは確率の数学理論で、後に本人の名前を冠される定理などを発見し、確率論に貢献した。だがその思索の対象は政治や教授法にも及び、なかでも独創的だったのが、知識の理論を巡る考察だった。この分野における彼の着想は、当時は革命的とされ、今では科学のための決定的な評価基準になっている。

「わたしたちはこの世界について、絶対に確かな何を知っているのか」。この問いに対してデ・

フィネッティは「そのようなものは一つもない」と答える。ここまでは、特に独創的でもない。古代ギリシャの哲学者、エリスのピュロンもそう答えているし、近代に入ると、形こそ違えデイヴィッド・ヒュームをはじめとする偉大な哲学者たちが同じ答えにたどり着いている。だがデ・フィネッティはさらに、鋭い洞察力でわたしたちの知識の本質を見極め、絶対に確かなことが何もなくても、そこから厳格かつ信頼できる形で知識を展開することができて、やがて正当と認められて、特に共有できる確信に至り得る、という理解に至った。

十九世紀末はいわば科学的な思考とその応用の勝利の時代で、当時の科学は具体的な知識を提供しているように見えた。ニュートンやマクスウェルはすでにこの世界を統べる究極の法則を理解していた。論理実証主義は、この世界を直接観察した結果に基づいて、科学がどのように真理を得るのかを分析しようとしたが、すぐにいくつかの深刻な問題に直面することとなった。たとえば、観察自体がすでに仮説のもたらす先入観に染められていて、「純粋な」観察など存在し得ないということがわかったのだ。二〇世紀に物理学で起きた革命に照らしてみると、ニュートンやマクスウェルの理論のように華々しい成功を収めて十分に「確定した」理論も、じつは単なる近似でしかなかったことが判明する可能性があるわけで……。トーマス・クーンをはじめとする科学史家たちは、科学的な知識は決して最終的なものではなく、歴史的に進化していくものだという点を強調した。オーストリアの哲学者カール・ポッパーは、実証主義の希望を打ち崩し、科学者たちに大きな影響を及ぼした。科学の特徴は、その理論が正しいことが証明されたという事実ではなく、その理論が間違っていることを証明しうるという事実にある、というのだ。理論が正しいということは、まだ「反証を挙げられて」いないということでしかない。つまり、わたしたちが確実に知りうるものは、何もない。

　では、絶対に確かなものが一つもないとしたら、知識にはどのような価値があるのか。デ・フィネッティが偉大なのは、絶対的に確かでなくても、信頼できる知識を手に入れて分かち合うことはできる、という事実を理解した点にある。その洞察によると、確かに確率は主観的で蓋然(がいぜん)的だが、それでも知識は収束する。なぜそのようなことが可能なのか。その鍵となったのは、十八世紀イギリスの数学者トーマス・ベイズに端を発するなんとも扱いにくい定理だった。ベイズはこの定理で二つの事柄を示した。第一に、さまざまな信念の確率は、経験によって新たな証拠の欠片が得られるたびに変わっていく。第二に——これが重要なのだが——わたしたちの信念はたとえ最初はばらばらだったとしても、それらの変更によって、やがて収束する。

　ある命題の確率は、じつはわたしたちがその命題をどれくらい正しいと思っているか、その評価なのだから主観的である。しかるにその評価は、経験を重ねるにつれて変わっていく。ベイズの定理はわたしたちに、その変化がどう進むのかを教えてくれる。もしもわたしがある出来事が確実に起きるだろうと考えていて、実際にその出来事が起きたなら、わたしの確信はさらに強まる。起きなければ、確信は弱まる。ほとんどの恒星に惑星がある、とわたしが主張したとして、惑星がある恒星を一つ見つけるごとに、わたしの確信は強まる。ベイズの定理はこのことを、量を使って説明している。もしも現実の出来事がこれと同じようなやり方で自分の信念に影響することを認めるのであれば、この定理から、わたしたちの確信は*最後は*収束する。つまり確信は、経験によって大いに正当化されるわけだ。かくしてわたしたちの知識は、科学的なものであれ個人的なものであれ、歴史的なものであれ地理的なものであれ、絶対に確かだといえなくても、しっかりと道理を踏まえた大いに信用できるものになりうる。

だからこそ、科学的な知識は機能する。わたしは、たぶん地球は平らで、球ではなさそうだ、と主張することができて、みなさんは、いやあその逆だろう、と考えることができる。ところが、わたしたちが月食のときに月にかかる地球の影が丸いことに気づいたり、北に進めば進むほど北極星が高くなるように見えることに気づいたり、さらにはマゼランの艦隊が沈む太陽を追って世界をぐるりと一周してヨーロッパに戻ってきたりというふうに、事実がだんだんと重なっていくと、地球が平らである可能性はどんどん減って、まるで取るに足らないものとなる。こう考えると、絶対的な確かさや最終的な結論――これらは、わたしたちが理解を深めていくのを妨げ、ほんとうの意味で知識を広げる邪魔をする――を語る必要はなくなり、それでいて、いくらでも高い信頼性を持った一揃いの確信にたどり着くことができる。それらの確信が、わたしたちの知識を構成しているのだ。

ここでデ・フィネッティ自身の、ほのかに戦前の香りがする、じつに美しい文体で書かれた言葉を紹介しよう。

科学が、絶対的な真理の発見と理解されるのであれば、絶対的な真理がないということで幻滅を感じさせる存在になるのは自然なことだ。完璧な科学という冷たい大理石の偶像、わたしたちにすれば絶えずよりよく理解しようと努めることしかできない普遍的な永遠の偶像が粉々になったとき、突然そのすぐそばに、命あるもの――わたしたちの思考が自由に生み出す科学――が見つかる。それは、命ある実在だ。わたしたちの肉をその肉とし、わたしたちの苦痛の結実であり、わたしたちの苦闘の伴走者である実在……。

二〇世紀初頭に英語を母語とする世界で確率の主観的解釈が真剣に受け止められるようになったのは、主としてイギリスの哲学者フランク・ラムゼイの力による。しかしこのテーマに関するデ・フィネッティの著作の意義が認められたのは、それよりずっと下った五〇年代のことだった。デ・フィネッティの評判を英語圏に広めるのに一役買ったのは、アメリカの哲学者レオナルド・サヴェッジで、彼は、自分がイタリア語を習い始めたのは、デ・フィネッティとじかに話をして学ぶためだった、と回想している。今やデ・フィネッティは世界中でよく知られているが、イタリアではそれほど有名でない。その手稿も、ピッツバーグにある当代一の科学哲学センターによって収集され、整理され、保管されている。たぶんそれでよいのだろう。なぜなら彼は、イタリア国内に留まらぬ、世界に開かれた知識人であって、長くイタリアを支配してきた知的伝統であるクローチェ的観念論〔反実証主義的で厳密に内省的な絶対歴史主義〕（デ・フィネッティはこれを哲学戯言（フィロソ・フェッセリエ）と呼んでいた。イタリア語の「哲学（フィロソ）」と「たわごと（フォッセリエ）」を組み合わせた造語である）の枷からも、ヘーゲル哲学の遺物からも自由だったのだから。デ・フィネッティは、ガリレオに始まる偉大なイタリアの伝統のなかで、技術的－数学的な知識と人文主義的－哲学的な知識を収束させることに成功した。主観的確率を核とする彼独自

デ・フィネッティ

の古典的経験主義（ヒューム）とプラグマティズム（パースおよびジェームズ）の統合は、特に科学哲学でその影響を増しつつある。そこには、ポッパーの思索の限界に対する優美で説得力のある解答が示されている。デ・フィネッティは、時代のはるか先を行っていた。一九三一年に発表された基本的な文献『蓋然論——確率論と科学の価値に関する批判的な小論（*Probabilismo: saggio critico sulla teoria delle probabilità e il valore della scienza*）』が英語に翻訳されたのは、五〇年以上後の一九八九年、そして、すでに一九三四年にまとめられていたその著書『真実の創出（*L'invenzione della verità*）』がデ・フィネッティの娘フルヴィアの懸命の努力によってイタリアで日の目を見たのは、二〇〇六年のことだった。ここまで発表が遅れたのは、一つには、当時権勢を誇っていたファシズムが、真理を疑うことを許さなかったからだ。

デ・フィネッティは一九六八年に、学生たちを鼻であしらった同僚たちを叱りつけて、通常の秩序を逆転させ、「常に学生たちの言葉に耳を傾けるべきだ」と述べている。わたし自身は一九七七年に、ある経験をデ・フィネッティと共有する光栄に浴すこととなった。ともに、破壊活動を行う団体に所属して犯罪行為を教唆した、という廉(かど)で起訴されたのだ。わたしたちはどちらも地下に潜り、やがて警察に密告された。デ・フィネッティの対応は賢く、じつに堂々としていた。警察に、アッカデミア・デイ・リンチェイの玄関前でなら逮捕されるのもやぶさかではない、と伝えたのだ。本人もまた、このイタリア最古のもっとも権威ある科学アカデミーのメンバーだったのだが……。イタリアの徴兵制度に対する良心的な兵役拒否を擁護する文章を書いたことが、犯罪行為とされたのだ。

デ・フィネッティの着想から、ある深遠な教訓を得ることができる。わたしたち全員に、わたしたちの日々の生活に、精神生活に、市民としての生活に関わるその教訓によると、不確かさを排斥することはできない。不確かさを減らせはしても、消すことはできない。よって、不確かであることを悪夢と思うべきではない。むしろそれを、生涯の伴走者として受け入れるべきなのだ。結局のところ不確かさは、親切で魅力的な仲間なのだから。不確かだからこそ、人生は面白い。不確かだからこそ、意外なものに感動する。不確かだからこそ、わたしたちは心を開いて、さらに知ろうとする。わたしたちは有限で、いずれは死ぬ運命にあり、自分たちの知識の限界を受け入れる術を身につけられる。それでもなお、学ぼうとし、この知識の基礎を探求しようとすることができる。その基礎は、確かさではなく信頼性にあるのだ。

［二〇一六年一一月七日］

なぜわたしは無神論者なのか

さまざまな人から、なぜ神の存在を信じないのかと問われてきた。その答えは、次の通り。

個人的には、地獄に落ちるのが怖いからという理由で善行する人々を好まない。善行をすることを重んじて善行をする人のほうが好ましい。神を喜ばせるために善くあろうとする人は信用しない。実際に善くあるから善い人のほうが好きだ。自分の同類である男性や女性を、彼らが神の子だから尊重しなければならない、というのは嫌だ。人々に感情があり、悩み苦しむ存在だから尊重するほうがよい。こうすれば神の気に入るからという理由で、隣人のため、正義のためにその身を捧げる人々は好まない。人々への愛と思いやりから隣人にその身を捧げる人々を好む。

教会で立ったまま静かに礼拝に耳を傾けている集団と一体感を感じるのがいいと思ったことはない。友人たちとともに語らい、互いの目をのぞき込んで笑みを交わし、一体感を感じるのが好きだ。神がかくも美しく作り給うたものだから自然に感動する、というのは好まない。自然が美しいから感動するのがいい。

死後に神が喜んで迎え入れてくれることに、慰めを求めたいとは思わない。命に限りがあるという事実を正面から見据えて、自分たちの姉である死を心穏やかに見つめられるようになりたい。沈黙のなかに閉じこもって神に祈りたくはない。沈黙のなかで、果てしなく深いその静けさに耳を澄ましたい。神に感謝したくはない。朝起きて、海を見て、風に、波に、空に、草木の香りに、わたしを生かしてくれているこの命に、昇ってくる太陽に感謝したい。

神がこの世界を作ったのだ、と説明する人を好まない。なぜなら、この世界がどこから来たのかを知る人はどこにもいないと思っているから。知っていると主張する人は、思い違いをしているのだろう。おとぎ話を使って説明しようとするよりも、その謎と正面から向き合って、とてつもない感動を感じるほうがずっといい。神を信じれば真理がわかる、という人を好まない。なぜならそういう人は、じつはわたしと同じくらいもの知らずだと思うから。わたしたちにとってこの世界は、今も果てしない謎なのだと思う。わたしは、すべての答えを知っている人が大嫌いだ。問いを発する人、そして「わたしにはほんとうのところはわからない」と答える人のほうが好ましい。

何が善で何が悪なのかを知っている、という人は好きでない。なぜなら彼らは神を独り占めにする教会組織に属していて、この世界にあるほかのさまざまな宗教が見えていないから。この世界にはかくも多様な倫理の体系が存在しており、それらすべてが誠実なのに。神は自分に味方していると感じて、ほかの人々に何を為すべきかを告げる人が大嫌いだ。控えめな提案をする人、尊敬できる印象的な生き方をしている人——わたしの心を動かして考えさせるような選択をする人——のほうが好ましい。

わたしは友とおしゃべりをするのが好きで、彼らが苦しんでいれば助けようとする。草木に語りかけるのが好きで、水が足りなければ水をあげる。愛するのが好きだ。黙って空を眺めるのが好きだ。星が好きだ。星を限りなく愛好している。とほうに暮れたとき、苦しいときに、宗教の腕のなかに逃げ込もうとする人は好きでない。それよりも、時には風が吹くこともあり、空の鳥には巣がある、けれども人の子はその頭を休める場所を持たない〔マタイの福音書八章二〇節〕、ということを受け入れる人のほうがいい。

そしてわたしは、自分が好ましく思い尊敬している人のようになりたいのであって、自分が好まない人のようにはなりたくないから、神は信じない。

［二〇一六年一一月二五日］

第四部

二〇一七年

レオパルディと天文学

ジャコモ・レオパルディは、ダンテと並ぶイタリアのもっとも偉大な詩人である。しかし彼の関心は、詩だけに向けられたわけではなかった。『天文学の歴史——その始まりから一八一三年まで』はじつに驚くべき著作で、三百ページ超のなかに学識がぎゅっと詰め込まれ、古代からレオパルディ自身の時代である一九世紀までの天文学の発展が——細かく几帳面に引用されたあらゆる典拠とともに——語られている。じつにまったく、わが同僚である科学史研究家の間にも見いだせそうにない（といっても許されるはずだ）専門的で包括的な知識が満載だ。しかもレオパルディはそのすべてを、なんと……十五歳で成し遂げた！

若き詩人のこの著作は、もっとも良質のイタリア文化の核にある、科学と文学との交叉をきわめて明確に示す証拠の一つである。我らが偉大なる二人の詩人、ダンテとレオパルディの教養には、当時の科学に関する深く広い知識が含まれていて、正しく理解し深く吸収されたそれらの知識が彼らの詩の真の源となった。

レオパルディは、カルディア人によるとされる天文学の始まり（古代ギリシャではカルディアが天文の起源とされ、それがそのままキリスト教国に受け継がれていた〕から、この著作自体が完成した一八一三年までの天文学の歴史をカバーしている。そうはいっても天文学の論文ではなく、自身の手に余る、専門的な詳細には立ち入っていない。ところがそのおかげで、さまざまな業績を評価し主立った成果の本質を抽出するレオパルディのあざやかな手際が、ますます強い印象を残すことになった。その年齢にしては異様に成熟した姿勢で、無数の書誌に関する詳細をわかりやすく紹介し、統合しているのだ。十五歳の少年がどうやってこのような学識を身につけ、この学問分野を咀嚼し説明する力を身につけたのか、ほとんど謎といってよい。レオパルディはその年齢ですでに例外的な知性を発揮しており、当時彼と直接交流があった多くの人々は間違いなくその知性に気づいていた。

この著作の意味は、それが生まれた背景を考えることでさらにはっきりする。レオパルディは、イタリア中部の僻地であるレカナーティという小さな村に住んでいた。教会の権威を熱心に支持する保守派の父モナルドは、コペルニクスの地動説に強く反対していたが、十五歳のジャコモは熱烈に信じていた。きわめて学識豊かなこの著作は、じつは反抗の書なのだ。

天文学に関するこの著書に続いてまとめられた『古代人のよくある間違いについての試論』にも見られるように、若きレオパルディにとって、科学は成長のための道具——そこらじゅうに感じられる無知や頑迷に起因する誤りを正すための道具——だった。本人が後に述べたように、当時は「まさに死にものぐるいの」学びの時期で、実際、独学で英語、フランス語、スペイン語はもちろんのこと、ラテン語、ギリシャ語、ヘブライ語を学んでいた。学習に完全に没頭していたのである。

慰めと笑い
若き日々の甘やかな所産
そして愛よ、君は、若さの兄弟
老練な日々の未熟なため息
どうでもよい、なぜなのかは知らず、彼らからは
遠く逃げるようなもの
どうやらひとりで、疎遠になって
わたしが生まれたこの地から、
わが生涯の春が飛び去るままに……（『カンティ』より）

レオパルディが自由にできたのは、自宅にあった素晴らしい蔵書だけだった。そこで自学自習し、新しい世界を見つけて、夢を見た。ヨーロッパ啓蒙主義の思想が、その精神に流れ込んで火を付けた。レオパルディは「この塀」の向こう――「遠くの山々」の向こうに逃げ出すことを切望した。その若く豁達（かったつ）な心は、教皇領をあまねく支配する愚鈍で狭隘（きょうあい）な考えに抗って、さまざまな世界を見つけた。天文学は彼に、自分自身からの脱出、そして無限への旅の手段を与えてくれた。空を見上げて星たち、たとえば「おおぐま座のおぼろな星たち」に語りかけ、月と会話することは、――「空の月よ、いったい何をしているんだ？　どうかぼくに教えておくれ／物言わぬ

月よ」――生涯彼の叙情詩の特徴となった。

もしも、若き熱意と自身の才能への自覚に駆られた最初の試みでレカナーティからうまく逃げ出せていたら、もしも逃亡に気付いた父にその翅をもがれなかったら、レオパルディの残りの人生はずっとましなものになっていただろう。だがそうなれば、おそらくわたしたちが彼の詩を読むことはなかった。

レオパルディのその後の道のりは、決して楽ではなかった。本人は、当時心に宿った前向きの情熱にだまされた気がする、と述べている。熱心に追い求めた真実によって自身の幻想の正体は暴かれたが、それに堪えて生きるだけの強さはなかった。心底誠実な人間だったから嘘をつけず、偽りの匂いがするものにはいっさい逃げ込めず、それでいて過去に囚われるあまり、自分が勝ち取った自由を喜びとともに軽やかに受け入れることもできなかった。その結果は、彼にとっては不幸だった。しかしわたしたち人類全体には、未だかつてなく純粋で美しく心を打つ詩が残された。

『天文学の歴史』は、レオパルディの死後刊行された。たぶん、自分の書いたことに完全には納得していなかったのだろう。今でも学者にとっては貴重な情報源だが（わたしは科学史の講義を準備するときにこの著作を使った）、決して面白い読み物ではない。著者自身もこの欠点に気づいていて、最後に次のように記している。「もしも今の時代がこのわたくしの著作に関心を持たなかったとしても、少なくとも、星の科学の前進に貢献した人々の聖なる影が、なにがしかの謝意を表してくれるだろう」。結局のところこの記念碑的な著作は、本人にとって、現代を生きる多くの人々、つまりわたしたちが思春期に自らの成長の支えとしてひたすら埋めるノートのようなものだったのだ。レオパルディは魂の滋養を探し求め、わたしたちがこの広大な世界について知っている事柄――科学と天文学――のなかにそれを見出した。彼はその著作を、次のように書き起こしている。「人はそれ〔天文学〕によって自分自身を克服する。そして、さらに驚くべき現象の理由を知ることになる」。一次資料を見ると、詩人としての彼がきわめて明晰な知性を持ち、この世界にたいへん魅力的なまなざしを注いでいただけでなく、科学の母である天文学を筆頭に、当時の科学的な知識を深く自分のものにしていたことがわかる。

レオパルディの詩を知って彼を愛さずにいることは――弟のように感じずにいることは――難しい。というよりも、不可能だ。わたしたちは彼のなかに、自分たちの魂をもっとも強烈に歌い上げる本物の歌い手を見ずにいられない。レオパルディが「あらゆるものの無限の虚栄」に気づいたこと、それが、わたしたちの文学がもたらしたもっとも大きな誠実さなのだ。それでいて彼自身の詩編(カント)は、理屈ではなく直接わたしたちのもっとも深い感情に働きかけ、結局のところえもいわれぬ美しいこの世とハリエニシダの香りがあれば十分だということを示す。

彼の詩編は、人生は無意味だと語りながら、あらゆるものを意味で一杯にする。

レオパルディを近しく感じるのは、途方に暮れたり、幻滅を感じたり、真実の前でむき出しになったときの心からの言葉を語っているからだ。しかしわたしたちが彼をよりいっそう身近に感じるのは、幻滅しながらも、その詩編がこの世界の美しさに見事に意味を与えているからなのだ。あらゆるものに意義を与えている。イタリアでは多くの人々が孤独で困難な思春期に、レオパルディに傾倒してきた。そしてその詩はわたしたちの心のなかで響き続け、「すべてが無限の虚栄」であるにもかかわらず、人生は魅力的なのだと教えてくれる。彼の詩編のもっともよく知られた一節にあるように、「この海で難破することはじつに心地よい」のである。

[二〇一七年二月一二日]

わたしの、そして友人たちの一九七七年

最近、若者たちの社会運動に関する記事を何本か読んだが、諾えるものはほとんどなかった。今から四〇年前の一九七七年に、まるで嵐のように短く激しくイタリアを席巻したあの運動のなかで、わたしや友人たちが実際にいったことや考えたり感じたりしたことは、語られていないように思われた。ここで歴史的、社会学的な分析をするつもりはないし、自分自身や幾人かの友人の個人的な経験を歴史的な事実と取り違えたくもない。だが、あの頃はわたしと同じように感じていた人が大勢いたし、今もどこかにきっといることはわかっている。だから今回のこの文章は、当時のたくさんの友人や、あの時代に関する別の解釈を聴きたいと思っている人たちを念頭に置いて書くつもりだ。

友人のなかには、今でもあの頃はバラ色だった、ほとんど神話のような時代だったと思っている人がいる。真剣な対話や、夢や熱狂や変化への渇望、ともによりよい別の世界を作ろうという気持ちが凝縮された濃密な瞬間としてのあの頃を、まさに今、当時と同じくらい強烈な郷愁とともに思い返す。郷愁があまりに強烈なので、その後の人生はすべて灰色に見えてしまう。だが、

わたしが感じていることはそれとは違う。当時わたしたちは二十代で、その年齢では往々にして人生は素晴らしいもので、当時の経験は――とくに記憶の中で――誇張される。それは、歴史の香気ではなく、若さの香気なのだ。わたしにとって、あの頃の出来事は今も魔法のような素晴らしいものだが、それは、そこから何かが始まったからだ。あのとき、わたしの前に一本の径(みち)が開けたのだ。その後の人生は、決してくすんでいなかった。わたしは同じ世代の人々とともにじつに多彩な色を発見し、それらの色は今もわたしとともにある。とはいえわたしたちの多くにとって、一九七七年の翌年が敗北として経験されたことは確かなのだが。ほんの一瞬、嘘偽りなく可能だと思われた、世界を変えるという輝かしい望みは、厳しい現実にぶつかった。体制による暴力的な対応――当時わたしたちはそれを弾圧と呼んでいた――によって、さらには今ではテロと呼ばれている暴力〔「赤い旅団」などの武装闘争〕によって挫折した。わたしたちの多くは、イタリアで「武装闘争」をしても何も良いことはないと信じており、発言もしていた。「武装闘争」は、終わってしまった夢がもたらす自暴自棄の結果、行き過ぎた愚かな反発でしかないのだ、と。わたしたちの多くは、「道を誤った戦友たち」が自分たちよりも潔癖で純粋な倫理感覚を持つ若き男女であることを知っていた。だからこそ彼らは――残念ながらよくあることだが――その倫理に目がくらんだのだ。わたしたちが求めていたのはそれとは別のもので、ごく短い間、同世代の大勢の人々とともに、いよいよ変化が訪れようとしている、これで求める方向に向かうことができる、と考えた。

いったいどのような方向に？　夢は、終わったとたんにありえないような気がしてくる。しかし歴史を見ると、およそ信じられないような夢が現実になる場合がある。「現実主義者」たちの予想に反して、フランス革命は貴族制および旧体制（アンシャン・レジーム）を倒すことに成功し、キリスト教は異教が支配していたローマ帝国に普及し、アリストテレスの教え子の一人は世界を征服し、その友人たちは図書館や学問および研究の中心となる組織を作り、アラブの一説教師〔ムハンマド〕の弟子たちは、何億もの人々の考えや生活を変え……といったふうに。

それより多いのが、大きな夢が日々の生活という強い力の前に潰える（つい）ケースだ。それらの夢はえてして短命で、一瞬で消えることもある。現実に押しつぶされ、忘却にゆだねられるのだ。歴史には、行き止まりになった流れがたくさんある。四世紀に貧者のための教会を作ろうとした教派（セクト）〔キリスト教が「貧者を愛するもの」という性格を確立する際に、「エウスタティオスの一味」と呼ばれるラディカルな修道院が大きな役割を果たしたという説が有力視されてきた〕、ソビエト共産主義の平等を巡る幻想、そして近年のカリフ制再興という発想〔古典イスラーム法学の定説に則って、現在のムスリムでもアッラーの使徒の代わりをするものとしてのカリフ擁立義務を遂行すべきだとする主張。ISILで注目されたが、そこに限定されるものではない〕など……。だが、事態は往々にしてもっと複雑で、歴史はうねりながら進んでいく。フランスの総裁政府はロベスピエールを処刑し、イギリスのウェリントンはナポレオンを破り、フランスの王は再び玉座についた。革命は結局敗北したわけで……。だが、ほんとうに敗れたのだろうか。歴史上のさまざまな運動は、思想や、倫理的な判断や、情熱や、世界の見方によって形作られる。そしてしばしば行き詰まる。だが時にはそれらの残した痕跡が、文明の精神の骨組みに深く作用し続けて、不可逆な形で文明を変えていく。革命という老いたモグラは歴史の大地に深く潜り、時折地上に顔を出す。支配している人々は、何も変わらないことを夢みる。だがまったく意外なときに、この老いたモグラが姿を現す。わたしたちの文明——自分たちが信じているこの価値の集合体——は、無数の理想の——あえて「今このとき」の向こうにじっと目をこらして夢を見た人々のビジョンの——結実なのだ。

いわゆる「イタリアの一九七七年の運動」だけを取り出して見ても、この運動を理解することはできない。この運動は遅ればせの——最後の一つではないにしても、最後のいくつかには数えられる、そしてそのことを自覚していたからこそ強烈になった——夢の表出だった。その夢は、六〇年代から七〇年代にかけてイタリアだけでなく世界中を席巻した。あの頃、世界中の若者が、かなりの規模で運動を起こした。あえて夢を見て、社会の現実を劇的に変えられると熱く信じたのだ。あの運動は確かに組織化もされていなければ、目的も一貫していなかった。実際には、多数の細い流れから成っていた。しかしそれらの細流すべてが、きわめて多様であったにもかかわらず、自分たちは同じ川の一部で同じ流れに属していると感じていた。プラハの広場からメキシコシティーの大学まで、ＵＣＬＡ〔カルフォルニア大学ロサンゼルス校〕のキャンパスからボローニャのピアッツァ・ヴェルディ〔大学地区の中心にあり、七七年に学生と規制当局との激しい衝突が起きた広場〕まで、カリフォルニアの田舎や町にあるヒッピーの共同体から南米のゲリラまで。そして、第三世界支援のためのカトリックの行進〔ラテンアメリカの「解放の神学」の流れ〕から英国における反精神医学の実験〔クーパーやR・D・レインなどによる、精神科の自主管理された病棟ないし施設の設立〕まで、テゼ共同体〔フランスの全キリスト教的コミュニティー〕からアフリカを代表する世界都市ヨハネスブルグ〔ネルソン・マンデラらの反アパルトヘイト活動の先鋭化〕まで。具体的なアプローチはまるで異なっていたにもかかわらず、そこには、同じ巨大な流れに属している、同じ一つの偉大な夢を分かち合っているという認識があった。自分たちはまったく別の世界を実現するための同じ一つの「闘争」——当時は広くそう呼ばれていた——に加わっているのだ、という認識が。

それは、巨大な社会的不平等が存在しない世界、男が女を支配しない世界、国境がない世界、武器もなければ貧困もない世界を作る、という夢だった。すべての苦しい競争を協働に置き換え、自分たちの上の世代が二つの世界大戦で一億人を殺戮することになった原因である頑迷な信念やファシズムやナショナリズム、偏狭なアイデンティタリアン運動〔極右および白人ナショナリストによる反移民から始まった運動〕などを捨て去るという夢。夢はさらに広がって、私有財産のない、妬みや嫉妬のない、階層のない、教会のない、強力な政府のない、閉ざされた核家族のない、独断的な主張のない世界を目指すことになった。一言でいえば、自由な世界。そこでは過剰な消費主義は無用で、社会階層を上がったり、給料を得たり、消費するためではなく、喜びのために働けばよい。

今ではこんな考えを口にしただけで、戯言（たわごと）だといわれかねない。だが当時は、世界中にそう信じる人が大勢いた。あの頃わたしはあちこちを旅していくつかの大陸を訪れたが、行く先々で決まって同じ夢を持つ若者に出会った。友人たちとわたしは一九七七年に、そういうことを語り合っていた。今時の心配の種である、金銭的な不安定さや仕事が見つかりそうにないという恐怖が話題になっていなかったことは、確かだ。仕事が欲しいとは思っておらず、労働から自由になりたかった。あの頃のことを何か一つ覚えておくとしたら、このことを鮮明に記憶しておきたい。

わたしたちは出入り自由のオープンハウスで暮らしていた。あっちの家で眠ったり、こっちの家で眠ったり。ヘロインがいかに危険かはよく知っていて、少しでも分別がある者は、あれには手を出さなかった。けれどもマリファナやＬＳＤには害がないと思っていて、今日日（きょうび）グラスに入ったワインを勧めたり受け取ったりするのと同じくらい自然に、マリファナたばこをやり取りしていた。LSDはまた違っていて、世界が変わるような重要な経験をもたらすので、尊敬を持って注意深く扱う必要があったが、それでもその経験からは多くを学ぶことができた。わたしたちの主な仕事は——どの若者もそうであるように——狂ったように恋に落ちて、情熱に我を忘れることだった。セックスは共通通貨のようなもので、出会いの手段、互いを知るための手段であり、これは男にも女にもいえることだった。セックスは真剣に受け止められ、人生の中心と見なされていた。ほとんど宗教のようなもので、すべての宗教が信者の暮らしを満たすように、愛や愛し合うことで自分たちの生活を満たしたいと思っていた。友情や音楽で暮らしを一杯にして、上の世代の灰色の競争的なやり方とは別の新しい共生の方法を編み出したい、と。わたしたちは実験的に、共同で生活し、嫉妬を排除して、真の意味で共生しようとした。もちろん喧嘩はあったし、脱落する者もいたが、それはどこの家族でもあることだ。それでも深いところには、自分たちは世界中に広がった巨大な家族の一員だ、という強い感覚があった。宇宙船で惑星間を探検する人々のように、まったく別の新たな世界を作り出すために、ともに活動する巨大な家族の一員。これはいつも考えていることなのだが、ヨーロッパ人がアメリカに作った最初の共同体の一つであるクエーカー教徒のコミュニティーや、パレスティナでイエスに付き従った十二使徒、原始キリスト教の信者たち、リソルジメント〔一九世紀イタリアの解放統一運動〕に参加した若きイタリア人、ボリヴィアにおけるチェ・ゲバラの仲間たち、さらにはプラトンのアカデミアの生徒たちも……きっと少しだけ、あの頃のわたしたちのように感じていたのだろう。

それでも、新たな世界を作ろうとするわたしたちの試みは完全に失敗した。すぐに、幻滅することになった。誤解されたために放棄された計画もあったが、敗北したために放棄された計画のほうが多かった。自分たちの望みが理に適っているという信念は、日向の雪のように溶けて消えた。わたしたちは袂(たもと)を分かち、一人一人が自分の道を行くこととなった。

わたしたちが夢見たことは、まったくの無駄だったのだろうか。いいや、そうは思わない。というのも二つの理由があって、一つ目は、わたしたちの多くにとって、あのような夢を持ったおかげで、自分たちの生活の基礎となる大地が豊かになったからだ。あの頃追求した価値のいくつかはわたしたちのなかに深く根付き、それらを熱望したからこそここまで進むことができた。当時はとことん自由に思索することができ、そのためすべてが可能で調べるに値すると思われたし、あらゆる考えが修正できそうに見えた。わたしたちの多くにとって、そのようなとことん自由な思索が、何によらず人生で自分が行うことの拠り所になった。

二つ目の理由を信じてもらえるかどうか、わたしにはよくわからない。でもそれは、やはり存在している。よりよい世界を作るという夢は、歴史を通してしばしば敗北してきたが、それでも地下に潜って、そこで活動し続けている。そして結局は、本物の変化を後押しする。わたしは今でも、この世界——じょじょに戦争と暴力と極端な社会不正義と頑固な信念で満たされようとしている世界——だけがあり得る世界だとは考えていない。民族主義的、人種的、宗教的な集団が、自分自身の狭いアイデンティティーに閉じこもって互いに戦おうとしているこの世界は、存在し得る唯一の世界ではない。そしておそらく、そう考えているのはわたしだけではない。

［二〇一七年二月一五日］

錬金術師ニュートン

一九三六年にサザビーズで、アイザック・ニュートン卿の未発表文書のコレクションが競売にかけられた。落札価格は低かった——たったの九千ポンド。同じシーズンに落札されたルーベンスとレンブラントの作品各一枚についた十四万ポンドという値と比べれば、じつに微々たるものだ。ニュートンの文書を落札した人物の一人に、著名な経済学者ジョン・メイナード・ケインズがいた。ニュートンを大いに尊敬していたのだ。ケインズはすぐに、落札した文書のかなりの部分が、およそニュートンが関心を持つとは思えないある主題に関するものなのに気がついた。錬金術だ。そこでケインズは、ニュートンの錬金術に関する未発表の文書をすべて入手しようとした。そしてじきに、この偉大な科学者が錬金術というテーマに、「ほんの一時興味をそそられて、ちょいと手を出した」だけではなかったことに気がついた。錬金術へのニュートンの関心は生涯続いていた。そしてケインズは、「ニュートンは理性の時代の最初の人ではなく、最後の魔術師だった」と結論した。

ケインズは一九四六年に、自身が所蔵するニュートンの未発表文書をケンブリッジ大学に寄贈

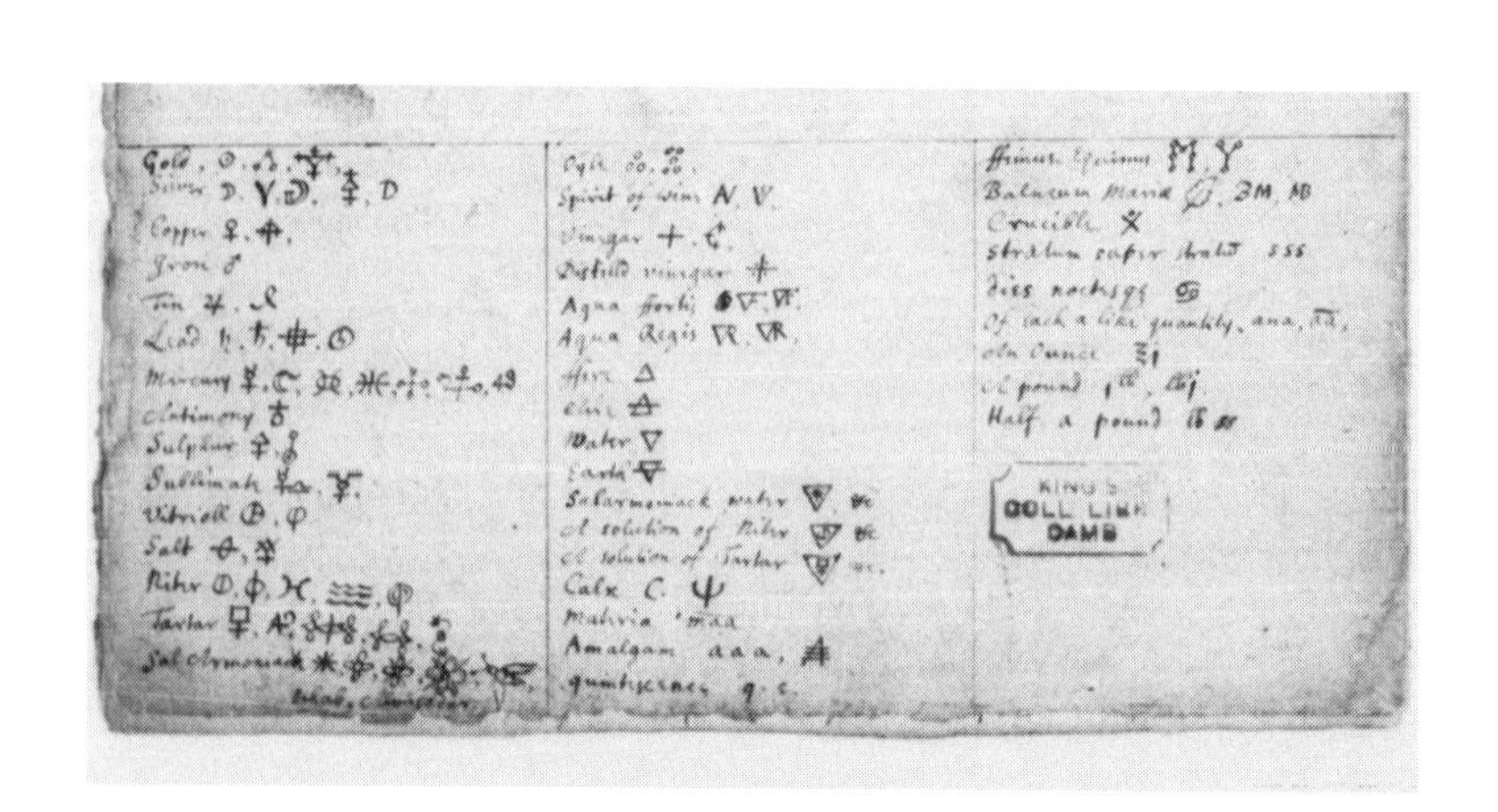

ニュートンの草稿のなかの、錬金術の記号が書かれたページ

した。錬金術師の衣をまとったニュートンの姿はいかにも奇妙で、「近代科学の父ニュートン」という従来のイメージとひどく食い違っていたので、大方の歴史家たちはこの問題に近寄らないことにした。ニュートンの錬金術への情熱に関心が集まるようになったのは、つい最近のことなのだ。ニュートンの錬金術関連の文書は、今ではそのほとんどがインディアナ大学の研究者たちの手でウェブ上に公開されており、誰でも見られるようになっている。* そしてこれらの文書の存在は未だに議論を引き起こし、戸惑いの元になっている。

ニュートンは近代科学の中心的な存在だ。なぜここまで圧倒的な地位を占めているかというと、科学において非凡な業績を上げたからだ。力学に、万有引力理論に、光学に、さまざまな色の光が混じると白色光になることの発見に、微分積分法。エンジニアや物理学者や天文学者や化学者たちは、今でもニュートンが書いた方程式を使って仕事をし、彼が導入した概念を用いている。だがそれより何より重要なのは、ニュートンこそが、今日近代科学と呼ばれている知の探究の方法を確立した人物だったということだ。彼は科学を、デカルトやガリレオやケプラーなどの業績や着想の上に――太古に起源を持つ伝統の延長線上に――構築した。それでも現在「科学的手法」と呼ばれているものに今日の近代的な形を与えたのはさまざまなニュートンの著作であって、そこから直に、じつに多くの素晴らしい成果がもたらされた。ニュートンが近代科学の父だというのは、決して誇張ではない。だとすると、錬金術はこういったこととすべてとどう関わっているのか。

ニュートンが科学から逸脱したこのような錬金術研究を推し進めたのは、早熟で精神が脆弱だったからだ、という説がある。かと思えば、ニュートンが錬金術を研究していたという事実をてこにして、このイギリス人を科学の合理性にも限界があるといって批判する陣営に加えようとする動きもある。

じつはもっとずっと単純なことだ、とわたしは思っている。鍵となるのは、錬金術に関するこれらの文書をニュートンがいっさい発表しなかった、という事実だ。これらの文書を見ると、ニュートンの錬金術に対する関心がひじょうに広かったことがわかるが、それらは一つも公にされていない。発表されなかったのは、イギリスでは十五世紀に

＊https://webapp1.dlib.indiana.edu/newton/

は早くも錬金術が違法とされていたからだ、というのがこれまでの解釈だった。しかし、錬金術を禁ずる法律は〔ニュートン存命中の〕一六八九年にはすでに廃止されていた。それに、もしもニュートンが法律や慣習に逆らうことをそこまで恐れていたら、あのニュートンにはなっていなかったはずだ。ニュートンは時には、途方もない究極の知識をあれこれ拾い集めて独り占めしてさらに強い力を得ようとする悪魔的な人物として描かれてきた。しかし、ニュートンは実際に途方もない発見をしたのであって、決してそれらを独り占めしようとはしなかった。事実、『プリンキピア』をはじめとする偉大な著書でそれらの知識を公開している。そしてそこに載っている力学方程式は、今でもエンジニアたちが飛行機や建物を作るときに使われている。成人後のニュートンは名をあげて、広く尊敬を集めた。じっさい、当代一の科学機関、英国王立協会（ロイヤル・ソサエティ）の会長になったくらいで、知的な世界はニュートンの成果を待ち望んでいた。では、なぜ錬金術を巡る活動の結果をまったく公表しなかったのか。

答えはきわめて単純だ。いっさい公表しなかったのは、納得いく結果が一つも得られなかったからだ。そう考えると、すべての謎が解ける。今では簡単に、錬金術の理論的・実験的な基礎があまりに脆弱だった、というこなれた歴史的判断に寄りかかることができる。だが十七世紀には、そのような判断を下すのは簡単なことではなかった。錬金術は広く実践され、多くの人々が研究しており、ニュートンも本気で、そこに真の知が含まれているかどうかを理解しようとした。もしも錬金術のなかに、自身が推し進める合理的で実験的な研究手法を用いた精査に耐えるものが見つかっていたら、ニュートンは間違いなくその結果を発表していたはずだ。錬金術の世界のとっちらかった混沌のなかから、科学になりそうな何かを抽出しおおせていたら、今頃わたしたちは、光学や、力学や、万有引力の著作と並んで、その主題に関するニュートンの著作を手にしていたことだろう。だが、うまくいかなかった。だから、何も発表しなかったのだ。

それはそもそも空しい望みだったのか。始める前に放棄すべき計画だったのか。いいや、それどころか、錬金術が提起した種々の重要な問題や、展開したかなりの数の手法は――とりわけさまざまな化学物質の別の化学物質への変化に関する問いや手法は――じきに化学という新たな分野を生み出すことになった。ニュートン自身は錬金術から化学へと向かう決定的な一歩を踏み出すには至らなかったが、次世代の科学者たち――たとえばラヴォワジエ――が、その役割を引き継いだのだ。

インディアナ大学がウェブで公開している文書からも、このことは明らかだ。そこで使われている言語は、比喩やほのめかし、不明確な言い回しに奇妙な記号など、確かに典型的な錬金術の言葉であるが、述べられている手順の多くは単純な化学反応でしかない。たとえばニュートンは、「硫酸塩の油」（硫酸のこと）、硬い水（アクア・フォルティス）（硝酸のこと）と「塩の魂」（塩酸のこと）の製造について述べていて、その指示に従えば、これらの物質を合成できる。ニュートンがこの試みに「チミストリー（chymistry）〔化学（ケミストリー）を意味するchemistryとは一字違い〕」という名前を付けたのも、いかにも暗示的だ。ルネサンス以降の後期錬金術は、着想を実験で確認することに強くこだわった。すでに、近代化学のほうに向かい始めていたのである。ニュートンは、錬金術の処方の混沌とした瘴気（しょうき）のなかから（「ニュートン的な」意味での）近代科学が生まれようとしていることに気づき、産婆になろうとしていた。そのために膨大な時間を費やしたが、結局は混乱を解きほぐす糸口を見つけることができなかったので、何も公にしなかったのだ。

ニュートンの奇妙な情熱と探求の対象となったのは、錬金術だけではなかった。その手稿からはもう一つ、さらに面白そうなテーマが浮かび上がってくる。彼は、聖書の年代記を復元することに膨大な労力を費やしていた。あの聖なる書に記された出来事の正確な日付を突き止めようとしていたのである。手稿から見る限り、ここでもたいした成果は得られなかった。じつは科学の父は、この世界がほんの数千年前に始まったと考えていたのだ。ニュートンはなぜこの作業に没頭したのか。

歴史学はきわめて古い学問で、ミレトスのヘカタイオスに始まり、ヘロドトスやツキディデスの時代にはすでに一人前になっていた。これら古代の歴史家から今日の歴史家まで、脈々と続いてきたものがある。過去の痕跡を集めて評価するさいには、何よりもまず批判精神が必要なのだ（ヘカタイオスの著作は、次のような言葉から始まっている。「わたしは、自分にとって真実であると思われるものを記している。なぜならギリシャ人が語ってきた事柄は、矛盾だらけで馬鹿げていると思うから」）。しかし今では、歴史資料を編修するときには数値が問題となり、そのため過去の出来事の正確な日付を確定するための努力が欠かせない。そのうえ近代の歴史家が重要な仕事をする際には、ありとあらゆる資料を考慮に入れて、各々の信頼性を評価し、得られた情報が妥当かどうかを判断する必要がある。そうやって資料を評価し、それぞれの重みを勘案しながら統合することで、もっとも理に適った復元が可能になる。量を用いて歴史を記述するこの方法は、じつはニュートンの聖書年代記を巡る仕事に端を発している。ここでもニュートンのやり方はきわめて近代的で、自分の手元にある不完全で信頼性もまちまちな大量の資料に基づいて、古代史の日付を合理的に復元する方法を探った。そして、後に重要になる概念や方法をはじめて導入したのだが、自分にとって満足いく結果が得られなかったので、結局何も発表しなかった。

これら二つの例はいずれも、従来の合理主義的なニュートンという描像から外れていない。それどころかむしろ逆で、この偉大な科学者は、真に科学的な問題に取り組んでいたのだ。ニュートンが、検証されていない伝統や権威や魔法と優れた科学を混同した形跡はいっさいない。それどころか彼は先を見通すことができる近代の科学者であって、優れた判断力を持って科学の新しい分野に向き合い、明確で重要な結果が得られればそれを発表し、得られなければ何も発表しなかった。ニュートンは有能な、きわめて有能な人物だったが——限界はあったのだ。他のみんなと同じように。

思うに、ニュートンの天才たる所以（ゆえん）は、まさにこれらの限界を深く認識していた点にある。自分が何を知らないのか、その限界を知っていた。そしてこれこそが、彼がその誕生を後押しした科学の基本なのだ。

［二〇一七年三月一九日］

チャーチルと科学

ウィンストン・チャーチルははじめて科学顧問というポストを設立した英国首相である。彼は、電波天文学の父バーナード・ラヴェルをはじめとする科学者と定期的に顔を合わせていて、彼らと話すのが大好きだった。公的な資金を使って研究や望遠鏡の製造や実験室の開設を後押しした結果、第二次世界大戦後の科学のいくつかの重要な発展が——分子遺伝学から、X線を使った結晶学に至るまで——もたらされた。戦争中は、チャーチルが英国での研究支援を断固として推し進めたおかげでレーダーや暗号学が開発され、軍事活動における成功に決定的な役割を果たした。

チャーチルその人にも、決して広範とはいえないが、しっかりした科学の素養があった。若い頃はダーウィンの『種の起源』を読み、物理学の入門書を学んでいた。これは重要な事といってよいだろう。さらに、並々ならぬ関心を持って科学の発展をフォローし、一九二〇年代から三〇年代には科学に関する啓蒙記事まで書いている。チャーチルは、良かれ悪しかれコペンハーゲン在住の量子力学の父ニールス・ボーアに宛てたあの運命的な招待状——ナチス占領下のデンマークを逃げ出して連合軍に加わり、核兵器開発プログラムを始めるよう促した手紙——にサインした人物だった。

アメリカの天体物理学者であり作家でもあるマリオ・リヴィオは「ネイチャー」誌の記事のなかで、一九三九年にチャーチルが書いた——そして五〇年代に手を入れた——未公開の文書を紹介している。チャーチルはその文書で、今日の科学とも大いに関わりがある問題を論じていた。この宇宙の何処か別の場所——地球に似た惑星——に生命が存在する可能性を巡る問題だ。彼の分析は驚くほど明晰で、科学的な概念を操るずば抜けた力を持っていたことがわかる。チャーチルは、その数十年後に科学者の共同体が到達するはずの結論を先取りし、地球上の生命に似た形の生命が他の惑星で進化するのに必要ないくつかの要素を突き止めた。母星からの距離が、水が液体でいられるようなごく狭い幅の温度を保てる範囲にあること。そしてもう一つ、十分に濃い大気を維持できるだけの質量があること。

そして、特に印象的な一節が続く。チャーチルはまず、惑星系の形成に関する当時もっとも信頼されていた理論——二つの恒星が接近することで惑星系ができるという説——では、この条件が満たされる可能性はきわめて小さくなり、生命もめったに存在しなくなる、と述べる。そのうえで、この結論が正しいかどうかは、恒星の接近による惑星系の生成という理論が妥当か否かにかかっていて、必ずしもこの理論が正しいとは限らない、と指摘するのだ。この偉大な政治家には、自分の知り得た科学的知識がどれくらい重要なのかを判断する力だけでなく、どこまで不確かなのか、その限界を察知する鋭い感覚があった。やがて恒星の近接接近（ないし近接通過）の理論は間違っていたことが明らかになり、今では惑星は別の仕組みで（小さな欠片がぎゅっと集まって）できたことがわかっている。チャーチルの主たる結論は、今日わたしたちが得ている結論に近い。星雲（銀河）〔昔は、銀河や星雲や星団をすべてまとめて星雲と呼んでいた〕は何十億もあって、それぞれに何億もの太陽が含まれているのだから、生命が存在しうる惑星を含む星雲がたくさんある可能性は高い。

それに続くコメントは、わたしにいわせれば、英国精神を完璧に捉えたものだ。

わたしにすれば、われわれの文明の成功にきわめて強い印象を受けているわけではない。したがってこの広大な宇宙の中で、命があって思考するものが存在する唯一の片隅を代表しているのは自分たちなのだとか、自分たちこそがこの広大な空間と時間のなかで精神的肉体的にもっとも高いレベルに進化しているのだ、とは思えない。

チャーチルには明らかに、科学の限界が見えていた。彼は一九五八年に、「この世界には科学者が必要だ」と記している。さらに、「しかし、科学者のために世界が必要なのではない」としたうえで、「もしもわれわれが科学によって持ち得たあらゆる方策を以てしても、この世界の飢餓に打ち勝つことができないのであれば、わたしたち全員が責められるべきだ」と書き添えている。しかし彼は深いところで、科学的な思考が人間性にとって中心的な役割を果たすことに気づいていた。政治がそれを支えることの重要性、科学に耳を傾けて、科学を使うことの重要性を痛感していた。そして何よりも、科学的な思考を行うことで、事実に基づく政治的な決定が可能になる、という大きな利点に気づいていた。それこそが、この二百年間イギリスに――さらにはアメリカに――政治的な優位をもたらしたシンプルな秘密だった。チャーチルは、科学的な知性によって明晰に考えることができる人物だったのだ。

［二〇一七年三月二八日］

信仰にもっとも近い科学は?

ローマ教皇庁が所有する天文台、スペコラ・ヴァチカーナ〔ヴァチカン天文台とも〕が主催する小さな会議に出席するために、数名のノーベル賞受賞者を含むえり抜きの科学者たちが、美しいガンドルフ城に集まった。ローマ近郊の丘にあるこの教皇の夏の住まいで、「ブラックホール、重力波、時空の特異点」というテーマで意見を交換しようというのだ。荒涼とした反啓蒙主義が広がるなか、この科学者たちの小さなグループは一点の光として、深い思考を、理性を表している。前回ガンドルフ城を訪れたとき——数年前まだジョージ・コインが天文台長だった頃——のことを思い出す。あのときは、深い洞察力を持った思索家である彼の言葉や著述に強い感銘を受けた。そして現在の台長であるガイ・コンソルマーニョとも面識を得て、「自分の」隕石について語る彼の情熱に、わたし自身の宇宙とその謎への愛——科学への愛——を重ねたものだった。

件の会議は、ジョルジュ・ルメートルに捧げられていた。一般の人々からの認知が今も不当に低いままのこの偉大な科学者は、カトリックの司祭であり、宗教と科学の関係に深い関心を寄せていて、この問題に関するじつに今日的な記述——非専門家として控えめな意見を言わせてもらうと、じつに啓発的な記述――を多数残している。天文台に所属する科学者で司祭でもある良き友のおかげで、わたしはポール・ディラック――アインシュタインとともに二〇世紀の二大物理学者とされているあの人物――が、ローマ教皇庁科学アカデミーの「コンメンタリイ〔科学研究の短信などを集めたもの〕」にジョルジュ・ルメートルを巡る文章を発表していたことを知った。

ディラックはひじょうに寡黙で、軽度の自閉スペクトラム症だったのではないかといわれている。そして彼は、徹底的な無神論者だった。一九六八年に発表されたその論文はきわめて専門的で、いつも通り明敏に、ルメートルが科学にいかに重要な貢献を行ったかを述べたうえで、その本質的な科学的価値を評価している。いかにもディラックらしい、事実に基づくドライな筆致の論文だ。ところがわたしはその一節がきっかけで、次のような考察を始めることになった。

ディラックはその論文の最後のほうであえて、彼らしくもなく、宇宙と人間性との関係についての漠とした思索に迷い込んでいた。ルメートルは、宇宙が進化するという事実を発見した。ディラックによると、この発見から素晴らしい未来が見えてくる。宇宙の進化と生物学的な進化と社会の進化がともに手を取り合って、わたしたちは明るくよりよい未来へと向かっていく、というのである。この文章が書かれたのは一九六八年〔チェコスロバキアの変革運動「プラハの春」やパリ五月革命などが起きた年〕なので、ひょっとするとあの老いた禁欲的な科学者ですら、注目すべきあの年がもたらした熱っぽい楽観主義や変化への期待に影響されることを、あえて自らに許したのかもしれない。

だが、ディラックがこのような考察を引き合いに出したのは、この問題を巡るルメートルとのあるやりとりを紹介するためだった。ディラックは、ルメートルがわたしたちに開いてみせた未来像の大きさにすっかり心を打たれ、本人に向かって、宇宙論（コスモロジー）〔ここでは物理学の現代宇宙論を指している〕は「もっとも宗教に近い科学分野なのかもしれない」といった。無神論者だったディラックは、おそらく自閉スペクトラム症の傾向がある人間らしいぎこちないやり方で、司祭であるルメートルに優しい言葉をかけようとしたのだろう。

ところが驚いたことにルメートルは、その意見には賛成しかねるといった。そしてほんの少し考えてから、宗教にもっとも近い科学の分野は宇宙論ではないと思う、と付け加えた。ディラックは戸惑い、尋ねてみた。では何がいちばん近いと？　するとルメートルは即座に答えた。心理学でしょうね。

ルメートルは、宇宙論と宗教を分けておこうと四苦八苦していた。彼のおかげで、カトリック教会はほかの宗派と違って、創世記で語られる天地創造の物語とビッグバンを結びつけるという罠に落ちずにすんだ、とわたしは思っている。それにしても、宗教と科学の関係に深く思いを巡らしてきたカトリックの司祭の口から、宗教にもっとも近い科学は心理学だ、という言葉が出てくるのは、やはり意外だ。意外であると同時に、わたしにいわせれば意義深くもある。

数か月前、「ネイチャー」誌に英国国教会代表の論文が掲載された。従来の科学と宗教の衝突は脇に置いて、その差違ではなく共通点に焦点を当てよう、と誠実に呼びかける論文だ。衝突点ではなく収束点を探るというのは常に良い助言であり、まさにそれゆえに、ルメートルのこの問題に関する考えは大いに参考になる。科学で使われている言葉と宗教で使われている言葉（「宇宙」、「創造」、「基礎」、「存在」、「非存在」、「創造主」……）が似ているというのは、おそらく単なる幻であって、誤解を招きやすい。二つの陣営の論争は、まるで相手のいうことが聞こえない人同士の論争のようなものなのだ。まったく別のものを指して、同じ言葉を使っているのだから。

自分たちは科学的な世界と対立していないとする宗教がある一方で、科学的な思考に脅かされていると感じて戦おうとする宗教がある。いったいどこからこのような違いが生まれるのか。この点に関するルメートルの指摘は重要だ。宗教はじつは複雑な文化的・社会的構造であって、文明が発展するにあたって重要な役割を果たしてきた。長きにわたり、権力の行使や公共の問題と同一視され、また、現実について考えるための――そこには宇宙の起源についての問いなども含まれる――複雑で包括的な枠組みを提供してきた。人類がこれらの多様な問いを扱うためのより良い方法を見つけたとき――たとえば公共の問題は、寛容で多元的な世俗民主主義のほうがうまく処理できるし、現実を理解するには、科学でミクロやマクロのレベルの世界を調べたほうがよい――いくつかの宗教は、このままでは自分たちの重要性が失われると感じて、邪悪な新しい考えと見なしたものと衝突し始めた。今日のカトリック教会は、たとえば教皇ピウス十二世が宗教の自由を、報道の自由を、良心の自由を痛烈に非難し攻撃する演説を行ったことを恥じるべきだ。教会の強迫的な姿勢や、公的な生活で残念ながら中心的な役割を果たせなくなっていくのを阻止しようとする戦い――その結果は歴史にゆだねられる――は、科学に対する撤退戦なのだ。そこには、倫理(モラル)が良い形で明確に芽生えて発展していることを、教会自身が理解できずにいる、という事実が露呈している。そしてこれらすべてのことが、多くの市民の教会への不信を培ってきたし、今でも大いに増大させている。

だからといって、宗教と科学が常に衝突するわけではない。実際、偉大な宗教のなかにも、宗教的な書物を読んだり、伝統として伝わってきた事柄を信じたからといって、宇宙の物理的な成り立ちをよりよく理解できるわけではない、という事実を問題なく受け入れているものがある。それらの宗教は何の苦もなく、一般的な生活が宗教から離れることを受け入れ、さまざまな意見が存在することや、ほんとうの意味での多様性の容認、さらにはいかなる宗教に帰依しようとも、何人も絶対的な真理の守護者たり得ない、という考えを受容する。英国国教会やある種の仏教がその良い例で、彼らは、自分たちと異なる見方をする者に己の視点を強要せず、自分たちと異なる倫理で行動する人々に自分たちと同じように振る舞うことを強制しない。自分自身が知らないことを人に教えるほど厚かましくないのだ。それでも彼らは素晴らしい手本を示すことができ、男女の心に語りかけてなるほどと思わせることができる。人間の本質や自分たちの選択、自分たちの関係、自分たちの内面について、深く考察する術を知っているのである。そのような内省は、何百万人もの男女にとって真に深い価値を持っている。これらの宗教は、教義を、超越した存在を、儀式を、団結を、そして避難所を差し出すことができる。

これらの宗教は、自分たちの真の知識がわたしたちの内面生活、つまりわたしたちが自分たちの命に与えると決めた意味を巡るものであって、自分を取り巻く世界や、公の生活を統べる法律や、物理的な宇宙の理解に関するものではないということを承知している。自分たちの宗教が、宇宙論とはまったく無関係であることを知っているのだ。

じつは彼らは熱心に、量子力学や宇宙論から学ぼうとしている。たとえばダライ・ラマはそのような一人で、スペコラ・ヴァチカーナに所属する科学者もそのような学究の徒だ。これらの宗教はまた、宗教ともっとも近い科学、すなわち心理学と有益な対話をする術を知っている。ルメートルが指摘したように、科学がいかに重要で今どのような限界があるのかを深く感じながら、そしてまた、宗教がいかに重要でどのような限界を持っているかを知りながら、対話するのである。

［二〇一七年五月八日］

伝統医療とユネスコ

近代医学で実践されている治療のいくつかは、伝統的な医療行為に由来している。近代科学は伝統医療を独自に評価する方法を編みだし、さまざまな伝統的医療実践が有効であることを認めてきた。ところが同じような評価を行ってみたところ、それよりずっと多くの伝統的医療や医療実践に効果が無かったり、じつは健康に害があるということがわかった。数多(あまた)あるそのような例の一つが瀉血(しゃけつ)で、ヨーロッパの伝統医学で何百年ものあいだ広く行われてきたこの治療法は、きわめて有害であることが判明している。

誰にとっても、病気になったときに自分が受ける治療を選ぶことは、神聖な権利だ。お望みなら、治療をしないという選択をしてもかまわない。だがその一方ですべての人に、同じくらい神聖な義務がある。報道関係もそうだが、特に公共機関は――社会からの信頼や、そもそもの存在理由を失いたくなければ――市民に提供する純粋に医療的な助言の信頼性を損なってはならない。Y氏が瀉血という治療法を望んだからといって、他人がとやかくいうことではない。だが、公的機関が「伝統を尊重する」ということで瀉血を推奨したり、その効果を保証したり、どんな形であれその利用を推し進めるのなら、その組織は義務を果たしているとはいえない。それどころか、犯罪を行うことになる。

これは、学術的な問題ではない。わたしの親友のシモネッタは、三十になる前にこの世を去り、後には幼い二人の子どもが残された。それというのも乳房の腫瘍（しゅよう）——今やきわめて生存率の高い病変だ——を治療する際に、近代医療ではなく「伝統医療」を信じたからだ。伝統医療が効くといって賞賛した人、それによってわが友シモネッタをはじめとする多くの人々に影響を及ぼした人々は誰であれ、彼女の死に、子どもたちが母親を失ったことに——同じような何千もの死についても——良心の呵責（かしゃく）を感じるべきだ。

さらに、代替医療を用いたじつに儲かる何百万ポンド規模〔数億円の規模〕の商売が実際に存在していて、悩み苦しむ人々の期待につけ込みながら、自分たちの製品や治療法の有効性に関する外部からの評価をことごとく拒み続けていることを考えると、これはきわめて深刻な問題だ。

最近の国際報道によると、インドと中国の間である論争が続いているという。チベットの伝統医療実践の起源を巡る論争で、二つの国がそれぞれに、これらの実践を自分たちだけの名前のもとにユネスコの「人類の無形文化遺産」の一覧に登録すべきだと主張している。

ユネスコの文化遺産の一覧は、「伝統的」な事柄すべてを認めるものではない。「伝統的」な事柄すべてを認めるのなら、奴隷制も、児童強制労働も、夫が妻を殴る権利も、人身御供（ひとみごくう）も、一覧に含まれることになる。

あの一覧に載るのは、文化的な遺産のなかの、わたしたち全員が保護し、発展させたいと願うものに限られる。伝統医療は、たとえわたしたちに有益な遺産を残しているとしても、そしてまだその可能性が完全には調べられていないとしても、そっくりそのまま保護したい文化遺産ではない。なぜならそこには、外部からの科学的評価によって有害だったり効果が無かったりすることが判明するであろう治療法が多く含まれているからだ。

伝統医療の薬に実際に有害な成分が含まれていたり、実践が有害だったりするのと同じくらい、効き目がないということが致命的になる場合がある。シモネッタが乳がんで命を落としたのは、南米の伝統的な治療法に効き目がなかったからだ。

UNESCO（ユネスコ）（United Nations Educational, Scientific and Cultural Organization　国際連合教育科学文化機関）のSという文字はScientificつまり「科学的」の略だ。ユネスコがチベットの伝統医療を人類の無形文化遺産の一覧に含めるということは、その価値を認めるということで、インドや中国はそのことを自慢できる。それはつまり、教育と科学と文化のための一流の国際的権威が、太古からの実践の価値を十把一絡げにして認めるということだ。それによって多くの人々がすばらしいビジネスチャンスを得ることになり、ユネスコはすべての信頼を失うことになる。それはまさに、犯罪ともいうべき無責任な行為なのだ。*

［二〇一七年七月二九日］

*二〇一八年、チベットの伝統医療はユネスコによって人類の無形文化遺産の一覧に加えられた。

タコの意識

かなり前に友人とボートで海に出たときのこと。タコを獲ろうと海に潜った友人は、空手でボートに戻って船上にあがると、落ち着かない様子でいった。「穴の中にタコがが一匹いたんだが、捕まえそこねた。ちょっと、気後れしちゃってね。なにしろそいつが、大きな目を恐怖で一杯にして、こっちを見ていたもんだから」。

数日前、イギリスの日刊紙「ガーディアン」に、意識の本質に関するもっとも重要な十冊の本の一覧が掲載された。大方の予想どおり、一位はダニエル・デネットの偉大なる古典、『内容と意識（*Content and Consciousness*）』だった。ところが第二位に挙げられていたのは、意外な著作だった。ピーター・ゴドフリー＝スミスの『タコの心身問題〔原題はOther Minds、つまり「ほかの精神」〕』（みすず書房、二〇一八）という本だ。あの頭と腕しかない魅力的な海の生き物が、いったい意識とどう関係しているのか。

タコに関する文献には、わたしの友人の経験とよく似た話がたくさん載っている。タコを研究するラボの科学者たちによると、タコは缶を開けられるし、タンクからこそこそ逃げ出して、戻った後でちゃんと蓋を閉めたりするという。しかもそのうえ、研究グループの科学者たちを一人一人見分けていて、嫌いな研究者には水を吹きかけるし、光が気になると、電灯をショートさせる方法を思いつくらしい……。自然な環境にいるタコが柔軟で複雑な振る舞いをするのも目撃されていて、どうやら周囲にいる生き物たちの身振りや態度を認識し、解釈することができるらしい。

タコは複雑な知的能力を持っているが、そのような能力は、タコが属する部門の生き物ではめったに見られず、むしろ多くの点で哺乳類に似ている。彼らはじつに複雑で豊かな神経網（ニューラルネットワーク）を意のままに使うことができる。どうやらタコのニューロンの数は、犬や人間の子どものそれに匹敵するらしい。このような特徴があるため、タコは、意識に関心を持つ人々にとって貴重な事例となっている。

「意識」というのはじつに曖昧な言葉で、今では多種多様なことを意味するようになっている。ここ数十年の間に、かつて魂、精神、主観性、知性、知覚能力、理解、一人称としての実在、自分という意識などの「意味の問題」と呼ばれていたものすべてが、「意識の本質の問題」という言い回しに置き換えられてきた。しかしこれらの問いは——明らかに——同等ではなく、「意識の問題」が意味するものは、人によって違う。そうはいっても、自然界の現実から自分たちの主観的経験がどのように立ち上がるのか、という問いが脚光を浴びているのは事実だ。それというのも一つには、今なお主観の存在が、さまざまな素養を背景として自然主義的な視点に抗おうとする人々のもっとも強くこだわる論点だからだ。自分自身が存在していると感じるこの「わたし」は、自然の偉大なるゲームのなかの、一体何なのか。

この問題に取り組む一つの方法として、人間以外の「いとこ」たちを観察する、というやり方がある。たとえそれによってすべての答えは見つからなくても、問題をはっきりさせるくらいのことはできるだろう。わたしたちとイヌやネコの間にはたくさんの共通点があり、チンパンジーとの共通点となるとそれよりはるかに多い。ここから、さまざまな問いを発することができる。まず、観察したり、予測したり、互いに関わり合ったり、意思を疎通したり、苦しんだり、愛したりする力——これらの能力や特徴は多くの哺乳類とわたしたちに共通している——はどのような性質のものなのか、という問い。第二に、はじめの問いほど面白くなさそうだが、わたしたちの経験と親戚筋にあたる哺乳類の経験は違うのか、違うとしたらどこが違うのか、という問いだ。ネコの脳がどのように機能するのかを突き止めることと、人間の脳の機能の仕方とネコの脳の機能の仕方がどう異なるのかを理解することとはまったくの別ものだ。いつもながら、自分自身を理解したいのなら、他のものと比べるのがいちばんなのだ。

ところが、哺乳類の脳や振る舞いは人間の脳や振る舞いに似すぎている。かといって生物学上の関係が離れすぎると、比較に欠かせない何かが失われる。アメーバの機能を深く理解できたとしても、自分たちに関して多くがわかったとは思えないだろう。理想をいえば、地球外の種を調べたい。他の星から地球にやってきた、わたしたち自身の意識と似た要素があるがその構造は異なっているような種を研究したい。たぶんそうすれば、わたしたちが意識と呼ぶものの何が本質的で、何が付け足しなのかがわかるはずだ。

しかし少なくとも今のところは、そのような異星人は映画館の大きなスクリーンの上にしか現れず、しかもそれらの生き物は、貧困な想像力で作られた人間の模倣品になりがちだ。なにしろじつに奇妙なことに、彼らの価値観はわたしたちの文明がたまたま現在問題にしている価値観とまったく同じだったりするのだから。実のところ、わたしたちの立場はいささか孤独だ。自分自身にもっとも近い親戚を別にすると、意識や知性を比較する相手がまったくいない。というわけで、タコの出番となる。

　タコは、わたしたちのきわめて遠い親戚だ。わたしたちとネコの場合は、それほど世代を遡らなくても共通の祖先に行き着くが、タコの場合は、何億年も遡らないと共通の祖先にたどり着かない。何億年も前に枝分かれしてからずっと、両者の違いは劇的に広がり、タコは、人間のような意識や知性の徴（しるし）がほとんど見られない広大な動物界に属するようになった。そこではタコは例外で、きわめて豊かで複雑な神経系を持ち、哺乳類に匹敵する数のニューロンを有している。進化の上では、わたしたち人間と遠く隔たって、別個に進化してきたにもかかわらず。どうやら自然は、少なくとも二度知性を作ろうと試みたらしい。一度は生物一族のわたしたち人間がいる枝全体で、もう一度はタコだけを対象として。ようするに、タコこそがわたしたちの探していた地球外生命体――まったく独自の形で意識が生まれる可能性を探るための比較対象――なのだ。

　著者のピーター・ゴドフリー＝スミスは意識の本質を研究する哲学者であり、熱心なスキューバ・ダイバー、そして魅力的な著述家でもある。『タコの心身問題』は、この非凡な生き物の独創的な振る舞いを紹介した一般向けの啓蒙書であると同時に、意識の本質に関する説得力のある著作になっている。この本の主張によると、意識は存在するか否かの二つに一つではなく、さまざまな形、さまざまな程度で存在しているのであって、生き物と世界のさまざまな関係が取る一つの形態なのだ。

わたしたちが複雑な「タコ的（Octopoid）」知性に惹（ひ）かれるのは、単に自分たちの知性と似ているからではなく、むしろこの二つが異なっているからだ。タコの神経構造は、わたしたちの神経構造と違っている。脳には集中せず、腕を含む体全体に分散し、体表のすぐ下に広がっている。それは、複雑だがわたしたちとはまったく異質な知性なのだ。触腕（しょくわん）は体から切り離されても、複雑な情報処理能力を示し続ける。

タコは、体表の色や模様を玉虫のように瞬時に劇的に変えることができる。表皮の色は、分散したニューロンのきわめて豊かなネットワークによって制御されており、どうやら色を変えることで、ある種の意思疎通が行われているらしい。わたしにとって、自分がネコだったらどんな感じなのかは、わりと容易に想像できる。夏の暑い昼下がりに日向（ひなた）でのびをしているネコを見れば、すぐに感情移入できる。だが、タコであるということは――脳が体中に広がって、それぞれの腕が別々にものを考えられるということは――いったいどんな感じなのだろう。

果てしなく広がるこれらの銀河のなかで、自然はありとあらゆる姿、形を作り出す可能性がある。わたしたちは、数多あるそれらの例の一つでしかない。この天空の広大な広がりのなかに、あと幾つくらい複雑な形をしたもの――わたしたちと似たところもあれば違うところもあるもの――が存在するのか、それは誰にもわからない。ひょっとするとこの海を、そのような生き物が泳いでいるのかもしれない。そしてわたしの友人が恐怖に大きく目を見開いた小さなタコと遭遇して動揺したのも、じつは異なる種類の……意識同士の遭遇によって散った火花だったのかもしれない。

［二〇一七年九月二九日］

キップと重力波

事の始まりは第一次世界大戦下の一九一五年、その頃すでに当代一の物理学者の一人とされていたアルベルト・アインシュタインが、わたしたちを取り囲んでいる空間は硬質ゴムのように変形可能である、とする奇妙な理論の方程式を発表したときのことだった。

アインシュタインはすぐに続けて、空間もバイオリンの弦や鉄の棒のように震える可能性があって「波」を伝え得る、と指摘した。ところがその論文が発表された直後に考えを変えて、そんな波は存在しない、とする論文をまとめた。それからまたしても考えを変えて、うん、結局のところ波は存在するはずだ、という論文をまとめた。

その後何十年もの間、物理学者たちは重力波が実際に存在するか否かを議論し続けた。リチャード・ファインマンは、存在するという考えを買っていたが、他の人々は異議を唱えた。空間が震えるのなら、自分たちも一緒に震えているはずだ。でも、そんな気配はどこにもない……。

この問題にようやくけりがついたのは、六〇年代のことだった。アインシュタインの問いかけから四十年、オーストリア出身で英国人の理論物理学者ヘルマン・ボンディが、理屈のうえでは小さなフライパンに入れた水を重力波で沸かせる、ということを示してみせたのだ。ついに、誰もが納得した。一般相対性理論によれば、空間も、電磁波のような振動を伝えることができるはずなのだ。風が吹くと湖面に波が立つように、空間にもさざ波が立つ。

波が立つとわかってしまえば、今度は星間空間を進むこれらの波を実際に観測できるかどうかが問題になる。アメリカの物理学者ジョセフ・ウェーバーは、宇宙からやってきた波を受けて振動するはずだ、と考えて、巨大な金属の円柱〔ウェーバー・バーと呼ばれる装置〕を作った。そして、まさにそのような振動を目撃した、と確信したが、誰も納得させられなかったために、次第に怒りっぽくなって孤立した。だが、今ではウェーバーの路線を引き継いだ研究が行われている。

イタリアは、重力波検出の研究の第一線に立っている。この研究は重要であり実行可能だ、と感じた物理学における偉大なローマ学派の父エドアルド・アマルディは、この捉えにくい波を捉えるために自国での研究路線を推し進めた。イタリアではそのためのアンテナの原型がいくつか――まずはフラスカーティで、それからパドヴァ近郊のレニャーロで――作られた。ウェーバーの大きな金属の円柱という着想を突き詰めると同時に、他の着想も探ることにした。

わたしがまだ若かった――野心に燃える物理学科の学生だった――頃、トレントの物理学教室でマッシモ・チェルドニオとステファノ・ヴィターレに、内部に超伝導リングが入っている箱の振動する様子を見せられたときのことを、今もはっきり覚えている。それは、ウェーバーとは異なるタイプの重力波を捉えるためのアンテナの原型だった。マッシモ・チェルドニオはやがてレニャーロでアンテナを建造し、ステファノ・ヴィターレは今や未来に向けたもっとも壮大な重力アンテナの国際プロジェクト――太陽軌道に投入された衛星で構成された複合アンテナ、LISAのプロジェクト――を率いている。

だが最終的に、重力波を検出する可能性がもっとも高いのは「干渉計」であることがわかった。互いに九十度をなす二本のレーザーを使って、直交する二つの「腕」の長さを比べる装置だ。重力波が通過すると、片方の腕が伸びてもう片方が縮み、その変化によって波が可視化される。

さまざまな国で次から次へと同じようなアンテナの原型を作るプロジェクトが始まった。ところが問題のアンテナの感度はきわめて高くなければならず、その時点で入手可能な技術ではとうてい実現できなかった。数キロメートル規模の装置における原子一個分よりはるかに短い長さの変化を計る必要があったのだ。わたしがアメリカの大学で教授職にあった九〇年代初頭のある日、その職場があるピッツバーグにリチャード・アイザクソンがやってきた。当時リチャードは、アメリカの科学研究に資金を割り振る機関、アメリカ国立科学財団における重力物理学関係の責任者だった。そして彼は、重力波に資金を投入すべきかどうか決めようとしていた。そのとき提案されていたのは、五年から十年のうちに重力波を検出することを目標に掲げたプロジェクトだった。小さなインド料理屋で二人で夕食を取っていると、彼はわたしに意見を求めてきた。その研究は信頼できるし、プロジェクトもじつに魅力的だ、と答えはしたものの、わたしは多くの人々と同じように、困ったなあ、と思っていた。重力波はひどく弱いから、探知できる技術が登場するまでにはかなり時間がかかりそうだった。そこでわたしはリチャードに、なぜそのくらいの時間でそのレベルに到達できると確信しているのかと尋ねてみた。答えは明快だった。キップ・

ソーンを信頼しているからね。キップは世界最高の相対性理論学者の一人で、カリフォルニア工科大学に所属している。ブラックホールや中性子星といった宇宙の驚異に関する世界的な権威なのだ。ブラックホールや中性子星ではきわめて暴力的な大惨事が起きて空間を揺らすから、その出来事のさざ波が地球まで届く可能性がある。

その数年後、わたしはインドの学会でキップと顔を合わせた。会議の後のディナーが終わって、ホテルに戻るバスで隣り合わせになったのだ。わたしはキップに、重力波は探知可能だとアイザクソンを納得させられるだけの自信がどこから来ていたのか尋ねてみた。キップはしばらく黙り込んでから、わたしの目をまっすぐ見ていった。二人の周りをインドの夜が通り過ぎていく。「きみは、少なくともやってみるべきだったとは思わないのかい?」。それでわたしは、それが科学にとっていかに大きな賭けだったのかを実感した。

その後キップはノーベル賞を受賞した。去年、重力波が検出された後で、わたしはキップにこのときの会話のことを話した。すると彼は即座にいった。ぼくのおかげなんかじゃない。ぼくはただ、レイナー・ワイスとバリー・バリッシュという途方もなく才能豊かな実験家を信頼しただけなんだから。

わたしとアイザクソンが夕食をともにしてから二十五年が経った。キップとのインドのバスの中での会話からでも二十年。あの賭けは厳しいものだった。何十人、何百人もの同僚の人生がかかっていた。そしてわたしたちは、その賭けに勝った。

［二〇一七年一〇月四日］

無は無である。ナーガールジュナ

自分の思考法に影響を及ぼし得る本には、めったにお目にかかれない。それが自分のまったく知らなかった本となると、ますます稀である。ところがわたしは、最近そういう本に出会った。決して無名な本ではない。それどころかじつに名高い本で、何代にもわたる研究者たちが何百年もかけて論じ、崇拝もされてきた。しかしわたしはその本の名前を聞いたことがなかったし、たぶん西洋の人々の多くは、わたし同様その存在を知りもしないと思う。著者の名前は、ナーガールジュナ〔日本では龍樹とも〕。

それは、千八百年前にインドで書かれた短く素っ気ない哲学書で、仏教哲学の古典的な参考文献になっている。題名は『ムーラマディヤマカ・カーリカー（*Mūlamadhyamakakārikā*）〔日本では『中論』と呼ばれている〕』というやたらと長いインドの言葉で、たとえば『中間の道の基本的な詩』といった訳があてられている。わたしが読んだのは哲学者のジェイ・ガーフィールドによる英訳で、素晴らしい注釈が付いており、本文を理解するうえでそれが大いに役立った。ガーフィールドは東洋思想に深い見識を持っているが、その哲学の基盤は英米の分析哲学にあり、この学派の特徴ともいうべき明晰かつ具体的なやり方で、ナーガールジュナの着想を西洋の哲学と関係付けながら紹介している。
わたしがこの本に出会ったのは、決して偶然ではなかった。さまざまな人々に、「ナーガールジュナを読みましたか」と問いかけられてきたのだ。量子力学をはじめとする物理学の基本的な側面について議論した後で、じつに頻繁に。わたし自身は、近代科学と古代東洋の思想を結びつける試みには我慢がならなかった。そのような試みは決まって不自然で、双方を無理矢理単純化しているように感じられたからだ。ところがつい最近またしても「ナーガールジュナを読みましたか」と尋ねられたことから、だったら読んでやろうじゃないか、と心を決めた。そして、信じられないような発見をすることになった。

ナーガールジュナの思索の元になっているのは、無そのものが存在する、という着想だ。あらゆるものは、別の何かに依存する形で、他のものとの関係においてのみ存在する。ナーガールジュナは、このように本質が欠けていることを、「空（śūnyatā）」という言葉で表している。事物は自律的な実体を持たないという意味で、「空」なのだ。事物は他のものがあるおかげで／他のものに照らして／他のものとの関係において／他のものから見て、存在するにすぎない。

わたしが曇り空を見上げると——ここではかなり基本的な例を見てみよう——龍と城が目に留まった。ではほんとうに、空に龍と城が存在しているのか。存在していないことは明らかだ。それらは、雲の外観とわたしの頭のなかの感情や思考が相まって立ち現れたものであって、それ自体に中身はなく、存在していない。ここまでは、簡単だ。ところがナーガールジュナはさらに、雲や空や、わたしたち人間の感情や考え、そしてそれらの考えが宿る頭自体も、じつは他のものと出会ったことで立ち現れたものでしかない、という。いずれもそれ自身は、空なのだ。あの星を見ているのは確かにわたしなのか。わたしは存在しているのか？　いいや、このわたしも例外ではない。だとしたら、誰が星を見ているのか。誰も見ていない、とナーガールジュナはいう。星を見るということもまた、全体の一部――自分自身が世間の慣習に従って「わたし」と呼んでいるこの相互関係の集まりの一部――なのだ。ナーガールジュナは「言葉が分節化しているものは存在しない。心の及ぶ領域は存在しない（XVIII,7）」とも述べている。理解すべき究極の謎めいた本質、つまりわたしたちの存在の真の本質は、存在しない。「わたし」というのは、互いに依存し合い、互いに繋がりあった膨大な現象の集まりでしかないのだ。

西洋が何百年にもわたって焦点を当ててきた主体は、こうして朝霧のごとく消え去る。

哲学や科学の多くがそうであるように、ナーガールジュナも二つの階層を区別する。一方には見せかけの従来の現実――それは幻であったり、視点によって変わったりする――があり、もう一方には究極の現実がある。ところが彼はさらにその区別を驚くべき方向に向けていく。究極の現実、すなわち本質は不在であって空である、という方向に。本質は、存在しない。

どの形而上学的体系も、根源的な実体――他のすべてのものの拠り所となる本質――を追い求める。あらゆるものの出発点は、物質かもしれず、神、精神、プラトンのいう形相、主体、意識が生じる最初の瞬間、エネルギー、経験、言語、聖書の解釈によって定まる領域、あるいはほかの何かなのかもしれない。ところがナーガールジュナは、そのような究極の実体は……存在しないという。

西洋哲学にも、大なり小なりこれに似た考え方があって、ヘラクレイトス〔万物は流転すると主張した古代ギリシャの哲学者〕から今日の「関係の形而上学」へと至っている。しかしナーガールジュナが示しているのは、それよりはるかに根源的で関係論的な展望だ。この世界の紛らわしさ――すなわちその輪廻転生(saṃsāra)――は仏教における普遍的なテーマであり、それを完全に認識することで涅槃(nirvāṇa)――すなわち解放と至福――に至る。ところがナーガールジュナにいわせると、輪廻転生と涅槃(nirvāṇa)は同じなのだ。どちらも空であり、存在しない。

では、空が唯一の実体なのか。これが究極の現実なのだろうか。いいや、違う、とナーガールジュナはいう。いかなる視点も、他の視点無しには存在し得ない。それは決して「究極の」実体ではなく、ナーガールジュナ自身の視点についても、同じことがいえる。空もまた、本質が欠落した形のうえのものなのだ。かくしていかなる形而上学も生き残れなくなる。空は空。

ナーガールジュナを要約しようとするこのぎこちない試みを、どうか額面通りに取らないでいただきたい。わたしがナーガールジュナを把握し切れていないことは、確かなのだから。それでもこの視点はわたしにとってびっくりするほど有効で、今もそのことを考え続けている。

なぜなら第一に、この視点のおかげで、量子力学を理路整然と考察するという試みに形を与えることができたからだ。量子力学ではなんとも不思議なことに、対象物は互いに影響を及ぼしたときにのみ存在するらしい。ナーガールジュナは明らかに量子のことなど知らなかったが、それでもその哲学からは、近代のこれらの発見を整理するうえで有効なツールが得られる。量子力学は、素朴な現実主義では説明できず、ましてやどんな理想主義を持ってしても歯が立たない。では、どのように理解するべきなのか。ナーガールジュナは、一つの有力なモデルを示している。自律した本質がなくても、相互依存を考えることは可能なのだ。じつは、真の相互依存を考えるには——これがナーガールジュナの鍵となる主張なのだが——自律的な本質を完全に忘れ去る必要がある。

量子物理学に限らず、近代物理学には関係論的な概念が蝟集している。物体の速度は単体では存在せず、別の物体との関係においてのみ存在する。場自体は電気的でも磁気的でもなく、別の物体との関係においてのみ電気的になったり磁気的になったりする、といった具合に。物理学では長い間「究極の実体」を追い求める旅が続いてきたが、場の量子論や一般相対性理論の関係の複雑さという暗礁（あんしょう）に乗り上げた……ひょっとすると古代インドの一思索家が、これらの浅瀬から離れてさらにもう少し先に進むための概念ツールをわたしたちに提供してくれるかもしれない。わたしたちは常に他者から——つまり自分たちとは異なる者から——学ぶ。そして東洋と西洋の間には、何千年にもわたって絶え間なく対話を続けてきたにもかかわらず、まだ互いに語るべきものがある。あらゆる最良の結婚が、そうであるように……。

だがナーガールジュナの思想には、近代物理学の問題の解決に留まらない、遥かに大きな魅力がある。その着想は、古典・近代取り混ぜて、多くの西洋哲学の最良の部分と響き合っているように思われる。それでいて、多くの哲学が陥る、結局は不十分であることが明らかになる仮説を立てるという罠には嵌（は）まっていない。現実とその複雑さについて語りながらも、その基礎を見つけたいという欲、概念上の罠とは一線を画している。その言葉は、今日の反基礎付け主義〔知識の基礎に

〔確実な基盤があるという考えに反対する主張〕に近い。大仰な形而上学ではなく、シンプルな中庸だ。そしてそれは、心底人を励ましてくれる倫理的な姿勢を育む。自分たちが存在しないということを理解すれば、愛情や苦しみから解放されるかもしれない。人生が永遠でないからこそ、あらゆる意味で絶対的でないからこそ、人生には意味がある。

　これが、ガーフィールドのフィルターを通したナーガールジュナの考えだ。ナーガールジュナの著作には、ほかにもさまざまな解釈が施されている。結局のところ何百年にもわたって論じられてきたわけで、読みが多岐にわたるということは、その著作の弱点ではない。むしろ逆に、この驚くべき古代の文書がいかに生命力に溢れた雄弁なものであるのかを示す証拠なのだ。わたしたちは、二千年近く前にインドの仏教学派の祖師が考えていたこと自体に関心があるわけではない。それはいわば彼の問題であって、わたしたちの関心はむしろ、彼が記した言葉の行間から放たれている思考の強靭（きょうじん）さにある。さらに、その文書の一行一行がわたしたちの文明や知識とどのように作用し合うのか、新たな考えが占めるべき空間を開け得るのかが知りたい。なぜなら文化とは、そういうものだから。文化とは絶えざる対話であり、経験や知識や、何より交流を通して、絶えずわたしたちを豊かにしてくれるものなのだ。

〔二〇一七年一二月八日〕

第五部

政治への四つの問い

もうじきイタリアで、総選挙のための選挙運動が始まる。わたしは、自分がもっとも深刻だと考える四つの問題についての主張がもっとも信頼できそうな党に、一票を投じたい。

第一に、争いが蔓延（まんえん）しているという事実。その結果、ひどい苦しみが生まれ、難民が生じ、世界は不安定になっている。第二に、気候変動をはじめとする環境や医療上の緊急事態。これによって、ヒトという種全体の未来が危険にさらされている。第三に現在進行中の、止（とど）まる所を知らない経済的不平等の拡張と、衝突を引き起こしかねない倫理にもとる富の集中。そして第四に、膨大な数の核兵器が存在するという事実だ。これらの武器は現実の恐ろしいリスクを象徴しており、近年のその使用をほのめかすさまざまな威嚇（いかく）によって、リスクはさらに高まっている。

この四つは、わたしたち全員にとって深刻なリスクだと思われる。それらを解決できるのは政治だけだが、市民であるわたしたちがこれらの問題に取り組もうとしている政治勢力に報いなければ、政治は動かない。

外交において、イタリアは世界の主要工業国の一つであって、英国がヨーロッパ連合（EU）を離脱したために、ＥＵの三大主要加盟国のうちの一つになった。常に、西洋のほかの国々の後についていく必要はないのだ。自国の存在感を打ち出し、自ら声を挙げてそれぞれの問題に関する自身の価値観を伝え、具体的な提案をすることができる。反戦の立場を明確にし、世界中に配備している多くの部隊を撤退させて、国連の配下に置くことができる。

国内でも、これらの問題のそれぞれに対して、真剣な選択――今行っているのとは異なる選択――をすることができる。たとえば、現時点では、武器の主要輸出国として虐殺に加担しているが、それをやめることができる。イエメンでは日々無辜（むこ）な家族が、サルディニアで作られた爆弾で皆殺しにされているのだ。

イタリアは、先端技術を使って炭素排出を減らし、ほかの先見の明がある国々のように、環境に優しい政治目標を推進することができる。

自国の構造に見られる社会的な不均衡を、もっとも直接的で伝統的なやり方――すなわち富があるところに税金をかけること――で無くすよう努めることができる。富の再分配は国家の主要な機能であって、現在進行しているさらなる富の集中は、極端であり危険だ。

イタリアは正当な自負を持って、自国領内に現存する他国のすべての核兵器を撤去させることができる。その権利があるし、それはイタリア自身への、そして他国への倫理的な義務でもある。

この四つは、妄想などではなく主要な目標なのだ。人類はこれまでにも繰り返し、戦争の勃発を防ぎ、抑え込むことに成功してきた。環境を守る方法についての合意に至ってきたし、病的に肥大した社会の不平等を正してきたし、核兵器を減らす方法を見つけてきた。今それができないという理由は、どこにもない。

だがそれには、わたしたち一人一人の参加（アンガージュマン）が必要だ。もっとも単純な形の参加、それが、これらの目標を実行しようとする政党に一票を投じることなのだ。

各目標の実行には、必然的に政治的代償が伴う。なぜならそれらをよしとしない人々がいるからだ。わたし自身は、これら四つの目標を実行する、と約束した政党に票を投じたい。

わたしたち全員にとっての未来が良いものとなり、最悪の危険を回避できるとしたら、それは、共通の利益が個人の利益を凌駕（りょうが）して、協力が衝突に勝ったときだ、とわたしは信じる。議論が腕力に勝り、他者との対話が他者への恐怖を凌（しの）いだとき、そのときに限って未来は明るい。これは、わたしたちのこの国でも、世界のどこでもいえることだ。そのような言葉を語る政党が現れるのを、わたしは待っている。

［二〇一八年一月二日］

呆れ返った話

この夏、ロンドンの文化産業界の上澄みに属する「堅苦しくてまじめな」人々――大手新聞社の文化担当、博物館長、出版関係者など――が集うディナーで、最新の著作である、『時間は存在しない』を紹介することになった。するとその場で、そもそも好奇心に火がついてこの本で述べたことを調べようと思ったのはいつ頃だったのか、という質問が出た。そこでわたしはちょっと躊躇(ためら)ってから、事実を話すことにした。まだ十代の頃に、LSDを使ったときのことを。これはちょっと際どいかもしれないな、と思ったのは、この話題が今もタブー扱いされているからだ。ところが返ってきた反応は意外なものだった。ディナーの最中に、彼らが一人また一人とニコニコしながらそばに寄って来て、嬉しそうに語ったのだ……自分たちが四十年前に経験したサイケデリックな旅のことを。

こんなことを思い出したのは、アニェーゼ・コディニョーラ〔イタリアの科学ジャーナリスト。薬学博士〕のすぐれた著書『LSD――アルバート・ホフマンからスティーブ・ジョブズまで、ティモシー・リアリーからロビン・カーハート＝ハリスまで、呆れ返った物質の物語（*The Story of a Stupefying Substance*）』を読んだからだ。この表題には、じつは洒落が潜んでいる。というのも、"Stupefying"には「呆れ返った」という意味だけでなく「幻覚剤の」という意味があるからだ。そして標題の四人の名前には、幻覚物質の最近の歴史が要約されている。アルバート・ホフマンはスイスの化学者で、初めてLSDを合成し、その効果を自ら試してみた。二〇〇七年には世界的なコンサルタント会社の委員会が、彼の名前をインターネットの発明者とともに「存命の天才」の一覧のトップに載せている。ティモシー・リアリーはハーバード大学の心理学者で、「人間の精神の拡張」を目的とする幻覚剤の使用を奨励したことから、六〇年代のカウンターカルチャーでもっとも注目され、もっとも議論を呼ぶ人物になった。さらにスティーヴ・ジョブズは、今や地球上でもっとも裕福な企業であるアップルの創業者であり、幻覚剤がシリコンバレーのハイテクの世界に与えた強い影響を体現している。ジョブズは、「LSDの使用は深い経験であり、わたしの人生におけるもっとも重要なことの一つだった」と述べているが、これはわたし自身についてもいえることだ。最後にロビン・カーハート＝ハリスは、インペリアル・カレッジ・ロンドンに所属するイギリスの若き神経科学者で、最近になって幻覚剤が脳に及ぼす影響に関する重要な結果を得た。そこから幻覚剤を治療に使えるのではないかということになって、さらに波紋が広がり、この奇妙な物質に対する科学界の関心が再び掻き立てられているのだ。

この四人の人物は、LSDを含むあるかなり特殊なタイプのドラッグ——生き生きした強烈な視覚的幻覚を引き起こすことから、幻覚剤もしくは幻覚誘発剤と呼ばれているもの——の年代記のそれぞれ別の様相を代表している。このタイプの薬物としては、メスカリンやシロシビン

〔マジックマッシュルームと称されるキノコに含まれる成分で、治療への使用に向けた臨床試験が進んでいる〕、さらにはキノコやサボテンに含まれる類似の物質――さまざまな伝統文化の宗教儀式で用いられてきた物質――がある。

アニェーゼ・コディニョーラのこの著作は、ＬＳＤがわたしたちの文化に及ぼした衝撃の跡を辿っている。五〇年代には、セレブたちがこのドラッグをもてはやした。俳優のケーリー・グラントがＬＳＤの使用に熱心だったことは今もよく知られており、この王道を行くハンサムな俳優によると、ＬＳＤのおかげで鬱が治ったという。イタリアでは、誰あろうアメリカの大使クレア・ブース・ルースによってＬＳＤが熱烈に宣伝された。わたし自身は十代のときに、息子が「薬中毒」になっているのではないかと心配した両親にヴェローナの精神科医に連れていかれて、薬のせいでわたしの「気が触れて」いないかどうか診察を受けさせられたことがあるのだが、その優秀な医者は開口一番、自分も「ＬＳＤをやってみたことがある」といった。チェコの精神科医スタニスラフ・グロフが、幻覚物質は「精神医学にとって、生物学における顕微鏡、天文学における望遠鏡のようなものになり得る」と記す時代だったのだ。やがて七〇年代初頭にアメリカの若者文化に広く幻覚剤の使用が浸透すると、これに対する極端な警戒反応が起きた。そしてすぐに幻覚剤は、至る所で違法になった。ティモシー・リアリーは三〇年の禁固刑を食らい、これらの物質を科学的に研究することは、世界中で完全に阻止された。

五〇年後の今日、わたしたちは再びこの問題について語り始めている。そして科学界も、これらの薬物を完全に禁止したのはやり過ぎだったと認めている。慎重に、適切な環境で用いられるのであれば、悪い影響は知られておらず、依存性もない。

慎重でなければならないのは、幻覚剤の経験がきわめて強烈だからだ。ＬＳＤによって生じる負の影響は、これらの物質が精神的な問題を抱えた人々によって不適切な状況の下で使われたことと関係があるとされている。アメリカでドラッグの使用と健康に関する全国調査の一環として行われた大規模なアンケートでは、幻覚効果があるドラッグを使用した人々と使用していない人々の精神の健康を比べてみても、精神的な問題はいっさい増加していなかったという。

残念なことに、今なおこれらの物質の危険性なるものに関する人騒がせな風評が流布している。たとえば、ＬＳＤの摂取後に自殺した、という話をよく聞くが、この種の物質を使ったからといって自殺の割合が増えるわけでないことは、信頼できる研究で明らかになっている。単一の自殺の事例だけに基づく推理で結論を導くのは――今でも広く、残念ながら責任ある地位についている人ですら行っていることだが――自殺者のコートのポケットからあの高級紙が見つかったのだから、あの新聞は危険なんだ、と結論するようなものだ。

シロシビンを使ったことがあるアメリカ人は約二千三百万人いると推定されているが、シロシビンの使用が依存症や害を引き起こすという証拠はいっさい見つかっていない。最近「ランセット」誌に掲載された、化学物質の摂取が個人および社会に及ぼす危険に関する研究では、ＬＳＤの格付けはきわめて低く、定期的に医療で使われたり広く摂取されたりしているアルコールやたばこや大麻などの物質よりさらに低いランクになっている。ＬＳＤより危険度が高いとされるこれらの物質は、厳格に禁じられているわけではなく、ましてや科学研究への使用もまったく問題ないのだが……。幻覚剤をさまざまな問題――鬱病から、ほんとうに危険なヘロインなどのドラッグ中毒まで——の治療に使える可能性が出てきたからには、今こそタブーを解いて、少なくとも今より自由な科学研究を許すべきだ、という声がさまざまな方面から上がっている。

ロビン・カーハート＝ハリスは、近年この禁止薬物の研究許可を取り付けることに成功した数少ない人物の一人である。そして二〇一六年に、ｆＭＲＩ（脳の活性を画像で記録する技術）を用いてＬＳＤの影響下にある被験者の脳を観察し、その結果を発表して一大センセーションを巻き起こした。脳内に、爆発的活性が見て取れたのだ。どうやらＬＳＤに類する物質は、脳のニューロン同士の化学的な結びつきに働きかけて、新たなリンクのスイッチを入れるらしい。ただしそのようなリンクの多く——すべてではない——は一時的なものだ。その論文では、この現象の残余効果を用いて大脳の構造を再構成することができれば、治療効果の基盤になるかもしれない、という仮説が提示されている。どうやらこのような効果は少量の薬物——ときには一回の投与——でも現れるらしい。

意識に関して実際に何らかの事柄を説明できていると思われる仮説は決して多くないが、そのうちの一つに「統合情報理論」がある。神経科学者のジュリオ・トノーニが中心となって作ったこの理論によると、情報を処理するための構造がどれくらい統合されているかを表す量と意識の量との間には相関があるという。この観点からいうと、ロビン・カーハート＝ハリスが集めたデータは、七〇年代の幻覚剤イデオロギーと奇妙に共鳴する「高められた意識」の有効状態を示しているように見える。

これらの薬物が引き起こす精神の遍歴としての「トリップ」の圧倒的な記述としては、ナイジェル・レスモア＝ゴードンの小説『人生なんてただの……ケンブリッジ、一九六二年』（*Life is Just…: Cambridge 1962*）があり、そこではあの文化における革命の夜明けの雰囲気が上手に語られている。だが、幻覚剤使用経験のもっとも文学的で忘れがたい記述といえば、オルダス・ハクスリーの小説『島』にある古典的な描写だろう。この小説には幻覚作用があるモクシャというドラッグが登場し、それが、作者にとってのユートピアであるその島の優しく平和で賢い文化の中心になっている。

あふれんばかりの強烈な幻覚剤体験のあいだに起きることは、しばしば「自我（エゴ）が解けていく」とか「『自分』という感覚がなくなる」といった言い回しで表現される。幻覚剤による「トリップ」は八時間から十時間続くことがあり、スティーブ・ジョブズをはじめとする多くの人々がこの経験を振り返り、それによって人生が変わった、と述べている。幻覚作用がある物質を宗教的な儀式に使う伝統がある文化では、そして六〇年代から七〇年代の多くの若者にとっても、その経験は神秘主義的で宗教的な意味を持っていた。「インディペンデント」紙に載ったカーハート＝ハリスのインタビューによると、なぜ人々が幻覚物質におびえるのかというと、「それによって精神のいくつかの側面が露わになるからで、人々は自分自身の精神を恐れている。人間のありようを恐れているんだ」という。思うにその恐れは、むしろ無知と偏見に由来するものではあるまいか。

はるか昔のあの幾晩かの不思議な経験がわたしに何を残したのか、一言にまとめてくれといわれたら、たぶんわたしは次のようにいうだろう。自分が日々知覚しているのとはまったく別の形の現実を長時間経験したおかげで、これは現実、これは幻覚、といった自分たちの精神による類別が単なる思い込みで、自分の脳はもっと柔軟に、もっと深い内面世界を経験することができるということを冷静に意識できるようになった、と。

この夏のロンドンでのディナーで、このような経験の記憶が存外多くの人々に通じるものだと知って、わたしは少しばかり驚いた。同世代のイギリス人の大多数が、いわゆる「トリップ（LSDによる幻覚状態）」を経験したことがあるのかどうか、わたしは知らない。それとも、そういう経験をした人々が、博物館のトップになったり、新聞の文化欄を編集するようになったのか……一つ確実にいえるのは、LSDがわたしの世代の一部に後々まで影響を及ぼしてきたということだ。ひょっとすると今、四〇年以上の沈黙を破って、そのことを語りはじめることができるのかもしれない。

［二〇一八年四月一六日］

編集部注：LSDは日本では一九七〇年から麻薬及び向精神薬取締法の対象となり、輸出・輸入・譲渡・譲受・所持・施用・使用は固く禁じられています。

牢獄の闇から射すサイケデリックな光

少し前〔正確には二〇一五年一二月〕にアメリカで、尋常ならざる本が刊行された。題名は『パラケルススのバラ(*The Rose of Paracelsus*)』。この六五〇ページの長大な作品は自伝とSFの中間に位置しており、教養溢れるきわめて洗練された、豊かで強烈な言葉で書かれている。著者のウィリアム・レオナード・ピカードは禅僧で、公共政策と化学の学位を持っている。アメリカでももっとも名高い二つの大学、プリンストンとハーバードで学び、世界中をさんざん旅してまわり、母校のハーバードで研究を行い、ドラッグの普及に関する重要な科学論文を書いた。一九九六年にはフェンタニルという鎮痛剤の恐ろしい大流行を予測し、合衆国ではその何十年か後に、実際にこの薬による多数の死者が出ている。さらにピカードは、政府や大学機関の責任ある地位に就いたこともある。その彼が十七年にわたって牢獄に入れられているのは、膨大な量の違法幻覚物質を作った咎(とが)で二つの終身刑に処せられたからだ。

『パラケルススのバラ』は、アメリカ一警備の厳しい牢獄のなかで、雑多な紙に鉛筆で書かれた。多くの人が略して「バラ」と呼ぶこの著書は、世界中に散らばる幻覚物質に敬意を払う人々の小さな共同体から、敬虔ともいえそうな賞賛と驚きを持って受け止められた。インターネットのあるウェブサイトには、さまざまなピカードのファンがこの本を一章ずつ音読したポッドキャストが継続的にアップされている。

「バラ」は、一人称の自伝の体裁を取っている。ピカードは読者に禅寺での生活を語り、ハーバードから入学許可の手紙が届いた日のことを語り、世界でいちばん著名な大学のキャンパス生活を綴(つづ)っていく。この物語は、風変わりで謎めいた「六人」と呼ばれる人々と語り手との関係の展開を核としており、この「六人」は架空の幻覚物質を製造する国際的な違法組織を運営している。

「六人」はじつに多彩でそれぞれに非凡だが、スピリチュアルで政治的できわめて倫理的な動機を共有している。作品の中では誰もドラッグを摂取しないが、「六人」のうちの誰か一人がそばにいるだけで、明らかに幻覚的な兆候のある強烈な「現象」がしばしば起きる。これは、検察の幻想――それによって彼は断罪された――を思いっきり広げた物語なのだ。著者はそうやって大胆な鏡遊びを行いながら、一貫して自分は無実だと主張する。

この作品を読み始めてすぐに驚嘆したのが、そこで使われている言語だった。すでに絶滅した語彙をふんだんに用いたその英語にはエリザベス王朝風の古風なリズムがあり、現実が誇張され、強烈さと深さが絶えず絡み合って互いを高めている。その言語を追うだけでもたいへんで、時には途方に暮れることもあるが、それでもその魅力が失せることはない。繊細さと配慮に満ちたこの作品には、序文で著者が記しているように、陳腐さがみじんもない。

だがこの作品からは、次第にもっと深いものが立ち現れてくる。それは愛と共感に満ちた眼差しで、その眼差しは幾層にも重なった複雑な現実を抱き、裂け目を入れ、見たこともない展望をもたらす。この本からは、大げさな誇張や反復や、時にはピカードの執筆の疲れが感じられるが、無数の白紙の上を滑っていく鉛筆を決して離すまいとする著者の姿を思うと、それらの弱点らしきものまでが相まって、さらに深い印象――知恵の、優しさの、人間の内側にある無限の明るい空間を指し示す一本の指のイメージ――を残す。彼の眼差しは、万華鏡のように入り組んだ現実へ、その明るい神々しさや、心打たれる美しさへと向けられているのだ。

レオナード・ピカードがその製造に対する罰として十七年間牢獄に留め置かれることになった違法幻覚物質が、じつはもっとも危険性が少なく常習性もない物質であることは、すでに科学によって明らかにされている。二〇一〇年に格式高い「ランセット」誌に発表された大規模な研究報告によると、そのリスクはたとえばアルコールやマリファナやたばこよりもはるかに小さい。つまりピカードは、確かに法律を破ったのだろうが、じつは誰にも危害を加えておらず、それなのに牢獄に留め置かれているのだ。

二〇世紀の中頃に若者たちがこの物質に熱狂すると、当時の社会は恐怖に陥った。そして社会は、それを作り、使うことだけでなく、最終的に研究することも禁じた。今では状況は変わりつつあって、いくつかの国では、少なくともこれらの幻覚物質を科学的に研究することが許されている。たとえばアメリカのジョンズ・ホプキンス大学は、幻覚剤に関する研究センターを開設した。一七〇〇万ドルの資金を元に、これらの物質にどのような利点があり得るか、研究しようというのである。人類はこれらの物質を、何百年も前から知っていた。これらの物質は多くの文化——特にメキシコや南米——で宗教的な経験の重要な、時には中心的な役割を果たしてきた。

コカによって引き起こされるきわめて強烈な経験は、一部の人々の奥深い内面に触れ、多くの人々が貴い贈り物と感じる何かを残す。世界へのそれまでとは異なる眼差し、優しさと愛に満ちた眼差しが残るのだ。美しい現実にはじめて目を開かれたような、自然をはじめてしげしげと眺めたような感じが……。『バラ』は、このようなビジョンに捧げられた、思慮に富むバラード——偉大な魂、甘く優しく共感と愛に満ちた偉大な魂が、コンクリートと鉄でできた二メートル×三メートルの独房の暗い底で、二十年近くも友人や愛する人に会えぬまま紡いだ歌——なのだ。

［イタリア語版のみ、二〇二〇年一月一九日］

ありがとう、スティーヴン

$$T = \frac{\hbar c^3}{8\pi G k M}$$

スティーヴン・ホーキングは、もはやこの世にいない。死はわたしたちから、あの茶目っ気のある微笑みと若々しい不遜さを奪っていった。彼が年を取っても、病を得ても、失うことのなかったものを。しかもその病というのがよりにもよって……〔ホーキングは学生時代に筋萎縮性側索硬化症を発症し、七六歳で死去した。〕。

彼がこの世を去ってから、まだたったの三か月。それでもわたしたちはすでに、一報を受けたときの反応を超えて、冷静に自問することができるはずだ。彼が――物理においても、それ以外でも――いったい何を残したのか、と。ここでわたしはちょっと背伸びをして、その答えを出したいと思う。彼への友情と、大きな敬愛の気持ちを込めて。

スティーヴンはなによりもまず、ずば抜けて優秀な一流の物理学者で、あの世代の最高の一人だった。百年に一度のもっとも偉大な科学者、だったわけではない。時には大げさに、新たなアインシュタインとか新しいニュートンと呼ばれることもあって、当人もそのような誇張をためらうことなく茶目っ気たっぷりに煽っていたのだが。そこでまず、彼の科学におけるもっとも重要な業績から始めよう。

彼の名前と永遠に結びつけられるであろう大きな発見としては、ブラックホールがまるで熱があるかのように振る舞うことの証明がある。ブラックホールは、ストーブのように熱を輻射しているのだ。彼がこのような結論に達したのは一九七四年のことで、それには一般相対性理論と素粒子論を巧みに混ぜ合わせた複雑で際どい計算が必要だった。計算によって得られた温度は、今では「ホーキング温度」と呼ばれていて、ブラックホールの大きさによって変わってくる。ブラックホールが大きければ大きいほど、温度は低くなる。したがって、熱いブラックホールは小さい。一九七〇年代当時、この結果は大きな驚きをもって迎えられ、弱冠三〇歳だったスティーヴンは理論物理学者の世界で名を知られるようになった。それまでは誰一人として——スティーヴン本人ですら、計算が終わるまでは——ブラックホールに温度があると思っていなかった。

ブラックホールが放射する熱は、今日「ホーキング輻射」と呼ばれている。未だかつて一度も観察されたことはなく、きわめて微弱な熱だから、今後もしばらくは観察するのは困難だろう。だがそのような熱が存在するという結論はさまざまな方法で得られており、ほとんどの科学者が、存在し得ると認めている。

なぜ「ホーキング輻射」が重要なのか。それは、この現象には時空の構造と量子力学がともに関係しているからだ。そのためこの現象は、現代物理学のある大きな未解決問題——「量子重力」理論、すなわち時間と空間のあらゆる「量子的」側面を記述する理論を見つけるという問題――を巡る重要な指標になっている。そんなわけで、実際にホーキングの結果を使い、さらにそれを展開しようとする研究がたくさん行われているのだ。たとえばわたしが属する研究グループでは、量子重力理論の候補と目される説を用いて、ホーキング輻射によって熱が完全に尽きた後、のブラックホールがどうなるかを計算しようとしている。

ホーキングが得た結果は、一本の美しい方程式にまとめられている。その式を使うと、ブラックホールの質量Mの関数としてある温度が得られる。冒頭にあげたのがそれで、$T = \hbar c^3/8\pi GkM$. というごく単純なものだ。

この式が美しいのは簡潔だから、ともいえるが、それより何より、物理学の基本となる四本の柱が組み合わさっている点がじつに見事だ。熱力学の基礎であるボルツマン定数kと、相対性理論を特徴付ける光の速度 cと、重力を特徴付ける――ということは時空の構造を特徴付ける――ニュートンの定数Gと、量子力学の基礎となっているプランク定数$\hbar$が組み合わさっている。わたしたちの物理学の基本的な柱をここまで優美な形で一つにまとめた式は、ほかにない。スティーヴンが自分の墓石にこの式を彫り込んでほしいといったのも宜(むべ)なるかな。

彼が得たそれほど有名ではない結果のなかにも、特に有意義なものが二つある。スティーヴンは、若い頃にイギリスの偉大な数学者ロジャー・ペンローズと力を合わせて、アインシュタインの理論によれば宇宙は「ビッグバン」で生まれたはずだ、ということを示してみせた。ビッグバンとは、もはや相対性理論が機能しない特異点のことだ。それまでは、宇宙が完全に均質だと仮定しなければ――この仮定はあまり現実的でない――この結論を得ることができなかった。ところがペンローズとホーキングの定理によると、そのような単純化は必ずしも必要でない。ということは、ビッグバンは大いにありうることなのだ。

八〇年代に入ると、スティーヴンは再びビッグバンの問題に立ち返り、量子理論を用いて宇宙の誕生をうまく記述する方法を探り始めた。そして、量子重力の直観的で魅力的なモデルを構築し、そのモデルを宇宙の始まりに適用した。そのモデルは今も、量子重力の研究に刺激を与えている。

これらの成果は、じつは一本の糸で繋がっている。スティーヴンは若い頃、アインシュタインの偉大な理論に夢中だった。その理論は当時物理学にはほとんど応用されておらず、あるのは数学的な研究ばかりだった。ブラックホールやビッグ・バンなどの物理学におけるもっとも華々しい予測は、あいかわらず信用ならない珍奇なものとされていた。一方ペンローズは、十分な量の物質が凝縮されれば必ずブラックホールが形成されることをすでに示し、これらの予測を後押ししていた。そこでスティーヴンは、ペンローズの手法を使って宇宙の始まりを調べてみたらどうかと考えた。宇宙の誕生は、じつは時間を逆回しにしたブラックホールの崩壊のようなものなのかもしれない。

スティーヴンは、原初の宇宙やブラックホールの内側ではアインシュタインの一般相対性理論だけでは不足があることを明確にしたうえで、それなら量子現象を考慮してみたら？　と考えはじめた。こうして、ホーキング輻射にたどり着いたのだ。そしてその後は、宇宙の始まりを量子の視点から見直すために、とことん量子力学を使おうとした。今挙げた問題は、未だにどれも解決されていない。だがこれらの問題を論じるときには、今でもしばしばホーキングの名前やその着想のうちの一つが引き合いに出される。

このようなまとめでは、とうてい理論面でのホーキングの活動を語り尽くしたとはいえないが、彼が物理学に残したものに関する基本的な感触だけでも伝えられたら本望だ。

けれども、彼の真の偉大さはそれとは別の所にある、とわたしは思っている。

ほんとうに偉大なのは彼の人間性であり、人格なのだ。スティーヴンは車椅子に縛り付けられて、じょじょに体全体の筋肉のコントロールを失っていった。ストックホルムで最後に会ったときは、かろうじて目を動かせるくらいだった。その目を動かして、自分の意思を伝える。電子装置の小さなカメラに目の動きを読み取らせ、それに基づいてコンピュータを操り、苦労しながら一つずつ文字を並べて作った単語を、音声合成器が発声する。このひどく緩慢で消耗の激しい手順をこなす彼を見ているのは、ほんとうに辛かった。

それでも、合成されたその声は世界中に届いた。あのいかにも金属的な音声を、スティーヴンはとにもかくにも自身の輝く知性と皮肉を伝えるほぼ自然な手段——つまり自分自身の声——にしおおせた。しかも彼は、決して心を失わなかった。体の状態が悪化し続けているにもかかわらず、質の高い物理を生み出していった。ほぼ無理と思える状況下で本をまとめ、見事に大成功を収めた。その著書は、刊行以来三十年の間に一千万部以上を売り上げて、今も読まれている。彼はその本を通して世界中の若者に語りかけ、あっといわせ、宇宙の研究へと駆り立てた。

身体にあのようなハンディキャップを負ったのはひどく不運なことだったが、それでもスティーヴンは、少なからぬ幸運に恵まれていた。めったにない知性に恵まれ、英国知識階級の素晴らしい一家に生まれて、第一級の教育を受けた。病の進行もまた、当初の厳しい予想からするとずいぶん遅かった。科学者としての価値と、後にはその名声のおかげで、同じような状況にある人々にとっての見果てぬ夢を実現できた。だがそれらすべてを考慮したとしても、スティーヴンはこの世界に、並ぶもののない若々しい精神からくる生意気な雰囲気とともに、人間性に関する素晴らしい教訓を残してくれた。人生への愛と、知性と、あくなき好奇心を巡る教訓を。

ストックホルムで言葉を交わした――彼との意思疎通はひどく困難で、痛ましかった――翌日〔二〇一五年八月二四日〕、スティーヴンは彼の地の巨大な会議場で講演を行った。どこに行っても若者たちに十重二十重に囲まれ、彼らはスティーヴンの発する一言一句に耳をそばだてた。彼はあの伝説の笑みを浮かべて、これまた伝説となっている車椅子に乗って舞台に現れると、目を動かして、録音済みの講演を流し始めた。そこではブラックホールの未来を理解するための最新の試みが紹介され、冗談が飛ばされ、フランス人が軽くからかわれ、人生の意味が不遜かつ反抗的に検討された――絶えず唇に笑みを浮かべながら……。膨大な聴衆はすっかり魅了されていた。講演は、それでも人生を愛する、という大胆な宣言で締めくくられたが、いつも通りその言葉にはいささか曖昧なところがあった。ブラックホールからも、逃げられるんですからね、と。

スティーヴンは、いかなる形であろうと死後も人生が続くことはない、と確信していた。多くの科学者と同様、彼も何かを強調するために好んで「神」という言葉を使ったが、実際には極めつきの無神論者だった。これは曖昧でもなければ不確かなことでもなく、本人が躊躇うことなくはっきりとそう述べていた。彼が慰めや力を見いだしたのは、いかなる超越的存在でもなかった。もっとも衰弱の激しい病に閉じ込められ、ほかの人々との間をつなぐ糸はどんどん細くなってゆき……。それでも彼は最後の瞬間まで、燃えるような激しさで生きつづけた。冗談を飛ばし、世界全体に語りかけ、幸福と悦びを伝え、その熱意で新たな世代を動かして自分の後を追わせた。これこそが、ぶつぶつと泣き言ばかりいっているわたしたち全員への人生の素晴らしい教訓──スティーヴンが残してくれた果てしなく尊い贈り物なのではなかろうか。人生の、好奇心の、思索の、知性の、抗いがたい明るい力こそが。

きわめて細いその糸も、今では断ち切られた。すべてがそうであるようにスティーヴンも、完全に消え去る前に──彼が愛した果てしない広大な宇宙に溶け去る前に──まだ少しの間、わたしたちの科学のなかで、記憶のなかで、愛のなかで、思索のなかで生き続け、活動を続けるはずだ。ありがとう、スティーヴン。

［二〇一八年六月二四日］

国民性には毒がある

英国は古い国だ。わがイタリアはそれより若い。いずれもその歴史に誇りを持っている。どちらにも、その国らしい特徴がある。混雑した国際空港で、イタリア人やイギリス人を見分けるのは簡単だ。わたし自身にも、イタリア人らしいところがある。手をひらひらさせなければ話ができず、ヴェローナの自宅の地下室には古代ローマの石があって、学校時代のヒーローはレオナルド・ダ・ヴィンチやミケランジェロで……。

それでも、このような国民としてのアイデンティティー――すなわち国民性――は一枚の薄い層にすぎず、もっと重要な層が何枚も重なっている。わたしの素養がダンテによって培われたのは事実だが、それをいえば、シェイクスピアやドストエフスキーからはもっと強い影響を受けている。わたしは保守的で頑固なヴェローナで生まれ育っていたから、大学進学で奔放なボローニャに移ったときは、いわばカルチャーショックを受けた。ある特定の社会階層で育ったので、習慣や関心事の点では、同胞である一般のイタリア人よりも他国の同じ階層の人々に通じるものがある。特定の世代に属しているので、世代が異なるヴェローナ人よりも同世代のイギリス人のほうが共通点が多い。わたしのアイデンティティーを形成してきたのは、唯一無二の家族――家族はすべて唯一無二――であり、ともに成長してきた友人たちであり、青年時代に自ら選んだ文化における仲間であり、成人してから得た友人たちが形作る分散ネットワークなのだ。

さらにそのアイデンティティーは何にもまして、価値観や考え方や書籍や政治的な理想や文化的な関心事や共通の目的といったものの集合によって形成されてきた。わたしたちはその共通の目的を分かち合い、育み、そのために闘い、時には国という縛りから完全に解放された大小の共同体のなかで伝えてきた。幾重にも重なった層にして、きわめて多様な人類全体と絶えず変化する文化が織りなすやり取りの網の交点、それがわたしたち一人一人なのだ。

わたしは今、まったく自明なことを述べている。一人一人のアイデンティティーがかくも多彩なものであるのなら、どうしてわたしたちは自分たちの集団としての政治的な振る舞いを「国家」という形にまとめ、一つの国家に帰属するという感覚をアイデンティティーの根っこに据えるのか。なぜ、イタリアなのか。なぜ、連合王国〔英国の正式名称はグレートブリテンおよび北アイルランド連合国〕なのだろう。

またしても答えは簡単で、国民性のまわりに権力が打ち立てられるのではなく、その逆なのだ。権力構造によって、国民性が作られる。このことは、きわめて古い歴史を持つ高貴な女王陛下の領土で見るよりも、まだ若くて未だにいささか機能不全な我が国イタリアで見たほうがわかりやすい。ただし、じつはどちらにも同じことがいえるのだが……。通常は、激しい戦火を交えた後で権力構造ができるとすぐに、権力の中心にある者――それが古代の専制君主であろうと、十九世紀のリベラルな中産階級であろうと――の最優先課題として、共通のアイデンティティーを有するという強固な感覚を培うことが必要になる。「イタリアを作ったのだから、今度はイタリア人を作らねば！」という有名な叫びを発したのは、イタリア統一の先駆者マッシモ・ダゼーリョだったとされている。

それぞれの国が教える歴史がまるで異なっていることに、わたしはいつも驚かされる。フランス人にとって、世界の歴史はフランス革命を中心に回っている。イタリアで育った人にすれば、（イタリアの）ルネサンスやローマ帝国は普遍的で重要な意味を持つ出来事だ。そしてアメリカ人にすれば、人類にとって決定的な出来事、近代世界や民主主義や自由の先触れになったのは……英国に対する独立戦争なのだ。さらにインド人にすれば、文明のルーツはヴェーダの時代にある……みんながみんな、国としての視点で歴史をねじ曲げているといってほかの国々を笑うが、誰も自分のことは顧みない。

わたしたちはややもすると、この世界を軋轢（あつれき）と葛藤という大きな物語（ナラティブ）の流れで読み、その見方を同国人たちと分かち合う。だがそれらの流れは、国家と呼ばれる偽りの家族に帰属していると感じさせるために、故意に作られたものなのだ。カラブリア半島〔イタリアのブーツのつま先に当たる地域〕に自称「ギリシャ人」が暮らしていた時代からまだ二百年も経っておらず、少し前までは、コンスタンティノープルに自称「ローマ人」が住んでいた……それに直近のワールドカップでも、スコットランドやウェールズの人々がそろってイングランドを応援したわけではなく……国民性は、政治的な立場でしかない。

誤解しないでいただきたいのだが、これまでに述べてきたことが、すべて悪いというつもりはない。むしろ逆で、多様な人々――たとえばヴェネツィアの人々とシチリアの人々、あるいは英語を母語とするさまざまな民族――をまとめて、共通の善のために力を合わせられるようにすることは、先を見通した賢い政策だ。明らかに、内輪で争うのは一緒に働くよりはるかにまずいことなのだ。衝突ではなく、協力こそが、みんなを利する。人類の文明全体が、協働の結果なのだ。ナポリとヴェローナがどれほど違っていようと、その間に境界がないほうがみんなにとってよろしい。着想や交易品、眼差しや笑みのやりとりこそが文明という布地を織り上げる糸なのであって、物質の面でも知性の面でも精神の面でもみんなが豊かになれる。そのうえで、多様な人々が共通の政治空間にまとまるのを後押しすれば、みんなにとって強みとなる。そのうえで、この過程をわずかなイデオロギーと政治的な場面設定によってさらに強め、内部抗争を抑え込んで「聖なる国民」という仮面をかぶることは、有効な戦略だ。確かに人を欺くことになるが、たとえそれがどんなまやかしであろうと、衝突より協力がよいことは誰も否定できない。

だがまさにこの時点で、国民性は毒と化す。連帯を育むために生み出されたものが、より大規模な協働の邪魔をする。内部での軋轢を減らすために作られたものが、外部とのより有害な軋轢を生み出す。イタリア建国の父たちは、よかれと思ってイタリア人の国民性という着想を推し進めた。ところがほんの数十年後にはそこからファシズムが生まれ、国民性は極端に賛美されることとなる。そしてこのイタリアのファシズムがヒントとなって、ヒトラーのナチズムが生まれ、ドイツの人々が熱を込めて感情的に自分たちを単一「国民（Volk）」と同一視した結果、ついにドイツと世界のかなりの部分が荒廃することになった。国益が協働ではなく衝突を助長するとき、共通の規則や妥協を探るのではなく自国をほかのすべての国に優先させたいと思うとき、国民性は毒になる。

国粋主義や国家主権に取り付かれた政治が世界中に広がって緊張を高め、諍(いさか)いの種を蒔いて、わたしたちみんなを脅かしている。わたし自身の国も、この分別のないやり方の犠牲になったばかりだ。もうそろそろこのような状況に対して、国民性などというのはでまかせだ、と大きな声ではっきり言うべきなのだ。共通の善のために狭い利害を克服するのはけっこうなことだが、より広い意味での共通の善を差し置いて「わたしたちの国」というまったく人工的な集団の利益を追求するのは、近視眼的であり、逆効果でもある。

だが地方主義や国家主義は誤算の産物であるのみならず、感情に訴えることで力を得る。すなわち、アイデンティティーを提供するのだ。政治は、「何かに帰属したい」というわたしたちの飽くなき欲求をもてあそぼうとする。「狐には巣穴があり、空の鳥には巣がある、けれども人の子はその頭を休める場所を持たない……〔マタイの福音書八章二〇節〕」国は、まさにそのような故郷(よりどころ)を提供する。その虚構の家に実体はないが、費用はほとんどかからず、政治的には十分見合う。

わたしたちに国民性、すなわち国民としてのアイデンティティーがないわけではない。確かにあるが、わたしたち一人一人は、幾重にも重なったアイデンティティーの交叉点なのだ。国家を最優先にすれば、他のすべてを裏切ることになる。なぜなら、この世界のわたしたちが国を超えてみな同じだからではなく、それぞれの国の一人一人が異なっているからだ。故郷(よりどころ)が不要だからではなく、国家主義の醜悪な劇場の外に、もっと高貴なよりどころがあるからだ。わたしたちの家族、ともに旅する人、価値を共有するコミュニティーは世界中に散らばっている。誰であろうと決して一人ではなく、大勢なのだ。そしてわたしたちには、「故郷」と呼べるすばらしい場所がある――地球という場所が。それに素晴らしくも多彩な兄弟姉妹からなる種族がある――ともにいて心安まる、自らを重ねることのできる「人類」という種が。

［二〇一八年七月二五日］

わたしたちの仲間、ニールとバズは、地球から月へ「平和のうちにやってきた」

「惑星地球からやってきた人類が、はじめて月面に降り立った。わたしたちは全人類を代表して、平和のうちにやってきた」。ニール・アームストロングとバズ・オルドリンが一九六九年七月二〇日に月面に残した鋼(はがね)のプレートには、そう刻まれていた。今から五〇年前のことだ。当時の人々は、この青ざめた衛星に初めて降り立った二人の宇宙飛行士の歩みに仰天し、敬服し、混乱し、感動した。世界中のすべての国で、五億人もの人々がその目で直に月面着陸を見ていた。それから何日も——何か月もの間に、いったいどれだけの人が夜空を見上げ、空に浮かんでいる不思議な銀色の円盤を眺めたことだろう。人類が——わたしたちの仲間が二人——ほんとうにあの上を歩いたのだという事実を受け入れようと、物思いにふけりながら……。たぶんあのとき人類は、互いをもっとも近しく感じ、心の底から自分たちは同じ一つの家族の一員なのだと感じていた。自分たちは一つの未来を、平和な未来を共有することになるのだ、と。「わたしたちは全人類を代表して、平和のうちにやってきた」。

決して、楽な時代ではなかった。きわめて厳しいイデオロギーの対立と、冷戦下における軍事衝突が、世界の政治情勢を規定していた。文明が向かうべき方向に関する二つの主張が衝突していたのだ。そのほんの少し前に、核による大惨事の悪夢がかろうじて回避されたところだった。あのキューバ危機を避けられたのは、ひとえにフルシチョフとケネディ兄弟が冷静を保てたからなのだが、核による虐殺という名の亡霊は、その後も世界に覆い被さっていた。ベトナムでは毎日多数の人々が殺され、アメリカは彼(か)の国を政治的に引き裂いて文化を二つに分断し、今もその分断が残っている。

五〇年後の今日、人類の運命がいかに広く共有されているかはすでに明らかだ。ヒトという種は若い。この惑星のなかでももっとも若い種の一つなのだ。わたしたちは自然の実験の産物であり、自然は、試行錯誤を重ねながらたくさんの実験を行ってきた。そしてきわめて成熟した脳を作る実験からは、他の人々とともに働き、きわめて濃密な意識と関係の網――文明と呼ばれる網――を編み上げる力を持つ脳ができた。わたしたちは文明のおかげで人口を七〇億にまで増やすことができ〔二〇二三年現在八〇億を超えている〕、以前より長生きできるようになった。百年前に贅沢とされていた生活が可能になり、モーツァルトはレクイエムを作り、ダンテは神曲を書き、そしてわたしたちはブラックホールを見たり、この惑星を出て月に降り立ったりできるようになった。このような歩みが可能になったのは、互いに学びあい協力する人類独自の力があったからだ。しかし、自然の実験は脆くもある。地球上のバランスがあまりに急激に変わると、往々にしてさまざまな種が一掃される。わたしたちの種はもっとも順応性が高いとはいえず、それなのに、地球の表面を変えすぎた。核兵器は未だにすべてフルシチョフやケネディほど冷静でない人々の手中にある。環境のバランスも社会のバランスも、いまや破滅的な形で崩れようとしており、近代文明と呼ばれる複雑系が果たして安定しているかどうかも疑わしい。そして、集団の間の紛争が増えている。

このような対立は、じつは逆説的でもある。わたしたちヒトが、新石器革命や農業の伝播が起きた数千年後には集団を作り、別の集団との間でしばしば暴力的な衝突を起こしていたことは、考古学的な証拠によって裏付けられている。種としてのヒトの特徴とされる協力の精神は、矛盾するようだが、互いに争う集団の、それぞれの内部で協力が役立ったからこそ育まれた。協力関係が強められたのは、敵と争うためだったのだ。協働は、心によって理性より前に育まれた。ヒトの心に協働がすっかり浸透した結果、大勢の人々がためらうことなく、一つの考えや偉大なる理想や守るべき故郷、信仰の証を立てるべき宗教、抑圧されている人々を解放するための反乱、自由の獲得などのために、あるいは単に武器を持っている仲間や時にはサッカーチームのために、命を落とすようになった。だが、過去にわたしたちを結集させてきた理想や宗教の偉大な力は、互いが争うなかで作られてきたものなのだ。自分たちが同じ運命共同体の一部であることを認識させるというよりも――実際にわたしたちは全員同じ運命共同体に属しているのだが――むしろ自分たちの集団が、国が、民族が、宗教が、互いに対立しているのだと感じさせる。より大きな集団に参加するにつれて、より大きな政治的構造が形作られ、この協働の精神がそれを支える。こうして内側での暴力がほぼなくなるのはたいへんけっこうなことだが、その代わりに外との関係は悲惨なほど不安定になり、結果として、直近の世界大戦では七千万の死者が出た。

もしも人類に未来があるのなら、それは、協働の精神がこれらの破滅的な分断に勝る場合に限られる。そのときにのみ、未来は存在しうる。わたしたちの文明は、協働し、分かち合うことで生き残る。そうでなければ、負けてしまう。気候変動に、生物の大規模な絶滅に、核兵器に、人口増や不平等に端を発する社会的な紛争に、負ける。人類共通の利益を、特定の階級の、国の、宗教の、民族の利益に優先させられれば、生き残れる。人類の大きな強みである協働の精神を一新し、拡張しさえすれば――自分たちがヒトという一つの種であると認識しさえすれば――生き延びることができるのだ。

残念ながら、わたしたちはその方向に向かっていない。この惑星の裕福な支配階級がこの社会に富を分かち合うことへの抵抗感を植えつけてきたために、人類に共通の運命という感覚は鈍り、最近は、政治的な造反が助長されて世界のあちこちに根付いている。共通の善や、平等に協働する平和な人類という夢とは逆に、わたしたちの国を含む多くの国で、この造反が再び集団どうしの、国どうしの、民族どうしの、宗教どうしの最悪の紛争をもたらそうとしている。それは、まっすぐ破滅へと向かう道なのだが……。

月から見た地球――わたしたちみんなのドラマの舞台――は、真っ黒な海に浮かぶ明るく輝く青いビー玉のようだ。月から見ると、わたしたちの巣はかくも小さい。わたしたちの頭上にあるあの静まりかえった月の砂のうえには、古いプレートがぽつんと置かれている。わたしたちの進むべき方向を忘れないように「全人類を代表して、平和のうちにやってきた」と刻まれたプレートが、五十年前にわたしたちの二人の仲間、ニールとバズが置いたその場所に。

［イタリア語版のみ、二〇一九年七月一四日］

この短い人生が、今までになく美しく感じられる

イギリスにおける疫病〔＝新型コロナウイルス感染症〕の流行は、イタリアで起きたことを二週間遅れでなぞるように展開している。それに対する反応も、同じ路を辿っている。最初は信じられず、それから不安になり、現実は受け入れ難く、対応はしばしば遅すぎる。

この危機によって曝(あば)かれた人間のもろさを受け入れることは難しい。わたしたち人類は、思っていたほど強くない。豊かな国にいるわたしたちはこれまで、別の場所が最悪の災難に見舞われるのを目にしてきた。イタリアにいるわたしたちは、中国に注目しながらも、自分たちは大丈夫だと思っていた。ここまで来ることはないだろう、と。そしてウイルスが自分の国に定着した時には、イギリスをはじめとする他の国が自分たちと同じ過ちを犯すのをじっと見ていた。ほんの数週間前、あるアメリカ人がテレビで「わたしたちは世界一強い国なんだから、流行病なんてどうってことないさ」といっているのを耳にした。もはや彼もそうはいわないだろう。これは、誰にとってもみじめな経験なのだ。

ほんとうは、誰の落ち度でもない。戦争と違って、人間の愚かさが引き金になったわけではな

い。もちろん過ちや不注意はあったし、わたしたちはきっとさらに間違いを犯すだろう。しかしここまで異常な状況下では、決断をくだすのは難しい。闇のなかで手探りしながら、できることをするしかない。次の機会には、もっと備えができていて、よりすばやく対応でき、科学からの警告にもきちんと耳を貸すことだろう。だが、犯人捜しはお粗末で愚かな反応だ。政治家たちはもっと早くこの危機に目覚められたはずだとか、中国はもっと早く警鐘を鳴らせたはずだとか、政府はもっとうまく備えられたはずだとか……。この災難に犯人はいない、というのが現実だ。いくら人間がうぬぼれようと、わたしたちは未だに自然の手中にある、というだけのこと。自然はわたしたちに贈り物を惜しげなく与えることもあれば、残酷に虐待することもある――わたしたちに関心などいっさい持たずに。科学と知識は、わたしたちが手にしている最良のツールだ。この二つのおかげで、中世に犯した過ちを回避することができる。中世には、疫病退散を祈って大勢が列をなして行進したために、逆に疫病を広めてしまったのだが。そうはいっても、科学がすべての問題を解決できるわけではない、ということがここまではっきりした例しは未だかつてなかった。わたしたちの赫々(かっかく)たる知性が埃より小さいウイルスに負けるとは……。科学はわたしたちが見つけた最良のツールなのだから、大切にしよう。そうはいっても、無頓着で強力な自然に直面すれば、わたしたちはやはりもろいままだ。

同時に、わたしたち西欧の傲(おご)りも今や厳しく試されている。イタリアは、自国の医療制度が地球上で一番だと誇っていたにもかかわらず、キューバに、中国に、ロシアに、そしてアルバニアにも助けてもらった。これまでわたしたちは、これらの国々は誤った道を進んでいる、といっていたのではなかったか？　今のところヨーロッパよりもずっと上手に自衛しているのは、シンガポール、香港、台湾、韓国、そして中国といったアジアの国や地域だ。わたしたち西欧人は、教室一の優等生ではなかったのか？　この一件が落着したら、自分たちの仮定のいくつかを見直すべきだろう。

いずれ一件は落着する。過去の疫病の流行も、すべて収まってきた。この事態がわたしたちの生活にどのような影響を及ぼすことになるのか、はっきりしたところは誰にもわからない。どこまで破壊的なのか、一人一人にどれくらいの犠牲を強いるのか。ひょっとすると、自由市場を巡るいくつかの前提を見直すことになるのかもしれない。市場を完全に自由にせよ、ともっとも強く主張していた人々も、今では「国はわたしたちを助けるべきだ！」と叫んでいる。困難な時には、競争より協力のほうが優れていることが明らかになる。わたし自身は密かに、これが現在の危機からわたしたちが得る結論であってほしいと思っている。問題を解くには、力を合わせるのが一番だ。人類は、力を合わせてはじめて、生き残ることができる。

西欧の国々が不本意ながら世界に先んじてこの困難を経験している今、それこそが、イタリアが学びつつある屈辱的な教訓なのだと思う。さしあたってわたしたちは、愛する人々や自分自身の命を少しでも長らえさせようと、ともに懸命に力を尽くしている。なぜならそれがわたしたちのしていることなのだから。できる限りのことを行おうとする医師たちに手を貸して、何日か、何年かの余分な命を手に入れる。これは、わたしたちに自然に備わった権利ではない。知識を積み重ね、力を合わせて少しずつ手に入れてきた特権なのだ――文明の結実として。

この二か月で、二万二千人以上のイタリア人が亡くなった。この感染症の流行によって、さらに多数の命が奪われることだろう。これは恐ろしい数字だ。しかし、たとえ疫病がなくても毎年、毎週、毎日、もっと多くの人が命を落としている。愛する人を失う悲しみは深い。だがそれは、この疫病によって始まったわけではなく、常にわたしたちとともにあったし、これからもともにある。二万二千人という死者の数は多いが、それでも毎年がんで死ぬ人の数と比べるとはるかに少ない。心臓疾患で死ぬ人よりも、ただの老衰で死ぬ人よりも、少ない。それにこの数は、世界中で飢えや栄養不良で死んでいく人の数からするときわめて少ない。この疫病の流行はじつはわたしたちの目の前に、ふだん自分たちが見たがらないもの——自分たちの命の短さとはかなさ——を置いてみせている。

わたしたちはこの世界の主ではなく、不死でもない。これまでずっとそうだったように、秋風に吹かれる木の葉のようなものなのだ。わたしたちは、死に抗って戦っているわけではない。そのような戦いには必ず負ける。なぜならいずれにしても死のほうが優勢なのだから。わたしたちはともに、なんとかして地球上でのもう一日を手に入れようと、懸命な努力を続けている。なぜならわたしたちには、何はともあれ、この短い人生がかつてないほど美しく見えているのだから。

［二〇二〇年四月二〇日］

訳者あとがき

本書は、Carlo Rovelliの"*Ci sono Luoghi al Mondo dove piu che le regole e importante la Gentilezza*（この世界には規律より配慮が重んじられる場所がある）"の邦訳である。ロヴェッリが二〇一〇年から二〇二〇年にかけてイタリアおよびイギリスの新聞、スイスのラジオなどのメディアに発表したエッセイを集めたもので、イタリア語初版は二〇一八年、英語版は二〇二〇年に刊行され、さらにイタリア語増補版が二〇二〇年に刊行されている。

翻訳作業は英語版を基本とし、随時イタリア語増補版を参照しながら進めた。英語版で割愛されているオリジナルのエッセイから、"*Il significato del tempo*"（『時間は存在しない』の内容紹介）を除く五編を加えたのは、そのほうがロヴェッリの人となりがよく汲み取れると判断したからだ。

そう、このエッセイ集には、ロヴェッリの人となりを如実に示す文章がぎっしり詰まっている。すでに日本語に訳されている五つの著作が「作品」として練りあげた形で提示されているのに対して、これらのエッセイには、ロヴェッリの生の考え方や視点が表れているのだ。

ロヴェッリ自身もイタリア語原著の「はじめに」で、

「……〔これらのエッセイには、〕この世界を見るわたしの眼差しがとりとめなく反映されている。すでにわたしの著作を読まれた方々は、そこに〔既刊の著作に通じる〕いくつかのテーマや考えを見いだすだろうが、どうか重複をお許しいただきたい。これらのエッセイには、すぐに消えるはずのものとして書かれた文章に特有の軽さがある。こうやって集めてみると、なんとなく気恥ずかしい。というのも、自分の限界が露わになっているし、古い写真を友人に見せたときのように、思った以上に自身の姿がさらけ出されているからだ。これらの文章にはまったく有機的な繋がりはなく、ばらばらに提示されていて、いくつかの小さな修正は別にして、まったく手を加えていない。読者のみなさんには、どうか大目に見てほしい」

と述べている。〔この部分は英語版では割愛〕

こうしてみるとこのエッセイ集は、ロヴェッリの作品の読者にとって、既訳の作品の背景を垣間見る格好の資料といえる。たとえば、本書に収録されている科学哲学に関する文章を見れば、『世界は「関係」でできている』にナーガールジュナが登場したのも決して唐突ではなく、よくよく考えてのことだったのがわかる。

しかもそれだけでなく、これらのエッセイから透けて見えるロヴェッリの姿自体が、読者にさまざまなことを考えさせる。旅行記だったり、時事問題だったり、科学に関する事柄だったりと、扱っているテーマは実に多彩だが、それらは大まかに三つに分けることができる。

一つ目は、「現代を生きる科学者としての発言」。現代を生きる物理学者、科学者として、科学と宗教、さらには文学などの他分野との関係を論じ、あるいはニュートン、ペンローズ、キュリーといった著名な科学者について語り、さらにはヒッグス粒子などの物理学の発見を紹介する文章だ。たとえそれらがさんざん語られてきたテーマであっても、そこには独特の新しい視点がある。なぜならロヴェッリは、科学について語るときもより広い「現実」を意識しているからだ。

事実ロヴェッリの眼差しは、科学だけでなく人間そのものや文化、文明自体にも向けられていて、そこから第二の「西洋の知識人としての発言」が生まれる。たとえば自身のアフリカでの体験や、国民性、地球温暖化、不平等や戦争の起源、といったことに関する発言だ。ちなみにロヴェッリがアフリカでの体験を大きく取り上げているのは、一つには、アフリカが西洋にとって「身近な他者」であるからだ。日本に暮らすわたしたちからすると、アフリカは決して近い場所とはいえないが、西欧にとっては地中海を挟んだ対岸に広がる「お隣さん」の大陸で、かつて自分たちが植民地を持っていた場所であり、（とりわけイタリアにとっては）今も続く難民流入の源としてごく身近な存在だ。ロヴェッリはそのようなアフリカで自身が経験したことを、強靱でしなやかな独自の感性で紹介している。

さらにロヴェッリは、「イタリアの一市民としての発言」も活発に行っており、そこでは一九七七年を含む自身の青春時代や、『わが闘争（マイン・カンフ）』の新版刊行、総選挙を前にしての政治への問いかけ、難民受け入れに関する問題、イタリアの戦争参加、といった話題が取り上げられている。

ここで「わたしの、そして友人たちの一九七七年」の背景を付け加えておく。一九六〇年代後半は、「世界各地の若者による反体制運動の季節」として記憶されているが、それらの運動は当然国ごとに異なる様相を呈していた。たとえば日本の学生運動とイタリアのそれとはかなり違っていたのである。日本では一般に、六〇年代に全共闘などの学生運動が盛んになるが、六八〜六九年の東大安田講堂事件以降急速に勢いを失い、浅間山荘事件や連合赤軍リンチ事件などを経てほぼ収束した、というイメージが強い。これに対してイタリアでは、六〇年代後半から七〇年代にかけて労働者運動から学生運動に比重が移り、七〇年代に「労働の拒否」と資本主義からの自立を目指す「アウトノミア運動」が盛んになった。そして七七年に大きなうねりとなった運動によって複数の都市が占拠されると、公権力による「弾圧」が始まる。一方運動の担い手たちは、開放的な文化運動と武装闘争に分かれ、武装闘争を目指すグループは非合法活動に軸足を移し、七八年のモーロ元首相誘拐殺人事件などを引き起こすことになる。だが「アウトノミア運動」の火は完全に消えたわけではなく、一九九〇年代には「第二世代社会センター」が登場し、今もミラノの「カンティエーレ」をはじめとする社会センターが活動を続けている。ロヴェッリの「七七年」には、このような背景があるのだ。

一市民としてのこれらのエッセイは優れて国内向けに見えるが、それらの問題に対するロヴェッリの姿勢には国境を越える普遍性があり、読者は、自国のさまざまな問題を巡る自身の姿勢を問い直すことになる。

こうしてみるとロヴェッリが自分自身を複数の側面を持つ存在——物理学者であると同時に、西洋の知の歴史に属しており、むろんイタリアの市民でもある人間——と認識していることがわかる。だからこそ、十全の責任を果たすためにこれらのエッセイを書いたのだろう。このエッセイ集は一見とりとめなく見えるが、じつはこの三つの側面がない交ぜになっている点が大きな魅力となっている。

これら三つの側面を表す発言には、しかし大きな共通点がある。それは、物事に対する判断を決して他人任せにせず——ということは、さまざまなメディアの報道、権威筋の意見、世間で言われていることを鵜呑みにせず、安易な二分法に陥ることなく——自分の側の解像度をさらに一段、二段と上げたうえで、観察したことをじっくり考察しよう、というロヴェッリの姿勢である。ロヴェッリはルクレティウスについて、「わたしたちを、丸ごとの複雑な現実と向き合わせる」と述べているが、自身も、生業である物理学に限らず、時事問題でも文化を巡る問題でも、複雑な現実をそのまま丸ごと理解しようとする。

二〇二一年にEUの欧州理事会議長（男性）と欧州委員会委員長（女性）が会談のためにトルコを訪れたとき、トルコのエルドアン大統領は会談用の椅子を自分ともう一人の分しか用意しなかった。そのため大統領と議長が着席するなか、委員長だけがぽつんと立ち尽くす映像が流れ、ヨーロッパのあちこちでエルドアンの女性差別を非難する声が上がった。このときロヴェッリはSNSで、「エルドアンは、いってみればああいう人物。それよりも腹が立つのは議長の方で、なぜ自分が当然のようにあの椅子に座って、委員長を立たせておいたのか」とコメントした。椅子を一つしか用意しなかった人物を非難するだけなら「ヨーロッパと異なる文化への非難」になるところを、さらに、自分はその椅子にのほほんと座って女性を立ち尽くさせ、屈辱を味わわせたヨーロッパの男性に対して、ほんとうにそれでよかったのですか？　と問いかけたのだ。

ここに収録されているエッセイの至る所で、このような「巷ではこう言われていますが（思われていますが）、ほんとうにそうでしょうか？」という鋭い問い直しが行われている。自身のそれをも例外とせずに思考を問い直す姿勢、それがロヴェッリの強みであり魅力なのだ。

それでいて決して鋭いだけではなく、たとえ立場を異にする人物への反論であっても、相手の意見を頭からはねつけることなく、ともに考えてよりよい社会を作っていこう、と呼びかける。その「社会」にはむろん科学も哲学も文学も、あらゆるものが含まれていて、ロヴェッリは科学者たる自分の知識を決して振りかざすことなく、広くみんなに協働を呼びかける。その根底には、理を分けて呼びかければ、きっと誰かが応えてくれる、という人間への——そして言葉への信頼があって、それがこれらのエッセイの読後感を明るくしている。

もう一つ、（これは蛇足かもしれないが）ここで補足しておきたいことがある。それは、ヨーロッパの科学者にとって「宗教」さらにいえばキリスト教が持つ重さだ。ここに収録されているエッセイ計五十二篇のなかには、キリスト教を正面から批判したものが二篇、さらに科学と宗教との関わりを巡るものが複数あるが、これは、ヨーロッパにおいて科学が展開するうえでもっとも激しく衝突したのがキリスト教であったからだ。ロヴェッリがエッセイのタイトルにもしているルクレティウスの長編詩『事物の本性について』が、ルネッサンスにおける「中世キリスト教支配からの人間性の解放」に果たした役割は、ロヴェッリのエッセイにも登場するピューリッツァー賞受賞作品『一四一七年、その一冊がすべてを変えた』や、『ルクレティウス『事物の本性』について――愉しや、嵐の海に』に詳しい。だが、その後も科学と宗教の対立は続き、とりわけイタリアは、カトリックの総本山であるバチカンがローマにあることから、今なお宗教との関係が濃密だ。実際、一九八四年まではカトリックを国教としており、今でも公立の初等教育学校ではキリスト教教育（選択制）が行われている。宗教を巡るエッセイがこれだけ多く書かれているのには、そのような背景がある。

最後に、最近のロヴェッリの活動をいくつか紹介しておこう。

まず物理学の啓蒙家としては、これまでの素人向け、一般向けの啓蒙書に加えて、二〇二一年に英語で相対性理論の教科書（邦題『ロヴェッリ　一般相対性理論入門』）をまとめている。それ以前の一般向け啓蒙書に対して、まったくの素人ではないが最先端の専門家でもない読者から、なんだかふわふわと曖昧でよくわからないという感想が寄せられていたとのことで、おそらくそこを補完する著書なのだろう。そのため至る所に数式が登場するが、ロヴェッリによると、「専門家になる野心のない人向け」に「アインシュタインの宝石」である「一般相対性理論」の概念構造と基本的な結果を紹介した著作だという。

また社会的な活動としては、二〇二三年五月一日のメーデーに開催された大規模なコンサートにおけるスピーチで、イタリアの国防大臣が軍需産業と直接関わっていることを名指しで非難して大論争を引き起こした。その結果翌年のフランクフルト・ブック・フェアへのイタリア代表としての招待が取りやめになったのだが、この処置がさらなる大批判を呼んで改めて招待が決まり、イタリアのブックフェア委員会は辞任した。

さらに、二〇二三年夏にアメリカで封切られた映画『オッペンハイマー』の初日（人類初の核実験、トリニティ実験の三〇周年の日）にキップ・ソーンらとともに劇場での座談会に招待されたときには、次のように述べている。

「……誰もがこの映画を観るべきだ。なぜならこの映画は、四〇年代の問題や一般的な科学倫理の問題を描いているだけでなく、まさに今日の喫緊の問題を提起しているから。……オッペンハイマーはこの映画の中で再三「国際協力」こそが唯一の出口だと述べているが、それは今も同じだ。……この会場にも著名な物理学者がたくさんおられるが、科学者はもっと声を上げるべきだと思う。……冷戦の危機的な場面でも対話は行われ、科学者たちは重要な役割を果たしてきた。……ロシアや中国の科学者は友なのだから、今も対話は可能なはずだ。そして政治家に、この狂気を止めるよう言うべきだ。……最終決定を下すのが科学ではなく、社会であり、政治だからこそ、科学は声を上げるロヴェッリらしい発言である。

いかにもロヴェッリらしい発言である。

またロヴェッリは、ガザで十月に激しい戦闘が始まってからも、SNSやイギリスの公共放送や大手新聞で積極的に発言を続けている。ここに来て、このエッセイ集でも再三取り上げられている人類の来し方を巡る歴史学の研究で「複雑な現実を丸ごとさらに細かく見よう」とする著作の邦訳（『万物の黎明』D・グレーバーなど）が出たり、「コモン」や「自治」の概念の重要性が斉藤幸平らによってクローズアップされるのを見て、そこに「ロヴェッリの姿勢」と響き合うものを感じるのは、訳者だけだろうか。

ここに収録されたエッセイと同時期に執筆されていた『時間は存在しない』、『世界は「関係」でできている』に続いて、二〇二三年にはブラックホールを巡る作品が刊行されている。これからさらにどのような作品が発表されるのか、ロヴェッリからは今後も目が離せない。

どうかみなさんにも、ロヴェッリの「古い写真を友人に見せたときのよう」な気恥ずかしくもざっくばらんで真摯な語りが届きますように。

二〇二三年一一月

冨永　星

［参考資料］

●ルクレティウス『事物の本性について』岩田義一訳　筑摩書房
（岩田義一は仁科賞を受賞した物理学者。この本を訳すためにギリシャ語、ラテン語を学んだという。）

●瀬口昌久『ルクレティウス『事物の本性について』──愉しや、嵐の海に』岩波書店

●フランコ・ベラルディ（ビフォ）『ノー・フューチャー──イタリア・アウトノミア運動史』洛北出版

●ロヴェッリ『ロヴェッリ　一般相対性理論入門』真貝寿明訳　森北出版

●ロヴェッリの英語による発言を記録した動画は以下のURLにある。
https://video.corriere.it/esteri/fisico-rovelli-all-anteprima-film-oppenheimer-new-york-gli-scienziati-dovrebbero-dire-politici-stop-questa-follia-guerra-nucleare/a99ab5ec-24aa-11ee-980b-de3bb593be5c?fbclid=IwAR0oAJpQKZtskoZywbOF7zujLAC4UWXc2mZcy003CXBxBKCRm26tCQcHqFY
https://www.youtube.com/watch?v=uuUPay1xAuY

［著者］
カルロ・ロヴェッリ　Carlo Rovelli
理論物理学者。1956年、イタリアのヴェローナ生まれ。ボローニャ大学卒業後、パドヴァ大学大学院で博士号取得。イタリアやアメリカの大学勤務を経て、現在はフランスのエクス＝マルセイユ大学の理論物理学研究室で、量子重力理論の研究チームを率いる。「ループ量子重力理論」の提唱者の一人。『すごい物理学講義』（河出書房新社）で「メルク・セローノ文学賞」「ガリレオ文学賞」を受賞。『世の中ががらりと変わって見える物理の本』（同）は世界で150万部超を売り上げ、『時間は存在しない』（NHK出版）はタイム誌の「ベスト10ノンフィクション（2018年）」に選出、『世界は「関係」でできている』（同）はイタリアで12万部発行、世界23か国で刊行決定などいずれも好評を博す。

［訳者］
冨永 星　とみなが・ほし
1955年、京都生まれ。京都大学理学部数理科学系卒業。翻訳家。一般向け数学科学啓蒙書などの翻訳を手がける。2020年度日本数学会出版賞受賞。訳書に、マーカス・デュ・ソートイ『素数の音楽』『数学が見つける近道』（以上、新潮社）、キット・イェーツ『生と死を分ける数学』、シャロン・バーチュ・マグレイン『異端の統計学 ベイズ』（草思社）、ヘルマン・ワイル『シンメトリー』（筑摩書房）、スティーヴン・ストロガッツ『xはたの（も）しい』、ジェイソン・ウィルクス『1から学ぶ大人の数学教室』（共に早川書房）、フィリップ・オーディング『1つの定理を証明する99の方法』（森北出版）など。

［校正］円水社
［本文DTP］天龍社

規則より思いやりが大事な場所で
物理学者はいかに世界を見ているか

2023年12月25日　第1刷発行

著　者　カルロ・ロヴェッリ
訳　者　冨永 星
発行者　松本浩司
発行所　NHK出版
〒150-0042 東京都渋谷区宇田川町10-3
電話 0570-009-321（問い合わせ）
0570-000-321（注文）
ホームページ https://www.nhk-book.co.jp

印　刷　亨有堂印刷所／大熊整美堂
製　本　二葉製本

乱丁・落丁本はお取り替えいたします。
定価はカバーに表示してあります。

Printed in Japan
ISBN978-4-14-081951-7 C0098